한국의 우도와 우도론

: 고전문학을 중심으로

지은이 **정만섭**

서강대학교 대학원 국어국문학과 졸업
서강대학교 대학원 국어국문학과 박사과정 수료
우즈베키스탄 국립니자미사범대학교 명예박사(1998)
서강대학교에서 문학박사 학위 취득(2001)

서울여자상업고등학교 국어교사
교육부국제교육진흥원교수(연구사)
우즈베키스탄 타슈켄트한국교육원장
교육부 학교정책과/ 재외동포교육과 연구관
서울시교육청 교육과정 장학관
서울시 서부교육청 중등교육과장
서율시 구산중학교 교장
서울시 서부교육청 학무국장
서울시 강서교육청 교육장(퇴임)
민주평화통일자문회의 상임위원
서울시 남부지방법원 민사 조정위원
(現) 서울시 은평구청 옴부즈만 위원장
(現) 사단법인 다산 정약용문화교육원 상임고문

〈論文〉
「에밀 졸라의 移入과 영향에 관한 研究」
「韓國 古典文學에 나타난 友道와 友道論 研究」
「友道와 友道論의 槪念과 來歷」 등이 있음.

한국의 우도와 우도론
: 고전문학을 중심으로

©정만섭, 2024

1판 1쇄 인쇄__2024년 07월 20일
1판 1쇄 발행__2024년 07월 30일

지은이__정만섭
펴낸이__양정섭

펴낸곳__경진출판
　　　　등록__제2010-000004호
　　　　이메일__mykyungjin@daum.net
　　　　사업장주소__서울특별시 금천구 시흥대로 57길 17(시흥동) 영광빌딩 203호
　　　　전화__070-7550-7776 팩스__02-806-7282

값 18,000원
ISBN 979-11-93985-28-1 93810

한국의 우도와 우도론

: 고전문학을 중심으로

정만섭(丁滿燮) 지음

경진
출판

『한국의 우도(友道)와 우도론(友道論): 고전문학을 중심으로』는 박사학위논문 「한국 고전문학(古典文學)에 나타난 우도(友道)와 우도론(友道論) 연구」를 수정 보완한 책이다. 한국문학에서 우도와 우도론이 어떻게 전개되었으며, 그 전통적인 우도와 우도론을 어떻게 계승해야 하는가를 연구한 것이다. 그러면 우도가 실종된 현시점에 이 글이 우도에 대한 지침서 역할을 할 수 있기를 기대하면서 책으로 엮게 된 것이다. 아울러 한글에 익숙한 지금의 독자를 위해 한자로 된 한자어를 한글 병기로 표기하여 독자의 가독성을 높였다.

박사논문을 쓸 때만 해도 우도론에 대한 연구가 미진한 상태였다. 그래서 지도교수와 상의하여 논문 제목을 정하고 연구에 착수했던 기억이 난다. 그런데 아직까지도 한국의 우도론에 대한 이렇다 할 논문이 나오지 않아, 책으로 출판할 계획을 세우고 실행하게 된 것이다. 이 책으로 인해 우정(友情)과 우애(友愛)가 존중되는 사회가 된다면 나름 보람이 있을 것이다.

우도와 우도론을 통해 참된 벗사귐을 제시하여 군자의 벗사귐과 소인의 벗사귐이 어떻게 다르며, 진정한 벗사귐은 어떤 것인지를 현대인들에게 제공하는 데 의의가 있다. 물질적 이익에 따라 세상인심이 손바닥 뒤집듯이 행해지는 오늘날 선인들의 진정한 우도를 통해

인성이 있는 벗사귐, 더 나아가서는 사람 사는 세상이 되기를 바라는 바도 있다.

'군자'의 '우도' 곧 참된 '벗사귐의 도리'는, 서로 진실되게 일러주면서 착한 길로 인도하는 것이며, 남[벗]의 아름다운 점을 성취시켜 주되 남[벗]의 악한 점을 굳이 들추어내지 않는 것이며, 끝까지 신의를 저버리지 않는 것이며, 포용하는 자세로 널리 대중을 사랑하되 덕(德)을 벗삼기 위해서 어진 이[仁人]를 가까이하는 것이며, 사양(辭讓)하는 마음으로써 자기 자신보다 훌륭한 현자(賢者)를 사모하고 높이는 것이다. 그리고 시대와 연령의 차이를 초월하고 신분·지위 고하는 물론 남녀를 초월하여 덕을 벗삼는 것이며, 진정으로 뜻이 통하는 참된 벗사귐이 될 수 있도록 하기 위하여 천하의 착한 사람들과 같아지려고 부단히 자기 몸을 갈고 닦아 자기의 덕을 고양하는 것이라고 하겠다.

중국 춘추시대 초(楚)나라에 거문고를 잘 타던 백아(伯牙)가 있었다. 백아의 거문고 소리를 종자기(鍾子期)가 잘 알아들었는데, 그 종자기가 죽자 백아가 거문고 줄을 끊고 세상에 '지음(知音)'[知己]이 없는 것을 애통해 하였다. 이 이야기로 유래된 말이 백아절현(伯牙絕絃)인데, '사랑하는 사람의 죽음을 슬퍼한다'는 의미의 고사성어이다. 진정으로 백아 자신의 음악을 알아주던 종자기가 죽자, 백아는 더 이상 음악을 할 수 없음을 애통히 여겨 거문고 줄을 끊었던 것이다. 백아절현을 줄여 절현(絕絃)으로 표현하기도 하는데, 가장 사랑하는 사람의 죽음을 비유할 때 사용한다. 아마도 가장 사랑하는 사람은 옆에 있는 아내를 지칭할 수도 있다. 그래서 사랑하는 아내의 죽음을 절현에 비유하기도 한다. 그런데 지금의 세태는 동고동락하던 반쪽이 먼저 세상을 떠나면 절현의 의미대로 상대방을 그리워하고 그의 죽음을 안타까워하는 것이 아니라 애도(哀悼)의 시간도 가지지 않은 채, 새 줄로 바꿔 버리는 행위를 서슴지 않고 행하고 있다. 이처럼 현대인은 우정과 애정 모두 땅에 떨어진 시대를 살고 있다. 이런 세태에 진정한 우도를 알려 세상사는 맛을 느끼게 하고픈 생각도 있다.

끝으로 책을 내는 시점에, 서강대 박사학위 논문의 지도교수 정요일 교수님, 심사위원이셨던 김학동·성현경 교수님의 모습이 생생하게 떠오른다. 제자들을 각별한 사랑으로 지도해주셨던 세 분께서 이미 작고하셨기에, 더욱 안타까운 마음으로 삼가 스승님 영전에 이 책을 바친다. 필자 또한 고희(古稀)를 훌쩍 넘긴 나이에 글재주도 없고 아는 것도 많이 부족하여 출간을 망설이다가 인하대 윤인현 교수의 특별한 권유로 용기를 내어 출간하게 되었다. 또한 불황의 늪에 있는 출판가의 어려움이 있는데도 영리와는 동떨어진 이 책의 출판을 맡아준 경진출판 양정섭 대표와 만학의 꿈을 펼칠 수 있도록 묵묵히 격려해준 아내에게도 감사를 드린다.

2024년 5월
저자 정만섭

차 례

제1장 한국의 우도와 우도론을 연구하게 된 배경과 이유

 이 책은 한국 고전문학에 나타난 우도(友道)와 우도론(友道論)을 논의함으로써 한국 고전문학에 있어서의 우도와 우도론의 의의를 밝히고자 하는 것이다. 먼저 우도와 우도론의 개념 그리고 우도와 우도론의 내력을 논의함으로써, 세상을 살아가는 데 있어서 '우도(友道)' 곧 '벗사귐의 도리'가 중요하다는 것 곧 '우도'의 중요성을 밝히고, 아울러 중국과 한국의 몇몇 문학 작품을 통해서 '우도'와 '우도론'이 문학적으로 어떻게 형상화되었는가를 밝히고 나서, 다음으로는 한국 역대의 문학 작품 곧 한시(漢詩)와 향가(鄕歌)·시조(時調)·가사(歌辭)·민요(民謠) 등의 시가(詩歌) 그리고 한문소설 및 국문소설 등 한국 고전문학에 나타난 우도와 우도론을 고찰하여 그 의의(意義)를 밝히고자 한다.

 인류의 삶과 인류의 역사는 남남끼리 만나서 대인관계(對人關係)를 원활하게 유지해 나가는 데서 발전해 왔다. 다시 말해서 인류의 역사는 사람과 사람의 만남 곧 대인관계에서 이루어져 왔기에, 바로 '벗사귐'의 역사라고 해도 과언이 아니다. 붕우(朋友) 관계는 물론이요, 군신(君臣)·장유(長幼)·사제(師弟)·남녀(男女) 관계 등 인간 사회의 대인관계 모두가 서로 공경하여 예의를 갖추며 자애(慈愛)를 베푸는 사랑의 이치 곧 '벗사귐의 도리'를 지극히 하는 데서 제대로 행해질 수 있었던 것이다. 그러므로 인류의 역사에는 지난날의 삶과 정치의 득실을 거울삼아서 앞으로의 참된 삶과 정치의 밝은 미래를 기약하기 위해서 참된 우도(友道)를 논하는 '우도론(友道論)'이 끊임없이 있어 왔다. 그런데 사람과 사람이 서로 신의(信義)를 지켜 나가면서 상대방을 바른 길로 인도하고 서로가 바람직한 방향에서의 발전을 꾀하는 그 '우도'와 우도의 기본 바탕이 되는 '신의'는 붕우 관계에서만 필요한 것이 아니다. 부자(父子)·부부(夫婦)·군신(君臣)·장유(長幼) 관계 등 인륜(人倫)의 다섯 가지의 모든 인간관계에서 그 '우도(友道)'와 우도(友道)를 지탱하는 '신의(信義)'가 필요한 것이다.

그러기에 조선 후기의 연암(燕巖) 박지원(朴趾源)은 소위 '구전(九傳)'으로 불리어지는 초기 한문 단편의 창작 동기를 밝힌 『방경각외전(放璚閣外傳)』의 「자서(自序)」에서, 세상에 참된 우도(友道)가 행해지지 못하는 것을 한탄하면서 다음과 같이 말하였다.

우도(友道)가 오륜(五倫: 父子·君臣·夫婦·長幼·朋友)의 끝에 놓인 것은 그 성기고 낮게 여기기 때문이 아니니, 그것은 마치 '토(土)'가 오행(五行: 金·木·水·火·土) 중에서 사시(四時)의 바탕이 되는 것과 같다. 부자유친(父子有親)·군신유의(君臣有義)·부부유별(夫婦有別)·장유유서(長幼有序)의 도리가 '붕우유신(朋友有信)'의 '신(信)'이 아니고서 어찌 행해질 수 있으리오? 인류의 떳떳한 도리를 다하는 것과 그렇지 못한 것을 우도(友道)가 이에 바로잡아 주니, 우도(友道)가 오륜(五倫) 가운데 뒤에 있는 것은 곧

뒤에서 이를 통섭(統攝)하게 하려는 것이다.[1]

이는 '오륜(五倫)'으로 일컬어지는 인륜의 도(道) 모두가 '우도(友道)'의 실질이라고 할 '신의(信義)'를 바탕으로 해서 행해진다는 뜻을 나타낸 논리이다. 다시 말해서 이는, 인륜의 도를 밝힘으로써 세상을 바로잡아 밝은 세상이 되게 할 수 있는데, 그 인륜의 도를 바로잡는 데 있어서 '우도'가 가장 근본이 되는 도리임을 천명한 '우도론'의 하나라고 하겠다.

그리고 근래에 만해(萬海) 한용운(韓龍雲) 또한 「님께서 침묵하지 아니하시면」이라는 글에서 인간 사회에서의 우도의 중요성을 다음과 같이 설파하였다.

우교(友交)는 학교보다도 중요한 것이다. 학교 교육은 공식적이요 시간적이며, 과정에 있어서도 덕육(德育)보다 지육(智育)·체육(體育)이 많아서 인격적으로 배우기에는 너무도 빈약하게 되어 있는 것이다. 그러나 붕우(朋友)라는 것은 언제든지 상종하게 되는 것이다. 예의를 갖추는 회석(會席)이나 조인(稠人) 중에서만 만나는 것이 아니라 거상잡거(居常雜居)의 사석에서 더욱 자주 만나게 되느니, 기탄없이 압근(狎近)하기가 쉬워서 심상한 언동에도 그 영향을 받기가 쉬운 것이다. 금객기붕(琴客碁朋)을 사귀면 한일월(閒日月)을 보내기 쉽고, 주도(酒徒)를 추축(追逐)하면 호리건곤(壺裡乾坤)에 들기 쉬운 것이고, 국사(國士)를 상종하면 경국제세(經國濟世)를 논의하게 되는 것이다. 어찌 우교(友交)를 삼가지 아니하리오.[2]

---

1) 『燕巖集』 卷八 『放璚閣外傳』 「自序」 "友居倫季, 匪厥疎卑, 如土於行, 寄王四時, 親義別叙, 非信奚爲, 常若不常, 友迺正之, 所以居後, 迺殿統斯." 참조.
2) 韓龍雲, 「님께서 침묵하지 아니하시면」, 『韓龍雲全集』 참조.

만해(萬海)의 이와 같은 이론 또한 인간의 삶 가운데 참된 벗사귐의 도리 곧 '우도(友道)'가 매우 중요한 것임을 강조한 '우도론(友道論)'의 하나이다. 만해는 덕육(德育)을 지극히 중요시하지 못하고 있는 학교 교육보다도 모든 인간관계에서 예의를 갖출 줄 아는 참된 '우교(友交)'의 가르침이 더욱 중요한 것임을 강조했던 것이다.

그런데 위와 같이 세상을 바로잡는 도리를 논한 우도론을 논의하기에 앞서 우리는 먼저 '우도' 곧 '붕우지도'의 개념을 이해하는 일이 필요하다. 그리고 또한 '우도' 곧 '붕우지도'의 개념을 논의하기에 앞서 '붕우(朋友)' 곧 '붕(朋)'과 '우(友)'의 개념을 이해하는 일이 필요하다. 『논어(論語)』「학이(學而)」편의 주(註)에 "유붕자원방래(有朋自遠方來), 불역낙호(不亦樂乎)."를 말한 공자(孔子)의 말씀에 대한 주에서 주자(朱子)는 "붕, 동류야(朋, 同類也).")[3]라고 했다. '붕(朋)'을 풀이하여 '류(類)를 같이 하는 사람'이라고 한 것이다. 뜻을 같이하든, 인생의 길을 같이하든, '류(類)를 같이 하는 사람'이 '붕(朋)'이라는 뜻에서 그렇게 개념을 규정한 것이다. 그런데 『주례(周禮)』'지관(地官)'「대사도(大司徒)」의 주에는 "동사왈붕(同師曰朋), 동지왈우(同志曰友)."[4]라고 했다. '스승을 같이 하며 동문수학(同門受學)하는 사람'을 '붕(朋)'이라 하고, '뜻을 같이하는 사람'을 '우(友)'라고 한 것이다. 그러나 '붕'과 '우'를 사용해 온 동양 고래(古來)의 전통적인 관념에 비추어 볼 때 '붕'보다는 '우'의 개념이 좀 더 넓은 개념으로 사용되어 왔다고 할 수 있으나, '우(友)'는 '범범연 (汎汎然)히 널리 사귀는 벗'을 뜻하는 말인 데 비해 '붕(朋)'은 '뜻을 같이 하고 길이 같은 사람' 곧 의리(義理)의 길을 같이 가는 '지동도합자(志同

---

3) 『論語』「學而」篇의 朱子 註 참조.
4) 『周禮』'地官'「大司徒」의 註 참조.

道合者)'를 의미하는 말이라고 이해하는 것이 좋을 것이다.

'우도(友道)'는 '붕우지도(朋友之道)' 곧 '벗사귐의 도리'를 말하며, '우도론'은 그 우도를 논한 말씀이나 이론을 말한다. 벗사귐의 도리 곧 우도를 말한 짧은 우도론의 한 예를 들자면, 다음과 같은 『맹자(孟子)』「만장(萬章)」장에 있는 맹자의 말씀이 바로 그것이다.

> 만장(萬章)이 여쭈어서 말씀드리기를, 감히 벗사귐[友道]에 대해서 여쭙고자 합니다. 맹자(孟子)가 말씀하시기를, 나이 많은 것을 협세(挾勢)하지 않으며, 존귀한 것을 협세하지 않으며, 형제 많은 것을 협세하지 않나니, 벗사귐이라는 것은 그 덕을 벗삼는 것이니, 협세하는 일이 있어서는 안 되느니라.[5]

위의 문답은 맹자의 제자 만장(萬章)이 우도(友道)를 물은 데 대해서 맹자가 간략하게 우도를 논하여 가르침을 내린 것이다. 위의 맹자 말씀을 통해서 우리는 '우도'가 어떤 세력을 끼고 으시대면서 협세(挾勢, 남의 위세를 믿고 의지함)하는 일이 없이 인격적으로 대등한 관계에서 벗을 사귀는 것을 의미하며, 진정한 '우도'란 상대방의 지위 고하나 빈부 등을 따지는 이해관계를 떠나서 그 사귀고자 하는 사람의 덕을 벗삼는 것을 의미한다.

이와 같이 우리 인간의 삶에서 우도가 차지하는 비중이 막중한 것임을 깊이 인식하여 참된 벗사귐의 도리를 논하고 우도의 개념과 방법을 논한 역대 성현(聖賢)의 가르침이나 역대 학자들의 이론 등에 나

---

5) 『孟子』「萬章」章 '友德'章. "萬章問曰, 敢問友. 孟子曰, 不挾長, 不挾貴, 不挾兄弟而友, 友也者, 友其德也, 不可以有挾也." 참조.

타난 우도론은, 중국과 한국 등 동양에서 역대에 수없이 많았으며, 시대를 막론하고 끊임없이 이어져 왔던 것이다.

이 책의 뒷부분에서 구체적으로 논의할 것이지만, 『논어(論語)』・『맹자(孟子)』・『대학(大學)』・『중용(中庸)』・『시경(詩經)』・『주역(周易)』・『예기(禮記)』 등의 경서(經書)와 그 주석(註釋)의 기록, 그리고 『사기(史記)』・『한서(漢書)』 등 역사서의 기록, 정자(程子)・주자(朱子)・퇴계(退溪)・율곡(栗谷) 등 선대(先代) 철저한 유학자들의 문집에 나타난 교훈적인 기록, 송대(宋代) 구양수(歐陽脩)의 「붕당론(朋黨論)」과 조선시대 성호(星湖) 이익(李瀷)의 「붕당론(朋黨論)」・연암(燕巖) 박지원(朴趾源)의 소설 「예덕선생전(穢德先生傳)」・「마장전(馬駔傳)」 등의 기록에 나타난 우도론(友道論)이 바로 그것이다.

'군자(君子)'와 '소인(小人)'의 구분은 의리(義理)를 추구하느냐 이익을 추구하느냐에 달려 있다.6) 군자는 의리를 숭상하기 때문에 참된 벗사귐의 도리를 다할 수 있으나, 소인은 이익을 따르기 때문에 이해관계에 맞으면 부화뇌동(附和雷同)하다가도 그렇지 않으면 서로 등을 돌리고 신의를 저버린다. 그러므로 역대의 치란(治亂)과 흥망성쇠(興亡盛衰) 등 정치 득실(得失)은 물론이요, 친구나 이웃 간의 도리가 제대로 행해지고 어긋나는 것과 개인적인 삶의 잘잘못이 모두 다 그 참된 우도가 제대로 행해지는가 아닌가에 따라서 판가름나기 마련이었다. 군신간(君臣間)의 관계나 사제간(師弟間)의 관계도 지위의 고하와 연령의 상하에 차이가 있을는지는 모르겠으나, 그 모두가 넓은 의미에서의 우도를 지극히 하는가 아닌가에 따라서 좌우되는 것이었다.

그와 같이 우리 인간의 삶에서 우도 곧 참된 벗사귐의 도리는 매우 중요한 것이었다. 그것이 동서고금에 공통된 논리가 되어 왔음은 주

---

6) 『論語』「雍也」篇 '爲儒'章의 集註, '謝氏曰'에 "君子小人之分, 義與利之間而已."라고 하였다.

지의 사실이다.[7] 따라서 중국과 한국 등 동양에서 참된 벗사귐의 도리를 논한 우도론의 전개와 아울러 역대에 우도와 우도론을 소재 또는 주제로 한 문학 작품이 끊임없이 창작되어 왔음은 두말할 나위 없다. 중국 『시경(詩經)』 시에서 '소아(小雅)'의 「벌목(伐木)」장, 「상체(常棣)」장이나 도연명(陶淵明)의 시 「관포(管鮑)」 그리고 두보(杜甫)의 시 「빈교행(貧交行)」 등이 그것이며, 한국 한시(漢詩)에서 퇴계(退溪) 이황(李滉)의 「화도집음주(和陶集飲酒)」·「김신중읍청정(金愼仲挹淸亭)」과 하서(河西) 김인후(金麟厚)의 「증우인(贈友人)」과 황종해(黃宗海)의 「붕우(朋友)」 등의 작품, 그리고 향가(鄕歌)의 「모죽지랑가(慕竹旨郎歌)」·「찬기파랑가(讚耆婆郎歌)」, 시조(時調) 작품 중 정철(鄭澈)·김상용(金尙容)·윤선도(尹善道)·이정보(李鼎輔)·김창업(金昌業)·심두영(沈斗榮)·강복중(姜復中)·정수경(鄭壽慶) 등의 작품, 민요(民謠) 중 박천지방(博川地方) 민요 「어화 벗님네들이여」와 연암 박지원의 한문소설 「예덕선생전(穢德先生傳)」·「마장전(馬駔傳)」 등이 바로 그것이다.

그와 같이 중국과 한국의 고전문학 작품에서 우도와 우도론을 소재

---

7) 동양(東洋)에서의 우도론의 내력에 관해서는 이 책의 뒷부분에서 구체적으로 논의할 것이므로 여기서는 잠깐 서양에서의 몇몇 우도론을 실례를 들어 살펴보자면 다음과 같다. 『구약성서』의 「잠언」에 "슬기로운 사람과 어울리면 슬기로워지고 어리석은 사람과 짝하면 해를 입는다."라고 하였으며, 『구약성서』의 「집회서」에 "성실한 친구는 안전한 피난처요, 그런 친구를 가진 것은 보화를 지닌 것과 같다."라고 하였다.

영국의 속담에 "우정은 친족보다 강하다(Friendship is stronger than kindred)."라는 말이 있다. 그리고 "금은 불로 시험되고, 우정은 곤경에서 시험된다(Gold is proved with fire, friendship with need)."라는 말이 있다. 아리스토텔레스는 『수사학(修辭學)』에서 "서로가 자기 자신으로 해서 친구일 수 있는 것은 확실히 선(善)한 사람들 사이가 아니면 안 된다."라고 하였으며, O. 골드스미스는 『훌륭한 인간(人間)』에서 "우정이란 대등한 인간 동지(同志) 사이의 이해를 떠난 거래이다."라고 하였으며, M. E. 몽떼뉴는 '우애'를 '화합의 극치'라고 하였으며, G. G. 바이런은 「그리운 메리안에게」에서 "수많은 연인의 정(情)을 모아도 내 가슴에 타는 우정의 불에는 미치지 못한다."라고 노래하는 등 "좋은 벗은 가장 가까운 친척이다(A good friend is my nearest relative)."라고 하였다.

또는 주제로 한 문학 작품이 끊임없이 이어져 왔다. 그럼에도 세상사 가운데서 우도가 막중한 것임을 자각하는 인식의 부족으로 인해 국문학 연구에서는 초창기로부터 최근의 연구에 이르기까지 우리 문학 작품에 나타난 우도와 우도론에 대한 연구가 거의 이루어지지 못한 상태이다.

우리 인간의 삶에서 우도 곧 참된 사귐의 도리가 매우 중요한 것이기 때문에 우리의 수많은 고전과 고전문학 작품에 우도 또는 우도론을 소재 또는 주제로 한 기록과 문학 작품 내용이 많을 수밖에 없었으리라는 것은 당연한 사실이다. 그럼에도 그동안 학계에서 이 분야에 대한 연구가 적었던 것은, 세상사 가운데서 우도가 막중한 것임을 자각하는 인식의 부족에 기인한 것이라고 생각되며, 한편으로는 우리의 문학 연구가 종래에 사상 또는 내용에 대한 연구보다 문예에 대한 연구에 치중하는 측면이 많았던 까닭이 아닌가 생각된다. 따라서 필자는 이와 같은 관점에 근거하여 한국 고전문학에 나타난 우도와 우도론의 연구에 관심을 가지게 된 것이다.

그 동안 학계에서 고전문학에 나타난 우도와 우도론 연구는 거의 없었다고 하더라도, 연암 박지원의 「예덕선생전」·「마장전」 등 극히 적은 몇몇 문학 작품에 대해서 박기석·임형택 교수 등의 우정론(友情論) 또는 우도론(友道論)에 관한 연구가 부분적으로 진행되었다.[8] 그리고

---

8) 朴箕錫, 「燕巖의 初期 九傳에 대한 一考」, 張德順 先生 華甲紀念 『韓國古典散文研究』, 同和文化社, 1981; 朴箕錫, 『朴趾源 文學 研究』, 三知院, 1984; 林熒澤, 「朴燕巖의 倫理意識과 友情論의 성격」, 『韓國文學史의 視角』, 창작과비평사, 1984; 李敎鐸, 「友情論: 詩歌를 中心으로 본 우리의 友情」, 『忠淸』 第36號, 1973; 李相斐, 「李愼儀의 '四友歌'와 短歌 六首」, 『詩文學』 32號, 1974; 李相斐, 「「四友歌」와 李愼儀에 대한 연구」, 『圓光大 論文集』 第13輯, 1979; 李容淑, 「「四友歌」와 '五友歌'의 比較研究」, 『孤山研究』 第2號, 孤山研究會, 1988; 金泰俊, 「18世紀 交友論의 系譜」, 김영배 선생 회갑기념 논총, 경운출판사, 1990; 元容文, 「'五友歌'의 윤리적 의미」, 白影 鄭炳昱 先生 10週年 追慕論集 『한국고전시가 작품론』, 集文堂, 1992

참된 벗사귐의 도리가 군자(君子)다운 선비정신에 의해서 가능한 것이라는 관점에서 보자면, 이 분야와 관련된 연구로서 최봉영(崔鳳永)·이광린(李光麟)·이우성(李佑成)·최영호(崔永浩)·이장희(李章熙)·정요일(鄭堯一) 교수와 정태옥(鄭泰玉) 등의 선비정신에 대한 연구도 있었다.9) 그리고 또 김용걸(金容傑)·최승현(崔承顯) 교수와 송갑준(宋甲準) 등에 의해서 행해진 성호 이익의 「붕당론」에 대한 연구10)와 주변 연구로서 김균태(金均泰) 교수와 조기영(趙麒永) 등에 의해서 행해진 우도에 관한 한시 작가 이황·김인후의 한시에 대한 연구11)도 있었다.

그러나 한국 고전문학 작품에 나타난 우도와 우도론에 관한 연구에 가장 근접한 연구라고 할 박기석·임형택 교수 등의 연구도 우도와 우도론의 개념과 내력에 대한 동양 전통의 논리적 접근에 의한 연구이지만, 필자가 이 책에서 행하고자 하는 바와 같이 우도와 우도론에 대한 이론적 연구를 바탕으로 하여 장차 한국 고전문학 작품에 대한 본격적인 연구가 적극적으로 행해지지 않으면 안 될 것이다.

따라서 필자는 한국 고전문학에 나타난 우도와 우도론을 논하고

등의 논문이 있음.

9) 崔鳳永,「朝鮮時代 선비精神 研究」, 韓國學大學院 碩士論文, 1981; 李光麟·李佑成·崔永浩, 「鼎談·韓國의 선비 文化」,『韓國의 선비 文化』(韓國文化시리즈 2), 時事英語社, 1982; 鄭泰玉,「선비'精神에 대한 研究」, 啓明大 碩士論文, 1985; 李章熙,『朝鮮時代 선비 研究』, 博英社, 1989; 李廷卓,「陶淵明의 文學世界와 선비정신」,『韓國 漢文學과 儒教文化』(蒼谷 金世漢 教授定年退職 紀念論叢), 亞細亞文化社, 1991; 趙麒永,「河西 金麟厚 詩 研究」, 연세대학교 박사논문, 1991; 鄭堯一,「선비精神과 선비精神의 文學論」,『星谷論叢』三十輯, 星谷學術文化財團, 1999.

10) 金容傑,「星湖의 哲學思想에 關한 研究」, 成均館大 博士論文, 1987; 宋甲準,「星湖 李瀷의 經學觀에 관한 研究」, 高麗大學校 碩士論文, 1983; 崔承顯,「星湖 李瀷의 生涯와 思想」,『實學論叢』, 全南大學校, 1975 등.

11) 金均泰,「河西 金麟厚의 文學觀과 江湖詩 研究」,『宗教·人間·社會』(서의필 선생 회갑 기념 논문집), 한남대학교 출판부, 1988; 趙麒永,「河西 金麟厚 詩 研究」, 연세대학교 박사논문, 1991.

그 의의를 밝히기 위해 먼저 『논어』·『맹자』·『주역』·『예기』 등의 경서와 그 주석의 기록, 그리고 『사기』의 「안영열전」·「굴원가생열전」이나 『한서』의 「가의전」, 『조선왕조실록』 중 『성종실록』, 『중종실록』 등 역사서의 기록, 그리고 중국 송대 구양수의 「붕당론」과 조선 후기 성호 이익의 『곽우록』에 수록된 「붕당론」 및 『성호사설』에 수록된 「붕당」, 지봉 이수광의 『지봉유설』에 수록된 「사우(師友)」와 같은 우도론(友道論) 등을 통해서 살펴볼 수 있는 '우도와 우도론의 개념' 및 '우도와 우도론의 내력'을 논의하고, 아울러 중국 『시경』 시 '소아'의 「벌목」 장·「상체」장이나 『고문진보(古文眞寶)』에 수록된 한대 가의의 「조굴원부」와 촉한 제갈공명의 「출사표」, 진대 도연명의 시 「관포」와 당대 두보의 시 「빈교행」, 조선 후기 연암 박지원의 「예덕선생전」과 같은 문학 작품을 통하여 살펴볼 수 있는 '우도와 우도론의 문학적 형상화'를 논의하고자 한다. 그리고 나서 '한국 고전문학에 나타난 우도와 우도론'을 고찰함으로써 '한국 고전문학에 있어서의 우도와 우도론의 의의'를 밝히는 순서로 이 책에서의 논의를 진행하고자 한다.

중국과 한국의 역대 고전을 통하여 우도와 우도론의 개념과 내력을 살펴볼 수 있는 경서와 그 주석 그리고 역사서와 역대 문집 등의 기록과 문학 작품은 무척 많다. 그러나 그 모든 자료들을 이 책에서 두루 다 논의할 수는 없을 것이므로 위에서 예거한 몇몇 자료들로 논의의 대상을 국한하고자 하며, 그 몇몇 자료들 또한 전편 또는 전문을 인용하여 논의하기는 어려울 것이므로 필요한 부분만을 발췌하여 논의하는 방법을 취하고자 한다.

그리고 '한국 고전문학에 나타난 우도와 우도론'을 고찰하는 데 있어서도 우도와 우도론을 소재 또는 주제로 한 모든 문학 작품을 이 책에서 두루 다 논의할 수 없을 것이므로, 고려시대 이제현(李齊賢)과

조선시대 퇴계(退溪) 이황(李滉)·하서(河西) 김인후(金麟厚)·황종해(黃宗海)·
정약용(丁若鏞) 등의 한시와 「모죽지랑가(慕竹旨郞歌)」·「찬기파랑가(讚耆
婆郞歌)」 등의 향가, 정철(鄭澈)·황진이(黃眞伊)·임제(林悌)·박인로(朴仁老)·
김상용(金尙容)·윤선도(尹善道)·이간(李侃)·김창업(金昌業)·신정하(申靖夏)·
윤순(尹淳)·심두영(沈斗榮)·이정보(李鼎輔)·이세보(李世輔)·김천택(金天澤)·
김득연(金得硏) 등의 시조, 박천지방의 민요 「어화 벗님네들이여」와 같
은 시가 작품, 그리고 「예덕선생전」·「마장전」 등 연암 박지원의 한문
소설, 이이(李珥)의 「김시습전(金時習傳)」·남효온(南孝溫)의 「육신전(六臣
傳)」·김시습(金時習)의 「제갈량전(諸葛亮傳)」 등의 인물전(人物傳), 주세붕
(周世鵬)의 「육현가(六賢歌)」·박제가(朴齊家)의 「송백영숙기린협서(送白永
淑麒麟峽序)」·이규보(李奎報)의 「전이지애사(全履之哀詞)」 등의 기타 문학
에 나타난 우도와 우도론을 논의하고자 한다.

제2장 우도와 우도론 및 그 문학적 형상화

1. 우도와 우도론

1) 개념

'우도'는 '붕우지도(朋友之道)' 곧 '벗사귐의 도리'를 말하며, '우도론'
은 그 우도를 논한 말씀이나 이론을 말한다. 중국과 한국의 고전에는
'우도'와 '우도론'의 개념을 파악하는 데 도움이 되는 자료가 무척 많
다. 성경현전(聖經賢傳)이나 역사서의 기록 그리고 역대의 문집 등에
수록된 문장 또는 문학 작품들이 모두 그 자료가 될 수 있다. 벗사귐의
도리 곧 '우도'를 말한 짧은 우도론의 예를 들자면, 앞의 '서론'에서
'연구 목적'을 논하면서 인용한 『맹자(孟子)』「만장(萬章)」장의 맹자의
말씀12)이 바로 그것이며, 다음에 예를 들어 논하고자 하는 『주역(周易)』
「계사상전(繫辭上傳)」의 공자 말씀이나 『예기(禮記)』「표기(表記)」편 그리

고『논어(論語)』「안연(顏淵)」편·「계씨(季氏)」편의 공자 말씀, 그리고 그에 대한 선유(先儒)들의 주석 등이 모두 그 '우도'를 논한 짤막한 '우도론'의 대표적인 예가 된다고 하겠다. 또한 뒤에서 '우도와 우도론의 내력'을 논하면서 인용하게 될 송대 구양수의 「붕당론(朋黨論)」과 조선 시대 성호 이익의 「붕당론(朋黨論)」·「붕당(朋黨)」 그리고 연암 박지원의 소설 「예덕선생전(穢德先生傳)」·「마장전(馬駔傳)」 등의 기록에 나타난 우도론 등은 '우도'를 주제로 하여 구체적이고도 본격적인 '우도론'을 전개한 비교적 장편의 우도론이 된다고 하겠다. 『주역(周易)』「계사상전(繫辭上傳)」의 '군자지도(君子之道)'를 말한 공자 말씀 가운데에 "두 사람이 마음을 같이하면, 그 날카로움이 쇠를 끊는다. 마음을 같이하는 말은 그 냄새가 난초와 같다."[13]라는 구절이 있다. 여기서 우리는 뜻을 같이하는 사람 사이의 참된 우정이 그 날카로움으로 비유할 때 쇠도 끊을 만큼 굳고 단단하며 변함이 없다는 뜻으로써 우도의 개념을 파악할 수 있다. 그리고 마음을 같이하는 참된 벗 사이에서 서로의 우정을 돈독히 할 수 있도록 행해지는 말은 그 냄새가 난초의 향기와 같이 그윽하다는 뜻으로써 또한 우도의 개념을 파악할 수 있다. 한편 참된 우도를 논한『주역』의 「계사상전」의 이 짤막한 구절이 하나의 단적인 우도론이 될 수 있다는 뜻에서 우도론의 개념을 파악할 수도 있다.

　그리고『예기(禮記)』「표기(表記)」편의 공자 말씀에 "군자가 사람을 접견하는 것은 마치 물과 같고, 소인이 사람을 접견하는 것은 마치 단술과 같으니, 군자는 담담하면서도 성취하고, 소인은 달콤해서 허

---

12) 앞의 각주 5) 참조.
13)『周易』「繫辭上傳」. "二人同心, 其利斷金. 同心之言, 其臭如蘭."

물어지느니라."14)는 구절이 있다. 이는 군자가 사람을 접하고 벗을 사귀는 태도와 마음가짐을 설명한 말씀이다. 그와 같이 군자는, 달콤한 이익을 취하는 벗사귐을 행하다가 그 일시적인 우정이 허물어지게 하지 않고, 담담한 물맛과 같이 우리 몸에 유익하면서도 싫증나지 않는 은근하면서도 변함없는 벗사귐을 행함으로써 참되고 아름다운 벗사귐이 이루어지게 하는 존재이다.

그렇다면 그와 같이 늘 변함없이 굳고 단단하면서도 담담한 물맛과 같이 은근하면서도 난초와 같이 그윽한 향기를 지닌 진정한 우정의 벗사귐을 행하는 주체인 '군자'는 어떠한 존재이겠는가? 그리고 그 군자가 행하는 참된 우도의 벗사귐은 무엇을 목적으로 하는 것이겠는가? 그에 대한 고전의 기록들을 통해서 우리는 또한 '군자'와 '우도'·'우도론'의 개념을 파악할 수 있다.

'군자'는 공(孔)·맹(孟)과 같은 "道成德立者도덕성립자(도로써 이루어지고 덕으로 만인 앞에 우뚝 선 분)"로서의 성현을 가리키거나 또는 공·맹과 같은 성현의 도를 배우는 '학도지인(學道之人)'을 가리키는 말이며, 그 '군자'는 의를 추구하는 존재라는 의미에서 이익을 추구하는 '소인'과 구별되는 말이다.15) 그리고 또한 그 『논어』「학이」편의 공자 말씀 "널리 대중을 사랑하되 어진 사람[仁人]을 가까이한다."16)라는 구절과 『예기』「유행」편의 공자 말씀 "어진 이를 사모하고 대중을 포용한다."17)라는 구절, 그리고 『논어』「안연」편의 공자 말씀 "군자는 남의 아름다운

---

14) 『禮記』卷第三十二「表記」篇. "君子之接, 如水, 小人之接, 如醴, 君子, 淡而成, 小人, 甘以壞."
15) 鄭堯一,「선비精神과 선비精神의 文學論」, 『漢文學의 硏究와 解釋』(一潮閣, 2000), 25~35쪽 및 42~43쪽 참조. 그리고 "君子小人之分, 義與利之間而已."라고 한 『論語』「雍也」篇 '爲儒' 章의 集註, '謝氏曰' 참조.
16) 『論語』「學而」篇 '弟子'章. "汎愛衆而親人."
17) 『禮記』卷第四十一「儒行」篇. "慕賢而容衆."

점을 성취시켜 주고 남의 악한 점을 굳혀 주지 않나니, 소인은 이를 뒤집어서 하느니라."18)는 구절로써 알 수 있듯이, 어진 사람[仁人]을 가까이하고 어진 이[賢者]를 사모하며 남의 아름다운 점을 성취시켜 주되 남의 악한 점을 굳혀 주지 않는, 참된 '벗사귐'을 행할 수 있는 선비정신을 지닌 존재이다.19) 군자는 이익을 추구하지 않고 의(義)를 숭상하며, 널리 대중을 사랑하되 어진 이를 가까이한다. 자기 몸을 바로잡아줄 수 있는 어진 이의 덕(德)을 사모하고, 그 덕을 벗삼기 위해 어진 사람을 가까이 하는 자세를 지니기 때문에, 군자는 이익에 따라 편당(偏黨)하는 치우친 벗사귐을 행하지 않는다. 따라서 군자는 자기 몸을 바로잡을 수 있는 길이라면, 시대와 연령의 차이 그리고 지위 고하를 초월하는 벗사귐을 행한다.

『논어』「안연」편에 공자의 제자 자공(子貢)과 공자의 다음과 같은 문답이 있다.

> 자공(子貢)이 벗사귐에 대해서 여쭈었더니, 공자께서 말씀하시기를, "진실되게 일러주면서 착한 길로 이끌어 주되, 안되겠거든 그만두어서 스스로를 욕되게 하는 일이 없어야 하느니라.20)

위의 문답은 제자 자공이 벗사귐의 도리를 물은 데 대하여 공자가 가르침을 내린 것으로, 진실되게 일러주어 책선(責善)하면서 착한 길로 인도하는 것이 벗사귐의 기본 자세이지만, 그와 같이 충고하여 책선하는데도 벗이 그 충고를 받아들일 자세가 안 되었을 때 끝까지 책선

---

18) 『論語』「顏淵」篇 '成美'章. "君子, 成人之美, 不成人之惡, 小人, 反是."
19) 鄭堯一, 앞의 논문, 37~41쪽 참조.
20) 『論語』「顏淵」篇 '問友'章 참조. "子貢問友, 子曰, 忠告而善道之, 不可則止, 無自辱焉."

(責善: 잘 되기를 바라면서 충고하는 것)하려다가 서로간의 관계가 소원해져서 책선하는 자가 지나친 것처럼 오해됨으로써 스스로를 욕되게 하는 일이 없어야 한다는 뜻을 보여준 것이다.

『논어』「안연」편에는 또한 "군자는 글[글공부]로써 벗을 모으고, 벗으로써 〈자기의〉 인(仁)을 도와 나가느니라."21)고 한 증자(曾子)의 말씀이 있다. 이는, 벗을 사귀는 방법이나 기회가 다양하겠으나, 성현의 도를 배운다든지 하는 글공부를 통하여 뜻을 같이하는 벗을 사귀는 것이 벗사귐의 바람직한 방법이며, 그와 같이 뜻을 같이하는 벗 사이에 언제나 서로 일깨워 주면서 바른 길로 인도하기 위하여 착한 말로 충고해줌으로써 각자 자기 자신의 인(仁)을 도와 나가는 것이 참된 벗사귐의 도리라는 뜻을 표명한 말씀이다.

위의 증자 말씀에 대한 주자의 주에 "배운 것을 익힘으로써 벗을 모으니 〈자신의〉 도가 더욱 밝아지고, 〈벗의〉 착한 점을 취해서 〈자신의〉 인을 도와 나가니 덕이 날로 진전된다."22)라고 하였다.

위의 『논어』 구절 곧 공자의 제자 자공과 공자의 문답 그리고 증자의 말씀과 그에 대한 주자의 주에 나타난 뜻이 바로 참된 벗사귐의 도리 곧 '우도'를 한마디 말로 논한 '우도론'이라고 하겠으며, 그 서로 '忠告而善道之충고이선도지'함으로써 '보인(輔仁)'해 나가는 것이 참된 벗사귐의 도리이며 친구 간에 서로 그 덕을 벗삼고자 하는 자세라는 의미에서 '우도'의 개념을 밝혀준 것이라고 하겠다.

『맹자(孟子)』「이루(離婁)」장의 맹자 말씀에 "잘되기를 바라서 충고해주는 것[責善]은 벗을 사귀는 도리이다."23)라고 한 것 또한, 친구 간에

---

21) 『論語』「顏淵」篇「輔仁」章. "君子, 以文會友, 以友輔仁."
22) 『論語』「顏淵」篇 '輔仁'章에 대한 朱子의 註. "講學以會友, 則道益明. 取善以輔仁, 則德日進."
23) 『孟子』「離婁」章下 '責善'章. "責善, 朋友之道也."

서로 진실되게 일러주고 일깨워 줌으로써 바른 길로 인도하는 것이 벗사귐의 도리라는 '우도'의 개념을 밝혀준 점에서 위의 공자 말씀이나 증자 말씀과 같은 맥락에서 파악되는, 짤막한 '우도론'이라고 하겠다.

　그리고 또한 위의 『논어』·『맹자』 구절과 『논어』 구절에 대한 주자의 주에 나타난 뜻은, 곧 앞에서 인용한 『논어』 「학이」편의 공자 말씀 "汎愛衆而親人범애중이친인."[24]이라는 구절과 『예기』 「유행」편의 공자 말씀 "慕賢而容衆모현이용중."[25]이라는 구절 그리고 『맹자』 「만장」장의 맹자 말씀 "友也者우야자, 友其德也우기덕야."[26]라는 구절에 나타난 뜻과 상통하는 뜻을 나타낸 것이다. 벗사귐의 도리를 아는 '군자'는 널리 대중을 사랑하되 특히 어진 이를 가까이한다. 널리 대중을 사랑하고 포용해 나가며, 특히 그 어진 사람의 덕을 벗삼고자 한다. 따라서 그 어진 사람이 일깨워주는 참된 충고를 달게 받을 줄도 알아서, 자기 자신이 참된 사람이 되고 남의 모범이 될 수 있으며, 나아가 다른 사람도 참된 사람으로 만들어줄 수 있는 것이다. 그것이 바로 참된 벗사귐의 도리 곧 '우도'의 개념이 된다고 하겠으며, '우도'의 개념을 밝혀준 그와 같은 말씀이나 이론이 모두 다 '우도론'이 된다고 하겠다.

　'벗사귐'은 시대의 차이를 초월하며, 신분·지위·연령의 차이를 초월한다. 우리가 공(孔)·맹(孟)과 같은 옛 성현의 도를 따라서 그 옛 성현을 마음속으로 벗삼고자 하는 것도 넓은 의미에서의 벗사귐이 된다고 할 것이다. 그리고 요(堯) 임금이 어진 이를 높이는 존현(尊賢)의 자세로써 순(舜) 임금을 가까이하여 천자(天子)로서 필부(匹夫)를 벗한 것이라든가 한(漢)나라의 장사왕(長沙王)의 태부(太傅)가 되어 가던 가의(賈誼)가

---

24) 앞의 각주 16) 참조.
25) 앞의 각주 17) 참조.
26) 앞의 각주 5) 참조.

상수(湘水)에서 초(楚)나라 굴원(屈原)의 덕을 사모하며 그 죽음을 애도하여 「조굴원부(弔屈原賦)」를 지은 것, 그리고 촉한(蜀漢)의 선제(先帝) 유비(劉備)가 제갈공명(諸葛孔明)을 삼고초려(三顧草廬)한 것이라든가 제갈공명이 죽는 날까지 신의를 지키다가 후주(後主) 유선(劉禪)에게 「출사표(出師表)」·「후출사표(後出師表)」를 지어 올리면서 깊은 충정(衷情)을 드러낸 것 등이, 그 모두 시대와 지위 고하를 초월하여 덕을 벗삼고자 한 '우도'의 진면목을 보여준 것이라고 하겠다.

『맹자(孟子)』「만장(萬章)」장에는 다음과 같은 맹자의 말씀이 기록되어 있다.

맹자가 만장에게 일러 말씀하시기를, "한 고을의 착한 선비라야 이에 한 고을의 착한 선비를 벗할 수 있고, 한 나라의 착한 선비라야 이에 한 나라의 착한 선비를 벗할 수 있고, 천하(天下)의 착한 선비라야 이에 천하의 착한 선비를 벗할 수 있느니라. 천하의 좋은 선비를 벗하는 것으로도 족하지 못하다고 생각하여 또 옛사람을 거슬러 올라가 논하나니, 그 〈옛사람의〉 시를 노래하며 그 〈옛사람의〉 글을 읽되 그 사람됨을 모른대서야 되겠는가? 그래서 그 시대를 논하는 것이니, 바로 이것이 거슬러 올라가서 벗하는 것이니라.[27]

맹자의 제자 만장에게 가르침을 내린 위의 맹자 말씀에서 우리는 다음과 같은 교훈을 얻을 수 있다. 배우는 사람이라면 누구나 다 자기보다 나은 사람의 덕(德)을 본받고자 하여 그 덕을 벗하기 위해서는

---

[27] 『孟子』「萬章」章下 '友善' 章. "孟子謂萬章曰, 一鄕之善士, 斯友一鄕之善士, 一國之善士, 斯友一國之善士, 天下之善士, 斯友天下之善士. 以友天下之善士爲未足, 又尙論古之人, 頌其詩, 讀其書, 不知其人, 可乎. 是以論其世也, 是尙友也."

자기보다 나은 사람을 벗삼고자 할 것이다. 그것이 우도의 기본자세이다. 그럼에도 맹자는 어째서 위와 같은 말씀을 하였겠는가? 덕이 높은 사람은 자기보다 못한 사람이라고 하여 배격하지 않고 널리 대중을 사랑할 줄 아는 포용력을 지닌다. 그러나 덕이 낮은 사람은 부지런히 갈고 닦으면서 자기보다 나은 사람의 덕을 본받고자 하여 자기 자신의 덕을 높이는 부단한 노력을 기울이지 않고서는 그 훌륭한 사람과 진정으로 뜻이 통하는 참된 벗사귐을 하기 어렵다는 것을 명심해야 한다는 뜻에서 위와 같은 말씀이 있게 된 것이다. 그러므로 뜻이 통하는 진정한 참된 벗사귐은 한 고을이나 한 나라나 천하의 참되고도 착한 선비들 사이에서 가능한 것이다. 배우는 사람은 모두 그와 같이 한 고을이나 한 나라나 천하의 가장 참된 선비와 벗하고자 하는 노력과 자긍심을 바탕으로 해서 벗사귐의 도리 곧 '우도'를 행해 나가야 하는 것이다. 그것이 위의 맹자 말씀에서 나타내고자 한 가르침이다.

　　그리고 우리는 위의 맹자 말씀에서 또한 다음과 같은 교훈을 얻을 수 있다. 배우는 사람들이 진정으로 자기 자신의 덕을 높이기 위해서는, 한 고을이나 한 나라나 온 천하의 가장 훌륭한 선비를 찾아 벗하는 것으로써도 부족하다고 생각하여, 시대를 초월하는 벗사귐의 자세로, 예를 들면 공·맹과 같은 성현 곧 고인을 마음속으로 벗 삼고자 하는 폭넓은 벗사귐을 부단히 행하고자 하지 않으면 안 된다는 것이 바로 그것이다. 시대를 초월할 수도 있는 벗사귐의 도리야말로 진정한 '우도'라고 할 것이다. 이 글의 뒷부분 '우도와 우도론의 문학적 형상화'에서 논의하게 될 것이지만, 한나라 가의가 초나라 굴원의 덕을 사모하며 애도하여 「조굴원부」를 지은 것도 같은 관점에서 이해될 수 있는 사항이라고 하겠다.

　　그 외에도 우리는 맹자의 말씀에서, 옛사람을 벗하기 위해 그 옛사람의 시를 노래하고 글을 읽되, 그 시와 글을 남긴 옛사람의 '사람됨' 곧 '덕'을 벗삼고자 하는 것이 가장 참된 벗사귐의 도리라는 교훈을 얻을 수 있는 것이다. 여기서 우리는 또한 진정한 '우도'의 개념을 파악할 수 있으며, 그와 같은 '우도'를 논한 말씀이나 이론이 바로 '우도론'이라는 것도 알 수 있다.

위에서 인용한 『맹자』 「만장」장의 〈협세(挾勢)하지 않고 벗을 사귀되 그 덕을 벗삼고자 하는 것이 진정한 벗사귐〉이라는 구절28)의 뒷부분에 있는 맹자의 말씀에 다음과 같은 구절이 있다.

순(舜) 임금께서 위로 올라가서 요(堯) 임금을 뵈었거늘, 요 임금께서 사위 삼아 이실(貳室)에 관사(館舍)를 지어 머물게 하시고는, 또한 순 임금에게서 대접을 받으시면서 교대로 손님과 주인 노릇을 하셨으니, 이는 천자로서 필부를 벗한 것이니라. 아랫사람으로서 윗사람을 공경하는 것을 일러 '존귀한 분을 존귀하게 여기는 것'[貴貴]이라고 하고, 윗사람으로서 아랫사람을 공경하는 것을 일러 '어진 이를 높이는 것'[尊賢]이라고 하나니, '존귀한 분을 존귀하게 여기는 것'과 '어진 이를 높이는 것'이 그 뜻[이치]은 매한가지이니라.29)

위의 맹자 말씀에서는 지위의 고하를 초월한 벗사귐의 도리가 논의되었다. 위의 말씀에서 '아랫사람으로서 윗사람을 공경하는 것' 곧 '존귀(尊貴)한 분을 존귀하게 여기는 것[貴貴]'과 '윗사람으로서 아랫사람을 공경하는 것' 곧 '어진 이를 높이는 것[尊賢]'이 두 가지 경우 모두

---

28) 앞의 각주 5) 참조.
29) 『孟子』 「萬章」章下 '友德'章 참조. "舜尙見帝, 帝館甥于貳室, 亦饗舜, 迭爲賓主, 是天子而友匹夫也. 用下敬上, 謂之貴貴, 用上敬下, 謂之尊賢, 貴貴尊賢, 其義一也."

지위의 고하를 초월한 벗사귐의 도리에 들어맞는 경우라는 것을 알수 있다. 이 글의 뒷부분 '우도와 우도론의 문학적 형상화'에서 또한 논의하게 될 것이지만, 촉한의 선제 유비가 제갈공명을 삼고초려한 것이라든가 제갈공명이 21년간이나 신의를 저버리지 않고서 촉한의 후주 유선에게 「출사표」를 지어 올리고 그 뒤로 또 '죽은 뒤에나 말겠다'는 자세로써 '死而後己사이후이'라는 표현과 함께 「후출사표」를 지어 올린 것 또한 신분과 지위의 고하를 떠난 벗사귐의 도리를 행한 것이라는 점에서 같은 관점으로써 이해될 수 있는 사항이라고 하겠다.

그리고 『맹자』 「만장」장에 있는 위의 맹자 말씀에 대한 주자(朱子)의 주에 다음과 같은 구절이 있다.

> 이는 〈벗사귐의 도리[朋友]는 인륜(人倫)의 한 가지이니, 자기 자신의 인(仁)을 돕고자 하는 것인지라, 그러므로 천자(天子)로서 필부(匹夫)를 벗하면서도 굽히는 것이 되지 않고 필부로서 천자를 벗하면서도 도리에 넘치는 것이 되지 않는다〉는 것을 말씀하신 것이니, 이것이 바로 요·순 임금께서 인륜의 지극한 경지[仁者. 仁者이면서 仁者 중의 仁者인 聖人]가 되시고 맹자님께서 말끝마다 반드시 칭송하신 까닭이니라.[30]

맹자 말씀에 대한 위의 주자 주에서 우리는, '붕우지도(朋友之道)' 곧 벗사귐의 도리가 자기 자신의 인(仁)을 보필하기 위한 것임을 알 수 있다. 그리고 인륜의 도에 있어서 지극한 경지라고 할 '인자(仁者) 중의 인자'인 '성인'의 벗사귐 곧 요·순 임금의 경우와 같은 천자와 필부

---

30) 『孟子』 「萬章」 章下 '友德' 章에 대한 朱子의 註 참조. "此言, 朋友, 人倫之一, 所以輔仁, 故以天子友匹夫而不爲詘, 以匹夫友天子而不爲僭, 此堯舜所以爲人倫之至而孟子言必稱之也."

간의 벗사귐에서도 '서로 굽히는 것이 되지 않고 참담한 것이 되지 않는' 벗사귐이 그 바로 참된 벗사귐의 도리라는 것을 알 수 있다.

위와 같은 자료들을 통해서 우리는, 참된 벗사귐을 행하는 '군자'가 어떤 존재인지, '군자'의 개념과 아울러 그 '군자'가 행하는 참된 벗사귐의 도리 곧 '우도'의 개념을 파악할 수 있으며, 또한 참된 벗사귐의 도리를 논한 '우도론'의 개념을 파악할 수 있다.

'군자'의 '우도' 곧 참된 '벗사귐의 도리'는, 서로 진실되게 일러주면서 착한 길로 인도하는 것이며, 남[벗]의 아름다운 점을 성취시켜 주되 남[벗]의 악한 점을 굳혀 주지 않는 것이며, 끝까지 신의를 저버리지 않는 것이며, 포용하는 자세로 널리 대중을 사랑하되 덕을 벗삼기 위해서 어진 이[仁人]를 가까이하는 것이며, 사양(辭讓)하는 마음으로써 자기 자신보다 훌륭한 현자를 사모하고 높이는 것이며, 시대·연령의 차이와 신분·지위의 고하를 초월하여 덕을 벗삼는 것이며, 진정으로 뜻이 통하는 참된 벗사귐이 될 수 있도록 하기 위하여 천하의 착한 선비와 같아지려고 부단히 자기 몸을 갈고 닦아 자기의 덕을 고양하는 것이라고 하겠다. 그리고 이와 같은 벗사귐의 도리를 밝힌 성현(聖賢)·명철(明哲) 등의 말씀이나 이론이 곧 '우도론'이 된다고 하겠다.

2) 내력

'우도' 곧 참된 벗사귐의 도리를 행한 분들의 내력에 대한 기록과 그 '우도'를 논한 이론의 내력에 대한 기록은 역대에 많이 있어 왔다. 여기서는 중국과 한국의 기록을 바탕으로 하여 '우도'와 '우도론'의 내력을 살펴보고자 한다.

『서경』을 두루 참고하거나 송대 구양수의 「붕당론」을 참고하자면,31) 요·순시대에 이미 공공(共工)·환도(驩兜) 등 4인의 소인 붕당(朋黨)과 팔원(八元)·팔개(八愷) 등 16인의 군자 붕당 및 고요(皐陶)·기(夔)·직(稷)·설(契) 등 22인의 군자 붕당이 있었으며, 소인 붕당을 물리치고서 군자 붕당을 진용함으로써 천하가 잘 다스려지도록 하였다고 한다. 그 군자 붕당이 바꿔 가며 서로 아름다움을 보충하고 바꿔 가며 서로 추천하고 양보하여 천하가 잘 다스려지도록 했다는 것은, 아주 오랜 옛날의 '우도'의 유래를 보여주는 것이라고 하겠다.

공자보다 조금 앞선 춘추시대에는 중국 제(齊)나라에 관중(管仲)이라는 인물이 있어, 그 관중이 가난할 때에 관중과 포숙(鮑叔)의 아름다운 사귐이 있었다. 『사기』「관안영열전(管晏列傳)」에 다음과 같은 기록이 있다.

관중이 말하기를, 내가 처음에 곤궁할 때에 일찍이 포숙과 더불어 장사를 하여 재물의 이익을 나누면서 내 스스로 차지함이 많았거늘, 포숙이 나를 탐욕스런 사람이라고 생각하지 않았으니, 그것은 내가 가난한 것을 알아준 것이다. 내가 일찍이 포숙을 위해서 일을 도모하여 다시금 곤궁해졌거늘, 포숙이 나를 어리석은 사람이라고 생각하지 않았으니, 그것은 때가 유리한 때와 불리한 때가 있음을 알아준 것이다. 내가 일찍이 세 번 벼슬길에 나아갔다가 임금에게서 세 번 쫓겨났거늘, 포숙이 나를 어질지 못한 사람이라고 생각하지 않았으니, 그것은 내가 때를 만나지 못한 것을 알아준 것이다. 내가 일찍이 세 번 싸움터에 나아가서 세 번 달아났거늘, 포숙이 나를 겁쟁이라고 생각하지 않았으니, 그것은 나에게 노모(老母)가 있음을 알아준 것이다. 공자(公子) 규(糾)가 패하였을 때에 동료 소홀(召忽)

---

31) 『書經』 '虞書' 및 '周書'와 『歐陽文忠集』 및 『古文眞寶』 後集 卷之七 수록 「朋黨論」 참조.

은 따라 죽고 나는 깊숙이 갇혀서 욕을 보고 있었거늘, 포숙이 나를 염치없는 사람이라고 생각하지 않았으니, 그것은 내가 소절(小節)을 지키지 못하는 것을 부끄럽게 여기지 않고 공명(功名)이 천하에 드러나지 못하는 것을 부끄럽게 여김을 알아준 것이다. 나를 낳아준 분은 부모요, 나를 알아준 사람은 포숙이다.[32]

위에 인용한 글은 그「관안열전」의 일부로, 관중의 술회(述懷)를 기록한 것이다. 제나라 환공(桓公)을 도와서 패제후(霸諸侯)하게 한 관중이 처음에 곤궁했을 때로부터 입신출세하여 공명이 천하에 드러나게 되기까지 친구 포숙이 자기를 알아주어 오늘날의 자기 자신이 있게 되었음을 술회한 것으로, 뒷부분에서 '우도와 우도론의 문학적 형상화'를 서술하면서 좀 더 논의하게 될 것이지만, 그 '관포지교(管鮑之交)'가 뒷날 이와 같은 한(漢)나라 사마천의『사기』에 열전의 기록이 있게 하였으며, 진(晉)나라 도연명의 한시「관포(管鮑)」와 당나라 두보의 한시「빈교행(貧交行)」등의 문학 작품이 있게 하였던 것이다.

참된 벗사귐의 도리 곧 '우도'의 내력은 이루 다 거론하기 어려울 것이다.『사기』의「중니제자열전」에 공자의 제자들에 관한 기록이 있으며,『논어』를 살펴보더라도 공자의 제자들이 스승으로부터 배운 것을 강학하면서 서로 감싸주고 혹은 힐책하기도 하면서 충고하고 일깨워 주어 같은 의리의 길을 추구해 나간 것은 물론, 맹자·정자·주자·퇴계·남명·율곡 등 선현들의 제자 간이나 사우(師友) 간에 행한 '붕

---

32) 司馬遷,『史記』卷之六十二「管晏列傳」참조. "管仲曰, 吾始困時, 嘗與鮑叔賈, 分財利多自與, 鮑叔不以我爲貪, 知我貧也. 吾嘗爲鮑叔謀事而更窮困, 鮑叔不以我爲愚, 知時有利不利也. 吾嘗三仕三見逐於君, 鮑叔不以我爲不肖, 知我不遭時也. 吾嘗三戰三走, 鮑叔不以我爲怯, 知我有老母也. 公子糾敗, 召忽死之, 吾幽囚受辱, 鮑叔不以我爲無恥, 知我不羞小節而恥功名不顯于天下也. 生我者父母, 知我者鮑子也."

우지도(朋友之道)'에 관한 기록을 얼마든지 문헌을 통하여 실증할 수 있을 것이다. 춘추시대에 거문고를 잘 타던 백아(伯牙)의 거문고 소리를 종자기(鍾子期)가 잘 알아들었는데, 그 종자기가 죽자 백아가 거문고 줄을 끊고 세상에 '지음(知音)'[知己]이 없는 것을 애통해 한 것[33] 또한 '우도'의 일면을 보여준 것이다.

그리고 촉한의 선제 유비와 관우·장비 등『삼국지연의』의 인물들이 도원결의(桃園結義)를 한 것이라든가, 조선시대에 단종을 보위하던 사육신과 아울러 생육신이 의리의 길을 같이한 것, 야사(野史)『대동야승(大東野乘)』에 수록된 남효온(南孝溫)의『사우명행록(師友名行錄)』에 점필재 김종직과 그 제자들의 행적을 기록한 것[34] 등으로써도 '우도'의 내력을 찾아볼 수 있을 것이다. 또한 선조 때 이이첨 등이 폐모론(廢母論)을 일으켰을 때 그 폐모론을 함께 반대하던 오성부원군(鰲城府院君) 백사(白沙) 이항복(李恒福)과 한음(漢陰) 이덕형(李德馨) 두 인물의 벗사귐, 그리고 상해 임시정부의 애국지사들이나 기미 독립선언에 참여한 33인이 뜻을 같이한 것, 박두진·박목월·조지훈과 같은 문인들이 문학의 길에 서로 뜻을 같이하던 것 등등이 모두 다 '우도'의 일면을 보여준 것이라고 하겠다.

'붕우지도'는 나이가 비슷한 벗들 사이에서만 이루어지는 것이 아니라, 뜻을 같이하는 사제 간에는 물론이요, 지위를 달리하는 군신 간에나 시대를 달리하는 고금의 인물 간에도 이루어질 수 있는 것이다. 맹자 스스로가 공자를 사숙(私淑)한 자라고 한 것이 그 한 예가 될 것이며, 요 임금이 어진 이를 높이는 존현의 자세로써 순 임금을

---

33)『列子』「湯問」篇,『荀子』「勸學」篇 등에 기록되어 있음.
34) 南孝溫,『大東野乘』卷之三「師友名行錄」참조.

가까이하여 천자로서 필부를 벗한 것이라든가, 뒤에서 '우도와 우도
론의 문학적 형상화'를 서술하면서 논의하게 될 것이지만, 한나라의
장사왕(長沙王) 태부(太傅)가 되어 가던 가의가 상수(湘水)에서 전국시대
초나라 굴원의 덕을 사모하며 그 죽음을 애도하고「조굴원부」를 지은
것, 그리고 촉한의 선제 유비가 제갈공명을 삼고초려한 것이라든가,
제갈공명이 죽는 날까지 신의를 지키다가 후주 유선에게「출사표」·「후
출사표」를 지어 올리면서 충신의 충정을 토로한 것 등이, 그 모두
시대 또는 지위의 고하를 초월하여 덕을 벗삼고자 한 '우도'의 진면목
을 보여준 예가 된다고 할 것이다.

　여기서 다만, 시대를 초월한 벗사귐의 예를 역사의 기록을 통하여
하나 더 보여주기 위해서『사기』「굴원가생열전」의 일부를 제시하면,
다음과 같다.

　굴평(屈平)이 이미 미움받게 되었을 때에 비록 내쳐져서 유배당했으나,
사랑스레 초나라를 돌아보면서 회왕(懷王)에게 마음을 매어 둔 채 〈왕의
마음을〉 돌이키고자 함을 잊지 않고 행여나 임금이 한번 깨닫고 풍속이
한바탕 고쳐질 것을 바랐다.

　회왕이 충신의 분수를 알지 못하였는지라, 그러므로 안으로는 정수(鄭
袖)에게 미혹되고 밖으로는 장의(張儀)한테 속아서 굴평(屈平)을 멀리하고
서 상관대부(上官大夫)와 영윤(令尹) 자란(子蘭)을 신임하여 군사는 꺾이고
땅은 깎여서 그 여섯 고을[六郡]을 잃고 몸은 진(秦)나라에서 객사하여
천하의 웃음거리가 되었으니, 이는 사람[屈原 같은 충신]을 알아보지 못한
데서 온 재앙이다.

　굴원이 멱라수에 빠져 죽은 뒤 백여 년 만에 한나라에 가생[賈誼]이 있었
으니, 장 사왕의 태부가 되어 상수를 지나다가 글을 지어 던져서 굴원의

죽음을 슬퍼하였다.35)

굴원은 초나라의 충신으로, 못난 임금 회왕을 섬기다가 미움 받은
인물이었다. 그러나 추방되어 유배당하면서도 임금과 조국의 장래를
염려하는 마음을 잊지 않았으며, 그 스스로가 지었다고 하는 「어보사
(漁父辭)」와 「이소경(離騷經)」은 문학으로서 최고의 경지를 보여준 작품
들이다.

위의 『사기』 「굴원가생열전」에서 사마천이 회왕을 논평하여 이르
기를, "충신의 분수를 알지 못하였다."고 하고, 그 회왕의 잘못으로
인한 초나라의 불행스런 국운을 논평하여 이르기를, "이는 사람[굴원
같은 충신]을 알아보지 못한 데서 온 재앙이다."라고 한 것으로 보더라
도, 굴원이 훌륭한 인물이었음을 짐작할 만하다. 주자도 「이소경(離騷
經)」의 「서(序)」에서 회남왕(淮南王) 유안(劉安)의 말을 빌려 "비록 일월과
더불어 빛을 다투더라도 좋을 것이니라."36)라고 하면서 굴원과 그의
작품 「이소경」을 높이 평가한 바 있다. 그러기에 위의 『사기』 「굴원가
생열전」에 기록되어 있듯이, 굴원이 멱라수에 빠져 죽은 뒤 백여 년
만에 한나라 가의가 장사왕의 태부가 되어 상수를 지나다가 「조굴원
부」라는 글을 지어 던져서 굴원의 죽음을 슬퍼하였던 것이다. 후한
반고의 『한서』에도 「가의전(賈誼傳)」이 있어서 같은 내용의 사실이 기
록되어 전해지고 있다.37) 그 또한, 시대를 초월한 벗사귐의 한 예가

---

35) 司馬遷, 『史記』 卷八十四 「屈原賈生列傳」 참조. "屈平旣嫉之, 雖放流, 睠顧楚國, 繫心懷王,
不忘欲反, 冀幸君之一悟, 俗之一改也." "懷王以不知忠臣之分, 故内惑於鄭袖, 外欺於張儀, 疏
屈平而信上官大夫, 令尹子蘭, 兵挫地削, 亡其六郡, 身客死於秦, 爲天下笑. 此不知人之禍也."
"自屈原沈汨羅後百有餘年, 漢有賈生, 爲長沙王太傅, 過湘水, 投書以弔屈原."

36) 朱子, 『古文眞寶』 後集 卷之一 「離騷經序」. "雖與日月爭光, 可也."

37) 『漢書』 卷四十八 「賈誼傳」 참조.

될 수 있다고 할 것이니, 그 「조굴원부」에 대해서는 뒤에서 다시 논의하게 될 것이다.

'우도'의 내력에 대해서는 위의 서술로써 대신하고, 이제 여기서는 몇몇 '우도론'을 살펴봄으로써 '우도론'의 내력에 대해서 논의하기로 한다.

이미 이 글의 앞부분 '서론'에서 인용한 경서의 기록이나 '우도와 우도론의 개념'을 논의하면서 인용한 성현의 말씀과 경서 등 고전의 기록에 나타난 이론들이 모두 다 '우도론'의 내력을 살펴볼 수 있는 자료가 될 수 있다. 따라서 여기서는 그에 대한 중복된 논의는 생략하기로 한다. 그러므로 다음에 인용하고자 하는 『논어』 구절이나 송대 구양수의 「붕당론」 그리고 『조선왕조실록』 중 『성종실록』·『중종실록』 등의 기록, 지봉 이수광의 『지봉유설』에 수록된 「사우(師友)」에 나타난 이론, 성호 이익의 『곽우록(藿憂錄)』에 수록된 「붕당론」 및 『성호사설』에 수록된 「붕당」의 이론, 연암 박지원의 「예덕선생전」에 나타난 이론 등이 본 항목에서 '우도론의 내력'을 살펴볼 수 있는 이론적 자료로 주목될 것이다.

『논어』 「계씨」편에 다음과 같은 공자의 말씀이 있다.

공자(孔子)가 말씀하시기를, "유익한 것이 세 가지 벗사귐이요, 손해되는 것이 세 가지 벗사귐이니, 곧은 사람을 벗하며 진실된 사람을 벗하며 견문(見聞)이 많은 사람을 벗하면 이롭고, 치우친 거동에 익숙한 사람을 벗하며 유순한 태도를 잘 짓는 사람을 벗하며 말재주에 익숙한 사람을 벗하면 해(害)로우니라.[38]

---

38) 『論語』 「季氏」篇 '三友'章 참조. "孔子曰 益者三友, 損者三友, 友直, 友諒, 友多聞, 益矣, 友便

위의 공자 말씀은 벗사귐의 도를 논한 말씀으로, 무궁한 뜻을 나타
낸 짤막한 '우도론'의 하나가 된다고 할 수 있다. 공자가 곧은 사람을
벗하면 이롭다고 한 까닭은, 그 곧은 사람이 '충고이선도지(忠告而善道
之)'[39]해준다든지 혹은 그 곧은 사람을 본받는다든지 하여 자기 몸이
바로잡힐 수 있기 때문이다. 그리고 진실된 사람을 벗하면 이롭다고
한 까닭은, 자기 몸을 정성된 데로 나아가게 할 수 있기 때문이며,
견문이 많은 사람을 벗하면 이롭다고 한 까닭은, 자기 몸이 사리에
밝은 데로 나아가게 할 수 있기 때문이다. 그리고 또한 치우친 거동에
익숙한 사람을 벗하고 유순한 태도에 익숙한 사람을 벗하고 말재주에
익숙한 사람을 벗하면 해롭다고 한 까닭은, 그 행동이 치우치면서도
그 치우친 행동에 익숙한 가운데 자기가 곧지 못한 줄도 모르는 사람
이라서 곧지 못한 데에 물들기 쉽기 때문이며, 남에게 아첨하고 남을
기쁘게 하는 데에만 익숙하기에 진실되지 못하기 때문이며, 말로만
떠들고 견문 등의 실속이 없기 때문이다.[40]

앞에서도 논의했듯이, 『논어』·『맹자』 등의 성현 말씀이나 여러 경
서에 나타난 기록 가운데에는 위와 같은 우도론이 무척 많다. 그러나
여기서는 후대로 이어지는 우도론의 내력을 살펴보기 위하여 송초
구양수의 이론과 조선시대의 『실록』 그리고 지봉 이수광의 「사우」,
성호 이익의 「논붕당」 및 「붕당」, 연암 박지원의 소설 「예덕선생전」
등에 나타난 이론들을 고찰하고자 한다.

중국 송나라 초 구양수의 「붕당론」을 제시하자면 다음과 같다.

辟, 友善柔, 友便佞, 損矣."
39) 앞의 각주 20)의 본문 참조.
40) 『論語』「季氏」篇 '三友'章에 대한 朱子의 註 참조.

신(臣)이 듣기로는 '붕당'이라는 말이 예부터 있어 왔으니, 오직 다행스런 것은 임금[人君]이 〈그로 미루어〉 군자와 소인을 구별할 수 있다는 것입니다. 무릇 군자는 군자와 더불어 길[道]을 같이함으로써 벗[朋: 朋黨]을 삼고, 소인은 소인과 더불어 이익[利]을 같이함으로써 벗[朋: 朋黨]을 삼나니, 이는 자연스런 이치입니다. 그러나 신은 이르기를, 소인은 벗이 있을 수 없고 오직 군자만이 〈벗이〉 있을 수 있다 하오니, 그 까닭은 무엇이겠습니까? 소인은 좋아하는 것이 이익[利]과 록(祿, 벼슬)이요, 탐(貪)하는 것이 재물[財]과 물자[貨]인지라, 그 이익을 같이할 때를 당해서 잠깐 서로 당(黨)으로써 이끌어서 벗[朋: 朋黨]이 되기는 해도 그것은 거짓이요, 급기야 이익을 보게 되면 앞을 다투기 마련이며, 혹시 이익이 다하게 되면 서로가 소원해져서 심한 경우에는 도리어 서로가 해치기까지 하여, 비록 형제와 친척 간에도 능히 서로 보전할 수 없나니, 그러므로 신(臣)은 이르기를, 소인에게는 벗[朋: 朋黨]이 있을 수 없고, 그 잠깐 벗[朋: 朋黨]이 되기도 하는 것은 거짓이라고 하는 것입니다. 군자는 그렇지 않아서, 지키는 바가 도의요, 행하는 바가 충신이요, 아끼는 바가 명예와 절개[名節]이니, 그런 마음으로써 몸을 닦으면 길을 같이하면서 서로 보탬이 되고, 그런 마음으로써 나라를 섬기면 마음을 같이하면서 함께 〈뜻대로〉 일을 이루어, 〈수신(修身)을 하든 나라를 섬기든〉 처음과 끝이 한결같으니, 이는 군자의 벗사귐[朋: 朋黨]입니다. 그러므로 임금[人君]된 자가 다만 마땅히 소인들의 거짓된 붕당을 물리치고서 군자들의 참된 붕당을 쓰게 된다면, 천하가 잘 다스려지게 될 것입니다.

　요(堯) 임금 때에 소인 공공(共工)·환도(驩兜) 등 4인이 한 붕당이 되고 팔원(八元)·팔개(八愷) 등의 16인이 한 붕당이 되었거늘, 순이 요 임금을 보좌하시어 네 사람의 흉악한 소인의 붕당을 물리치고서 원·개와 같은 군자의 붕당을 진용하여 요 임금의 천하가 잘 다스려졌으며, 급기야 순

임금이 천자(天子)가 되심으로부터 고요(皐陶)·기(夔)·직(稷)·계(契) 등 22
인이 함께 열 지어 조정에서서, 바꿔 가며 서로 아름다움을 보충하고 바꿔
가며 서로 추천하고 양보하여 모두 22인이 한 붕당이 되었거늘, 순 임금이
모두 진용하여 천하가 또한 크게 다스려졌습니다. 〈그리고〉『서경(書經)』
에 이르기를, 주(紂: 殷나라 마지막 임금)에게 신하가 억만(億萬)이 있었으
나 오직 억만 가지 마음이었거니와, 주(周)나라는 〈무왕(武王)에게〉 신하
가 3천이 있었으나 오직 한마음이었다 하였으니, 주(紂)의 시대에는 억만
사람이 각각 마음을 달리하였으니 붕당이 되지는 못했다고 이를 만하되,
그러나 주(紂)는 그로써 나라를 망치게 되었고, 주(周)나라 무왕(武王)의
신하는 3천 인(人)이 하나의 큰 붕당이 되었으되, 주(周)나라는 그들을 써
서 흥성(興盛)하였습니다. 〈그리고〉 후한(後漢) 헌제(獻帝) 때에 찬하(天下)
의 명사(名士)들을 다 취하여[잡아들여] 가두고 구금(拘禁)하면서 지목(指
目)하여 '당인(黨人)'들이라고 하더니, 급기야 황건적(黃巾賊)이 일어나서
한(漢)나라 왕실(王室)이 크게 어지러워졌기에 뒷날 바야흐로 뉘우치고
깨달아서 그 당인들을 모두 다 풀어주어 석방하였으나, 이미 〈그 왕실의
어지러움을〉 구원할 길이 없었습니다. 〈또〉 당나라 만년(晚年)에 점차 붕
당론이 일어나더니, 급기야 소종(昭宗) 때에 이르러서는 조정(朝廷)의 명사
(名士)들을 다 죽여서, 혹은 황하(黃河)에 던져 버리면서 말하기를, 이런
무리들은 세칭(世稱) '청류(淸流)'라는 자들이니, 탁류(濁流)에 던져 마땅하
도다 하였으니, (그리하여) 당나라가 마침내 망하게 되었습니다.

　무릇 전대(前代)의 임금들로서 사람 사람으로 하여금 마음을 달리하게
하여 붕당이 되지 못하게 함이 주(紂)와 같은 경우가 없었고, 능히 착한
사람이 붕당이 되는 것을 금하여 딱 끊어지게 한 것이 〈한나라〉 헌제와
같은 경우가 없었으며, 능히 청류들의 붕당을 베어 죽인 것이 당나라 소종
(昭宗)의 시대[世]와 같은 경우가 없었습니다. 그러나 모두 그 나라를 어지

러워지게 하여 망(亡)하도록 하였습니다. 〈또한〉 바꿔 가며 서로 아름다움을 보충해주고 추천하며 양보하여 스스로 의심치 않음이 순 임금 때의 22인 만한 경우가 없었고, 순 임금 또한 의심치 않고서 모두 진용하셨으나, 그러나 후세에 순 임금이 22인의 붕당으로부터 속임을 당하였다고 나무라는 일이 없었으며, 순 임금을 총명하신 성군이라고 칭송합니다. 그 까닭은 그 능히 군자와 소인을 구별할 줄 알았기 때문입니다. 〈그리고〉 주(周)나라 무왕(武王) 시대[世]에 온통 그 나라 신하 3천 인(人)이 모두 하나의 붕당이 되었으니, 예로부터 붕당이 되는 것이 많고도 큰 것이 주나라 때와 같은 경우가 없었으나, 그러나 주나라가 이를[3천 인의 붕당을] 써서 흥성해졌던 까닭은, 착한 사람들은 아무리 많아도 싫증나지 않기 때문이었으니, 무릇 흥망과 치란의 자취를 임금[人君]된 자가 거울삼아 마땅할 것입니다.[41]

---

41) 歐陽脩, 『歐陽文忠集』 卷之 「朋黨論」 및 『古文眞寶』 後集 卷之七 「朋黨論」 참조. "臣聞朋黨之說, 自古有之, 惟幸人君, 辨其君子小人而已. 大凡君子, 與君子以同道爲朋, 小人, 與小人以同利爲朋, 此自然之理. 然臣謂小人無朋, 惟君子則有之, 其故何哉. 小人, 所好者利祿也, 所貪者財貨也, 當其同利之時, 暫相黨引以爲朋者, 僞也, 及其見利而爭先, 或利盡而交疏, 甚者, 反相賊害, 雖其兄弟親戚, 不能相保, 故臣謂小人無朋, 其暫爲朋者, 僞也. 君子則不然, 所守者道義, 所行者忠信, 所惜者名節, 以之修身, 則同道而相益, 以之事國, 則同心而共濟, 終始如一, 此君子之朋也, 故爲人君者, 但當退小人之僞朋, 用君子之眞朋, 則天下治矣.
　堯之時, 小人共工驩兜等四人爲一朋, 君子八元八愷十六人爲一朋, 舜佐堯, 退四凶小人之朋, 而進元愷君子之朋, 堯之天下大治, 及舜自爲天子, 而皐夔稷契等二十二人, 并列于朝, 更相補美, 更相推讓, 凡二十二人爲一朋, 而舜皆用之, 天下亦大治, 書曰, 紂有臣億萬, 惟億萬心, 周有臣三千, 惟一心, 紂之時, 億萬人各異心, 可謂不爲朋矣, 然紂以此亡國, 周武王之臣, 三千人爲一大朋, 而周用以興, 後漢獻帝時, 盡取天下名士, 囚禁之, 目爲黨人, 及黃巾賊起, 漢室大亂, 後方悔悟, 盡解黨人而釋之, 然已無救矣, 唐之晚年, 漸起朋黨之論, 及昭宗時, 盡殺朝之名士, 或投之於黃河曰, 此輩, 淸流, 可投濁流, 而唐 遂亡矣.
　夫前世之主, 使人人異心, 不爲朋莫如紂, 能禁絶善人爲朋, 莫如漢獻帝, 能誅戮淸流之朋, 莫如唐昭宗之世, 然皆亂亡其國, 更相補美推讓而不自疑, 莫如舜之二十二人, 舜亦不疑而皆 用之, 然而後世不誚舜爲二十人朋黨所欺, 而稱舜爲聰明之聖者, 以其能辨君子與小人也, 周武之世, 擧其國之臣三千人共一朋, 自古爲朋之多且大, 莫如周, 然周 用此以興者, 善人雖多, 而不厭也, 夫興亡治亂之迹, 爲人君者可以鑑矣."

위의 「붕당론」에 나타난 '우도론'의 중요한 의미는 다음과 같다. '유유상종(類類相從)'이라는 말과 같이, 군자는 의리의 길을 같이하는 군자끼리 어울려서 벗을 사귀고, 소인은 소인끼리 어울려서 이익을 추구하느라고 일시적으로 거짓되게 벗을 사귀다가 이해관계에 맞지 않으면 서로 등을 돌리고 신의를 저버린다. 그러므로 군자들 사이에서는 죽기를 맹세코 변치 않는 진실된 벗사귐이 가능하지만, 소인들 사이에서는 그와 같은 참된 벗사귐은 있을 수 없고 오직 거짓된 벗사귐이 있을 따름이다. 그러므로 역대의 훌륭한 제왕 곧 성군들은, 군자와 소인을 구별할 줄 알았기 때문에, 군자들의 참된 붕당을 쓰는 치도(治道)를 행하여 어진 정치를 펼 수 있었다. 그런데 반(反)해서 못난 임금들은, 소인들의 거짓된 붕당을 써서 억지로 다스리고자 하였기 때문에, 제 몸을 망치고 나라의 패망을 자초했던 것이다. 그러므로 참된 정치를 행하여 국가의 홍륭(興隆)을 기약하고자 한다면, 그 역대 제왕들의 치란을 거울삼아 참된 붕당을 쓸 줄 아는 정치를 해 나가야 할 것이다.

구양수는 위의 「붕당론」에서 역대 치란의 예를 들면서 참되고 거짓된 붕당의 내력을 보여줌으로써 이와 같은 뜻의 '우도론'을 전개한 것이다.

우리의 고전에서도 『실록』과 같은 역사서나 역대 선비들의 저술을 통해서 '우도론'이 끊임없이 전개된 것을 찾아볼 수 있는데, 그 몇몇 예를 들어 논의하자면 다음과 같다.

『성종실록』에는 경연에서 동부승지 조위(曺偉)가 임금[成宗]께 아뢴 말씀을 적은 다음과 같은 기록이 있다.

조위가 말씀드리기를, "대저 유생들은 사부에게 강의를 듣고 물러가서 붕우와 더불어 논란한 뒤에 문견이 해박해지는 법이니, 서연관(書筵官)으로 하여금 매양 주강(晝講) 때에 반드시 조용히 강론(講論)케 하면 거의 유익할 것입니다." 하니, 임금이 말씀하시기를, "그렇다. 그 절목(節目)을 의논하여 아뢰도록 하라." 하였다.[42]

위의 기록에서 조위가 성종께 말씀드린 '우도론'의 취지는『논어』「안연(顔淵)」편의 증자 말씀에 "글공부로써 벗을 모으고, 벗으로써 인(仁)을 도와 나간다."[43]고 하고, 그에 대한 주자의 주(註)에 "배운 것을 익힘으로써 벗을 모으니 도가 더욱 밝아지고, 착한 점을 취해서 인(仁)을 도와 나가니 덕(德)이 날로 진전된다."[44]고 하였는데, 임금이나 세자는 물론 배우는 유생들은 누구나 다 사부에게 강의를 듣고 물러가서 붕우와 더불어 배운 것을 논란함으로써 견문이 해박해지고 도덕에 밝아질 수 있도록 하는 학풍의 제도적 장치를, 조정에서부터 모색해야 할 것이라는 뜻이다. 조위의 말씀 중 끝 구절에 나타난 뜻은, '益者三友익자삼우' '損者三友손자삼우'를 말한 『논어』「계씨(季氏)」편의 공자 말씀[45]에 대한 집주(集註)의 "천자(天子)로부터 서인(庶人)에 이르기까지 벗을 필요로 하지 않고서 덕을 이룬 자가 아직 있지 않았다."[46]라고 한 뜻을 취하여 군신과 일반 백성 누구에게나 벗사귐의 도리는 매한

---

42) 『成宗實錄』卷之二百六十一 '二十三年任子正月甲午'條 참조. "偉曰, 大抵儒生, 聽講於師傅, 退與朋友論難而後, 聞見該博, 使書筵官每於晝講, 必從容論講, 庶爲有益." "上曰, 然, 其議節目以啓."
43) 앞의 각주 21)에 대한 본문 참조.
44) 앞의 각주 22)에 대한 본문 참조.
45) 앞의 각주 38)에 대한 본문 참조.
46) 『論語』「季氏」篇 '三友'章에 대한 朱子의 集註 '尹氏曰'. '尹氏曰'에 "自天子至於庶人, 未有不須友以成者."

가지라는 뜻을 밝힌 것이다.

　그리고 또 『성종실록』에는 주강(晝講)을 끝내고 나서 권경희(權景禧)가 임금[성종]께 아뢴 말씀을 적은 다음과 같은 기록이 있다.

　　권경희가 말씀드리기를, "배우는 자는 비록 스승에게 수업(受業)하더라도, 반드시 붕우와 더불어 강론하고 변석(辨釋)한 뒤에 사리(事理)에 통함을 얻습니다. 그런데 지금의 서연관(書筵官)은 단지 구독(句讀)만 떼어 드리고는 다시 강론이나 변석을 하지 않고 있으니, 청컨대 조강(朝講)과 주강(晝講)에는 경서(經書)를 진강(進講)하고 석강(夕講)에는 『십구사략(十九史略)』을 진강하되 빈객(賓客) 및 서연관이 세자(世子)와 더불어 강문(講問)하고 논란(論難)하다가 세자께서 풀기 어려운 곳이 있으면 다시 서로 강론하면서 은미한 말과 오묘(奧妙)한 뜻까지도 모두 정밀히 해석하여, 세자로 하여금 이해하고 통하시도록 하여야 합니다." 하니, 임금이 말씀하시기를 "그렇다. 그 아뢴 바를 서연관에게 전하도록 하라."고 하였다.47)

　위의 기록에서 권경희가 성종께 아뢴 말씀에 나타난 뜻은, 앞에서의 조위가 아뢴 말씀 중에 나타난 뜻과 상통하는 것이며, 다만 조강(朝講)·주강(晝講)·석강(夕講)에서의 강의 과목 또는 서책의 분야까지 논의한 점이 특기할 만하다고 하겠다.

　그리고 또 『중종실록』에는 김정(金淨)이 조강에 나아가서 붕우에 대하여 논하면서 임금[중종]께 진언한 것을 적은 다음과 같은 기록이

---

47) 『成宗實錄』 卷之二百六十一 '二十三年任子正月丁酉'條 참조. "景禧曰, 學者受業於師, 必與朋友, 講論辨釋而後, 得以通理, 今書筵官, 但進句讀, 不復講論辨釋, 請朝晝講進經書, 夕講進十九史略, 賓客及書筵官, 與世子講問論難, 世子有難解處, 更相講論, 微辭奧旨, 無不精釋, 使世子解通." "上曰, 然, 其以所啓, 傳于書筵官."

있다.

　　시독관(侍讀官) 김정(金淨)이 『시경(詩經)』의 「벌목(伐木)」편을 강(講)하
고, 진언(進言)하기를, "붕우는 오륜의 하나입니다. 능히 그 도를 다하면
신(神)도 돕고 그 도를 다하지 못하면, 인륜(人倫)이 폐기(廢棄)되고 천지가
멸망하니, 어찌 신(神)이 도울 이치가 있겠습니까?"라고 하였다.[48]

　　위의 기록에서 김정이 중종께 진언한 말씀에 나타난 뜻은, 신의를
바탕으로 하는 '붕우지도(朋友之道)'가 '오륜(五倫)' 중에 끝에 놓여 있으
나, 그 신의가 모든 인간관계에서 또한 바탕이 된다는 것이다. 그러기
에 그 '붕우지도'는 지극히 하지 못할 경우, 인륜이 폐기되고 국가가
패망하고 천지가 멸망할 만큼 중차대한 것이기 때문에, 군왕과 같은
치자가 그 '붕우지도'를 중히 여기지 않으면 안 된다는 것이다. 이와
같은 '우도론'의 의미는, 앞의 '서론' 부분 '연구 목적'에서 인용한 바
연암 박지원의 『방경각외전』「자서」에 나타난 뜻이나 만해 한용운의
「님께서 침묵하지 아니하시면」에 나타난 뜻과 상통하는 것이라고 하
겠다.[49] 그리고 우리는 또한, 위의 기록을 통하여 『시경』의 「벌목」장
이 '우도'를 밝힌 시라는 것을 확인할 수 있다.
　　그리고 또 『중종실록』에는 설경(說經) 안처순(安處順)과 시독관(侍讀官)
공서린(孔瑞麟)이 경대부(卿大夫)들 사이에 우도가 폐지되어 안타깝다는
뜻을 아뢰면서 임금[중종]께 진언한 것을 적은 다음과 같은 기록이
있다.

---

48) 『中宗實錄』 卷之十 '五年庚午正月壬午'條 참조. "侍讀官金淨, 因講詩伐木篇, 而進言曰, 朋友,
　　 五倫之一, 能進其道, 則神亦祐之, 不盡其道, 則人倫廢而天理滅矣, 豈有神佑之理乎."
49) 앞의 각주 1), 2)에 대한 본문 참조.

설경(說經) 안처순(安處順)이 아뢰기를, "조종조(祖宗朝)에서는 집현전 (集賢殿)을 대우함이 매우 융숭해서 혹은 친히 나아가서 묻기도 하고 혹은 불시에 소대(召對)하여 서로 논란도 하였으니, 이는 매우 아름다운 일입니 다. 만일 의리에 대해서 의심이 있을 때에는 예법에 구애됨이 없이 나아가 셔서 묻는 것이 좋습니다. 또 선인(善人)들 사이에 의기(意氣)가 합하여 서로 교제하는 것을 가리켜 '동류(同類)'라고 합니다. 진실로 붕우가 없다 면 비록 과실이 있다 해도 어떻게 알겠습니까? 지금 경대부들 사이에는 '우도'가 폐지된 지 이미 오랩니다." 하니, 상(上)이 말씀하시기를, "사우(師 友)가 있어야 서로 강마절차(講劘切磋)할 수 있는 것이다. 임금의 경우에는 군신의 분수가 지극히 엄하기 때문에 서로 벗할 길이 없다. 그러나 시종하 는 신하와 서로 강론한다면 이것은 진실로 아름다운 일이다."라고 하였다. 시독관 공서린이 아뢰기를, "선비들 사이에 지기(志氣)가 서로 합치되어 상종하는 것을 세상에서 '붕당'으로 논하여 임금으로 하여금 듣기 거북스 럽게 하는 것은 함해(陷害)하기 위한 것입니다. 처순(處順)도 근일(近日)의 일을 보고 말한 것입니다." 하니, 상(上)이 말씀하시기를, "입지(立志)가 서로 합치되어 선(善)으로 사귀는 것은 '우도'의 큰 것이다. 옛날에 '붕당설' 이 있었는데, 그것은 소인이 군자를 공격한 것이다. 반드시 이런 말로 중상 (中傷)하려는 것이니, 그런 사람의 말 때문에 이것을 소홀히 할 수는 없다." 라고 하였다.[50]

---

50) 『中宗實錄』卷之三十一 '十二年丁丑閏十二月壬午'條 참조. "說經安處順曰, 祖宗朝, 待集賢殿 甚優, 或親就以問, 或不時召對, 以相論難, 此甚美事, 如有疑於義理者, 則亦當就問, 不拘禮法, 可也, 且善人, 意氣相合, 相往來, 則必指以爲同類, 苟無朋友, 則雖有過失, 何從知之, 今卿大夫 之間, 友道之廢已久矣." "上曰, 有師友, 然後可以相講劘切磋矣, 若人君, 則君臣之分至嚴, 故亦 無相友之道, 然與侍從之臣, 相與講劘, 則此固美事." "侍讀官孔瑞麟曰, 士有志氣相合, 而相從 者, 世以朋黨論之, 使人君聞之厭苦, 欲以陷害, 處順, 亦有見近日事而言之也." "上曰, 立志相 合, 以善相交, 此友道之大, 古有朋黨之說, 小人之攻君子也, 必以此言中之耳, 不可以人言而忽 於此也."

위의 기록에서 안처순은, 임금께서 의리의 문제에 의심이 생기면, 선왕조부터 융숭히 대접하던 집현전 같은 곳에 나아가 묻는 것이 옳다는 뜻을 표명하였다. 그리고 '붕우' 관계는 의리의 길을 같이함으로써 '류(類)'를 같이하는 사람들 곧 뜻을 같이하는 사람들의 교제(交際)라는 것을 밝히고, 당시의 경대부들 사이에 '우도'가 폐지된 지 오래되었다는 뜻을 밝혔다. 그것은 참된 붕당이 사라진 지 오랜 것을 안타까워하는 뜻을 표명한 것과 다름없다. 안처순의 말에 대한 응답에서 중종은, 가르치기도 하고 깨우쳐 주어 인(仁)을 보필할 수 있는 '사우(師友)' 관계가 소중한 것임을 밝히고, 임금으로서는 그 '사우' 관계에 적잖은 불편한 점이 있다는 뜻을 토로하였다.

그리고 또한 위의 기록에서 공서린은, 지기가 서로 합치되는 참된 선비들이 상종하여 '붕당'을 이루는 것마저 세상에서 함해(陷害)하는 경우가 있음을 안타까워하였는데, 중종 임금 또한, 예로부터 있어 온 '붕당설'이 왜곡되어 소인들이 군자들을 공격하기 위한 구실로 잘못 사용되는 일이 없지 않았음을 시인하고, 참된 '붕당'을 소중히 여겨야 한다는 뜻을 피력하였다.

조선 후기의 지봉 이수광은 『지봉유설』에 수록된 「사우」라는 글에서 '우도'를 다음과 같이 논하였다.

책선(責善)하는 것은 벗을 사귀는 도리이다. 선배들이 친구를 사귀는 데에는 반드시 그 허물이 있는 것을 서로 경계해주고 도의로써 서로 권면해주는 것을 내가 오히려 볼 수 있었거늘, 세상의 풍습이 한번 변한 뒤로는 말해주는 것을 꺼려서 친구 사귀는 사이에도 또한 경계하고 간(諫)하는 풍도가 없어졌으니, 아아 슬프도다, 옛날의 올바른 도를 이제 다시는 회복할 수 없게 되었구나![51]

위에서 말한 "責善책선, 朋友之道也붕우지도아."라는 구절은 맹자의 말씀을 이론의 서두에서 인용한 것이다.52) 그리고 "必以過失相規필이과실상규, 以道義相勉이도의상면."과 같은 구절에 나타난 뜻은, '忠告而善道之충고이선도지'한다는 공자의 말씀53)이나 '以友輔仁이우보인'한다는 증자의 말씀54)과 그에 대한 주자의 주55)에 담긴 뜻을 취한 것이다. 위에서 지봉 이수광은, 이와 같은 성경현전의 말씀이나 기록에 나타난 뜻을 이어받아, 세상의 풍습이 변하여 '붕우지도'가 상실된 것을 안타까워하고 참된 '우도'의 회복을 갈망하였다.

조선 후기의 성호 이익은 『곽우록』에 수록된 「붕당론」이라는 글에서 다음과 같이 장문의 '우도론'을 제기하였다.

'붕당'은 투쟁하는 데서 생기고 투쟁하는 것은 이해(利害)에서 생긴다. 이해가 절박하면 붕당 관계가 깊어지고 이해 관계가 오래 가면 붕당 관계도 굳어짐은 자연 형세이다. 무엇으로써 그렇게 됨을 분명하게 말할 수 있는가? 지금에 10명이 있어, 함께 굶주리는 데 한 주발 밥을 함께 먹도록 하면 그릇을 비우기 전에 싸움이 일어날 것이다. 따지면 말이 공손하지 못한 자가 있을 것이다. 그러면 사람들은 모두 싸움이 말 때문에 일어났다고 믿을 것이다. 다른 날 또 한 그릇의 밥을 먹게 된다면 밥그릇을 비우기 전에 싸움이 일어날 것이다. 따지면 낯빛이 공손하지 못한 자가 있을 것이

---

51) 李睟光, 『芝峰類說』 卷之十五 '人物'部 「師友」 참조. "責善, 朋友之道也. 前輩相處, 必以過失相規, 以道義相勉, 吾猶及見之, 自時習一變, 以言爲諱, 朋友之際, 亦無規諫之風, 嗚呼, 古道今不可復矣."

52) 앞의 각주 23)에 대한 본문 참조.

53) 앞의 각주 20)에 대한 본문 참조.

54) 앞의 각주 21)에 대한 본문 참조.

55) 앞의 각주 22)에 대한 본문 참조.

다. 그러면 사람들은 모두 싸움은 낯빛 때문이라고 믿을 것이다. 다른 날 또 이와 같아서 따지면 행동이 나쁜 자가 있을 것이다. 드디어 한 사람이 이런 저런 말로 외치면 여러 사람이 응하여 처음에는 하찮던 것이 끝내는 크게 된다. 말할 때에는 입에 거품을 뿜고 성낼 때면 눈초리가 찢어질 듯하니 어찌 그리 과격한가?

길에 다니는 것을 살펴보면 오는 자는 팔을 흔들고 가는 자는 발꿈치를 일으키는데, 그 말과 낯빛이 공손하지 못하고 거동이 고약한 자가 한정이 없다. 그러나 이들은 일찍이 한 그릇 밥을 먹다가 싸우는 것 같음은 없었다. 이에 그 싸우게 된 것은 밥이 적은 데 있는 것이고 말이나 행동에 관계된 것은 아님을 알 수 있다. 그 발단만 나무라는 자는 그들이 말하던 것을 보고 말만 공손했더라면 이 싸움은 없었을 것이라 하며, 그 낯빛이 공손하지 못한 것을 보고는 낯빛만 공손했더라면 이 싸움은 없었을 것이라 하여, 그 이해의 근원이 어디에 있는지를 자못 알지 못하니 그 잘못은 장차 구원하지 못한다. 가령 오늘은 한 그릇의 밥을 같이 먹다가 싸웠으나 다음 날에는 각상(各床)을 차려서 배부르게 먹도록 하여 싸움의 원인을 없앤다면, 한때 나무라고 헐뜯던 사이도 장차 타협이 되어서 무사하고 다시 성냄이 남지 않을 것이다. 까닭에 처첩(妻妾)이 집안에서 싸우면 반드시 한 사람은 그르다. 그러나 그 그른 것이 반드시 이에 이르게 되는 것은 총애가 고르지 못했던 까닭이다. 형제가 한 울 안에서 다투면 반드시 한 사람은 그르다. 그러나 그 그른 것이 반드시 이에 이르게 되는 것은 재물이 넉넉하지 못했던 까닭이다. 나라의 붕당도 무엇이 이것과 다르랴. 그 처음을 따지면 한 사람의 잘잘못과 한 사건의 경중(輕重)에 불과하였다. 마음에 그르게 여기고 입으로 나무라도 그저 작은 털끝만한 일이었다. 그것이 차츰 안으로는 핏발로 서로 핍박하고, 밖으로는 소리를 질러서 성낸다. 깃발을 날리고 북을 울리는 엄한 영(令)도 보지 못했는데, 사람마다 발꿈치를 돌리지 않으려는 뜻을 품는 것인가?

지금 조정에 온 관료(官僚)를 모아서 착하고 착하지 않음을 논의하도록 하는데, 각자 옳은 것은 옳다 하고 그른 것은 그르다 하여 관질(官秩)은 양보하고 녹봉(祿俸)도 사양하여 배척하고 모함하는 걱정이 없으면 옳고 그름은 제대로 가려질 것이고, 조정(朝廷)도 하나로 될 것이다. 어찌하여 붕당으로 갈려서 창칼로 날마다 서로 다투는 것인가?

그런데 붕당이란 무엇에 따라서 있는 것인가. 대개 과거를 자주 보여서 사람을 너무 뽑았고, 총애하고 미워함이 치우쳐서 승진과 퇴직이 일정하지 못했음이다. 당나라 때의 붕당도 이 때문이었다. 당나라 사람은 오로지 과거만을 숭상하였다. 과거라는 것이 나라에서 선비를 구하는 것이 못되고 선비가 나라에 쓰이기를 구하게 되었다. 까닭으로 수많은 농사꾼마저 모두 벼슬하기를 바라게 되었다. 육갑(六甲)도 모르는 자가 먼저 오언시(五言詩)를 지으려 했다. 그럭저럭 요행으로 뜻을 이루면 공경(公卿)으로 되는 것은 모두 제분수로 여기는데, 제 뜻대로 펴지 못한 자는 마음에 달게 여길 리가 없다. 그 밖에도 벼슬에 드는 길이 어지럽게도 많아서, 소위 관직은 적은데 꼭 써야 할 사람이 많다는 것으로써 처치(處置)할 수가 없다. 이에 혹은 벼슬을 자주 바꾸어서 교체시키고 혹은 저 관직을 없애면서 이 관직을 마련하였다. 교체시키니 서운하게 여기고, 없애니 원망이 따른다. 이것은 남에게 보화(寶貨)를 주기로 허락했다가 드디어 주지 않아서, 그 사람의 욕심만 잔뜩 돋우어 놓은 것이다. 한정이 있는 보화로써 끝이 없는 사람을 대우하려고 하니, 그 싸우게 됨이 당연하다. 한 사람이 벼슬자리에 나서자, 그림자가 따르듯 소리가 응하듯 하는 자가 모두 그 남은 찌꺼기의 덕을 볼 수 있으니, 당파로 갈라지는 것이 또한 마땅한바, 이것은 과거 보이는 것이 잦은 까닭이다. 예로부터 사람 쓴 것의 잘잘못을 내리 상고하니, 어진 이를 임용하고 악한 자를 버린 것은 백에 한둘도 없었다.

그러나 악한 자를 임용한 자도 오로지 악한 자만 임용했을 뿐이고, 군자로 교대하도록 하지 않았다. 이러므로 나라가 어지러워지기는 했으나, 당파라고 지목할 만한 것은 없었다. 이것은 이권(利權)이 한 군데로만 쏠려서 다툴 만한 까닭이 없었던 까닭이다. 당나라는 그렇지 않았다. 한 이씨(李氏)와 한 우씨(牛氏)가 몇 번씩이나 쫓겨나고 기용되었다. 굽히면 문득 뻗기를 구하는데, 이마를 덴 자가 첫째 공(功)을 차지하였다. 그러니 저 시세(時勢)를 따르는 백성의 마음이 장차 어느 것을 취하고 어느 것을 버리겠는가? 이것을 사랑하고 미워함이 치우쳤다는 것이다. 송(宋)나라의 낙당(洛黨)과 촉당(蜀黨)이란 것은 이천(伊川) 같은 어진 이로도 끝내 당파라는 지목을 받았으니, 온 세상의 풍속이 그런데는 이천도 어떻게 할 수가 없었던 것이다. 대개 송나라에서 인재를 뽑는 것이 번잡하여서 당나라보다 갑절이나 더하였다. 그 형세는 장차 며칠이 못 되어서 무너질 것이나 특별한 조짐은 없었다. 그런데 소씨(蘇氏)가 이천(伊川)을 매우 미워하게 되자, 그 자취가 드디어 나타났다. 그러나 실은 이천만을 미워한 것은 아니었다. 이천이 비록 어질었으나 평소에 믿고 따르던 자는 사(謝)·양(楊)·윤(尹) 두세 사람에 불과하여, 거의 붕당은 이루지 않았고 부산하게 곁에서 넘보는 무리도 반드시 저를 좋아하고 이를 미워하는 성심(誠心)에서 나온 것은 아니었다. 그러나 각자 기승을 부려서 이 사람을 위해서는 목숨이라도 바치려는 듯이 한 것은 무엇 때문인가. 까닭에 송나라의 낙당·촉당은 천하의 대세라는 것이다. 무엇으로써 말하는가 하면, 당시 두 당(黨) 이외에 또 삭당(朔黨)이라는 것이 따로 있었다. 삭당은 정씨(鄭氏)도 소씨(蘇氏)도 어느 편이 옳다 어느 편이 그르다 하지 않았으니, 비록 이천이 없었더라도 반드시 당파는 생기고 말았을 것이다. 대개 정사(政事)가 알맞지 못하면 선비의 마음이 안정되지 못하고, 선비의 마음이 안정되지 못하면 옳고 그름이 뒤섞이고, 옳고 그름이 뒤섞이면 싸움이 일어난다. 그리하여 천하의 선비가 풀이 엎어질듯 물길이 출렁이듯 이해 속으로 휩쓸려드니 어찌 애석하지 않은가? 그러나 당시에는 관직을 교체하거나 정권을 전담하는 폐단이 없음을 힘입어서 그 해(害)가 드디어 없어지고 당나라와 같이 심하게는 되지 않았다. 그러나 당나라도 또한 말할 만한 것이 못된다. 어찌 우리나라와 같이 백년이나 내려오면서 당파가 더욱 성(盛)해진 나라가 있겠는가?

우리나라는 중세(中世) 이래로 간사한 자가 정사(政事)를 맡아서 사화(士禍)가 잇달았다. 앞서서는 무오(戊午)·갑자년(甲子年)의 살육이 있었고, 그 후에 또 기묘(己卯)·을사년(乙巳年)의 잔해(殘害)가 있었다. 한때의 충신과 어진 선비가 큰 물결에 휩쓸려 함께 죽었으나, 오히려 붕당이라고 부를 만한 것은 없었다. 그런데 선조(宣祖) 이래로 하나가 갈라져서 둘이 되고, 둘이 갈라져서 넷이 되고, 넷이 또 갈라져서 여덟 당(黨)으로 되었다. 이것이 여러 대로 전해지니, 그들의 자손은 원수 간이 되어서 혹은 죽이기도 하였다. 같은 조정에서 벼슬하고 한 마을에서 살면서 늙어서 죽기까지 서로 왕래하지 않는 일이 있었다. 까닭에 길흉사(吉凶事)에 서로 물으면 수군수군 지껄이고, 혼인을 서로 통하면 무리 지어서 배척하였다. 심지어는 언어 행동과 의복까지 모양을 달리하여 길에서 만나더라도 지적해서 알 수 있다. 이역(異域)이라서 그런가, 풍속이 달라서 그런가? 아아! 심하기도 하다. 이 까닭은 뒤쫓아서 궁구(窮究)할 수 있다.

우리나라에서는 사람을 뽑는 데 오로지 과거만을 숭상하였다. 처음에는 뽑는 수효가 적었는데, 선조조(宣祖朝) 이래로 점차 증가되었고, 오늘날에 와서는 극히 많아졌다. 옛날 북조(北朝)의 최량(崔亮)의 말에 "10명이 관직 하나를 함께 하여도 오히려 제수(除授)해낼 수 있다."는 것이 바로 오늘날에 꼭 합치된다. 대개 그런 연고로 벌열(閥閱)이 성한 집과 문장이 훌륭한 문호(門戶)에서도 매미 배처럼 거북이 창자처럼 굶주리면서 홍패(紅牌)만

어루만지며 탄식하는 자를 이루 다 기록할 수도 없다. 그러한즉 당(黨)이 어찌 갈라지지 않겠는가? 무릇 이(利)는 하나인데 사람이 둘이면 문득 두 당으로 되고, 이(利)는 하나인데 사람이 넷이면 문득 네 당(黨)으로 된다. 이(利)는 변동이 없는데 사람이 더욱 많아지니, 그 10패, 8당으로 더욱 갈라지는 것이 당연하다. 가령 모든 패는 다 배척하고 오직 한 당에게만 전담하도록 하여도 또한 철(鐵)과 금(金)을 녹여 부어 만든 것은 아니니, 반드시 어디선가 오는 한칼에 셋으로 갈라지고 다섯으로 찢어질 것이다. 왜냐하면 그들이 한창 기세를 올리게 되면, 과장(科場)을 널리 설치하고 사사로운 이익에 따라 난잡하게 뽑을 것이니, 이것이 당파를 삼는다는 것이며, 그 사람이 현명한가 어리석은가는 묻지 않고 다투어 요직에 들일 것이니, 이것이 세력을 뻗친다는 것이다. 의정(議政) 자리는 셋인데 대광계자(大匡階資)는 여섯이나 되고, 판서(判書) 자리는 여섯인데 자헌계자(資憲階資)는 열이나 되며, 초헌(軺軒)을 타고 조복(朝服)을 입는 자와 대관(臺官) 같은 중(重)한 벼슬도 사람과 관직 자리를 겨누면 곱절이 아닌 것이 없다. 그러므로 외적을 겨우 평정하자, 내분(內紛)이 또 은연중에 싹트기 시작하였다. 하물며 이 당파가 있은 뒤로부터 구름이 뒤집히고 비가 쏟아지듯 하여 총명한 사람이라도 그 형세는 다 기록하지 못한다.

중도(中道)에 서서 시비(是非)를 공정하게 하는 자를 용렬하다 하고, 붕당을 위해서는 죽음에도 흔들리지 않는 자를 이름난 절조(節操)라 한다. 때로는 무릎에라도 올려놓듯이 하고 때로는 못에라도 빠뜨리는 것 같아서 영화로움과 욕됨이 문득 바뀌는데, 사람이 어찌해서 붕당을 만들어 싸우지 않겠는가? 그러한즉 어찌하면 좋은가? 과거를 드물게 보여서 잡(雜)되게 진출하는 것을 방지하고, 고적(考績)을 분명하게 하여서 용렬한 자를 도태시킬 것이다. 그런 다음에 높은 벼슬을 아껴서 함부로 주지 말 것이며, 승진시키는 것을 신중히 하여서 경솔하게 발탁하지 말 것이며, 재목에 맞추어서 자주 전직시키지 말 것이며, 이(利)가 나오는 구멍을 막아서 민심 (民心)이 안정되도록 할 것이다. 이와 같이 할 따름이니, 그러지 않으면 비록 죽인다 하더라도 금지되지 않을 것이다.56)

---

56) 李瀷『星湖全書』七『藿憂錄』卷之二「朋黨論」참조. "朋黨生於爭鬪, 爭鬪生於利害. 利害切, 其黨深, 利害久, 其黨固, 勢使然也. 何以明其然也. 今有十人共飢, 一盂而駢比, 不終器而鬪起. 詰之則有言欠遜者, 人皆信鬪由言起. 他日又一盂駢比, 不終器而鬪起. 詰之則有貌欠恭者, 人皆信鬪由貌起. 他日又如此, 詰之則有動作多妨者, 遂乃一, 唱而衆和, 始細而終大. 其談沫吻, 其怒裂眥, 何其過也.

察於行道之間, 來者掉臂, 去者起武, 其言欠遜, 貌欠恭, 動作多妨者有限. 曾不有洸洸之嬰若向之同盂飯者, 於是知其鬪之在飯, 不在言貌動作也. 責其來者, 見其由言, 則遜無此矣, 見其由貌, 則恭無此矣, 殊不知利害之源猶在, 其失將不勝救矣, 假使今日同盂而鬪, 明日各案而飽, 去其所由鬪, 則彼一時皆詆之嚇, 將見帖然息而無復餘嗔矣, 故妻妾鬪於室, 必有一非, 然其非, 未必使之至此, 寵有未遍也, 兄弟鬪于牆, 必有一非, 然其非, 未必使之至此, 財有所未贍也. 國之朋黨, 何異於是, 源其初, 不過一人之善惡, 一事之輕重, 不免有心誹口訕, 此何等毫末, 而内焉摑血相薄, 外焉吠聲紛吼, 不見有旗鼓斧鉞之令, 人人懷不旋踵意思, 何哉.

今使大庭之上集百僚而辨臧否, 各是其是, 各非其非, 然而讓秩遜祿, 各無傾陷擯斥之患, 則是非自是非, 朝廷一朝廷, 何至於分朋分黨戈載之日相尋也.

然則朋黨何從而有乎. 蓋選擧繁而取人太廣也, 愛憎偏而進退無恒也. 唐之分黨, 是已. 唐人專尚科擧. 科擧者, 非國求於士, 乃士求於國, 故林林乎南畝者, 擧有紆紾青紫之望, 未窺六甲, 先聚五言, 庶幾其得之, 幸而遂焉, 則作公作卿, 莫非分内, 其不得者, 未有甘心焉. 其他入仕之路, 雜然而紛緊, 所謂官員少而應調多, 無以處也. 於是或數易而遞進, 或彼廢而此興. 遞則缺, 廢則怨, 是猶以貨寶許人而遂不與, 其導欲愈甚, 以有限之貨寶, 待無窮之人, 其爭鬪也, 固宜矣. 一人當前, 而影必響應者, 皆可以沾其餘瀝, 則分黨也亦宜矣, 此謂選擧繁也. 歷考古來用人得失, 其任賢去邪, 百無一二. 然用邪者, 亦專於邪, 不使君子遜進焉, 亂則亂矣, 未有黨之可目, 比利湊於一, 而爭鬪無所故也. 唐則不然, 一李一牛, 凡幾黜幾陟, 屈便是求伸, 爛額爲上功.

彼從流利往之民情, 將安所取捨哉. 此謂愛憎偏也. 至於宋之洛蜀, 伊川之賢而終歸指目, 伊川亦無奈擧俗何也. 蓋宋之取人繁冗, 動倍於唐, 其勢不日將潰, 特未有乖朕, 及蘇氏深惡伊川, 其跡遂著, 其棠非直爲伊川也. 伊川雖賢, 平日所信從, 不過謝楊尹數輩, 殆若不成朋類, 其紛紜傍睨之徒, 未必皆出於好惡彼此之誠, 然各自張氣有若爲斯人伏節者, 何哉. 故曰, 宋之洛蜀, 天下之勢也, 何以言之, 當時二黨之外, 又別有朔黨, 彼朔者程耶蘇耶, 孰是而孰非耶, 可見雖無伊川, 必黨乃已也. 夫政術失宜, 則士心靡定, 士心靡定, 則是非混, 是非混, 而爭鬪起, 使天下之士, 草偃波盪靡靡乎利害窟中, 何其惜哉. 賴當時無迭進柄專之患, 故其害遂息, 不至如唐之甚也, 唐又不足言矣, 豈復有如我國之亘百載愈熾哉.

我國自中世以來, 奸壬用事, 士禍相繼, 前有戊午甲子之戮, 後有己卯乙巳之殘, 一時忠賢, 駢死於洪流, 猶未有朋黨之號. 自宣廟以來, 一分爲二, 二分爲四, 又分爲八, 世傳雲仍, 仇或殺死, 同朝而進, 並巷而居, 有至老死, 不與往來, 故吉凶相及, 則竊然咮之, 婚姻相通, 則羣聚而擯攻, 至於言動服飾, 別成貌樣, 遇諸塗, 可指點而認, 異域而已, 殊俗而已, 噫, 其甚矣, 此其故可跡而究矣.

我國取人, 尤專科擧, 始也其數亦少, 宣廟以來, 漸見增多, 今日極矣, 北朝崔亮之言曰, 十人共

윗글에서 성호(星湖)는 '붕당(朋黨)'이 어째서 생겨났는지, 그리고 참된 붕당은 어떤 것이며 국가가 그 참된 붕당을 권장해 나가기 위해서는 어떤 정책을 펴야 할 것인지와 같은 '붕우지도'의 기본 논리를 제시하였다. 그리고 또한 그와 같은 문제와 아울러, 중국과 한국 등 역대 왕조에서의 그 붕당 문제와 관련한 정치의 득실을 실제적인 인물이나 역사적인 사실의 실증을 곁들여 논하면서, 우리의 제도가 바로잡히지 않으면 안 될 것임을 천명하였다. 윗글에서의 성호의 기본 논리는, 이 글의 윗부분에서 '우도의 개념'을 논의하면서 인용한 바 '벗사귐'이란 '덕(德)을 벗삼자는 것'이며 국가는 어진 이를 높이는 '존현(尊賢)'의 뜻을 중히 여겨야 한다는 것이라는, 경서에 나타난 뜻과 일맥상통하는 것이라고 하겠다. 성호는 또 『성호사설』의 「붕당」이라는 글에서 다음과 같이 '우도론'을 전개하였다.

예전에 장여헌(張旅軒)[張顯光] 선생이 상소하여 말하기를 "천지간에는 하나의 도리가 있을 따름이니, 선과 악이 각각 한 가지 류(類)요, 사(邪)와 정(正)이 각각 한 가지 유요, 시(是)와 비(非)가 각각 한 가지 류이다. 선악(善惡)·사정(司正)·시비(是非)가 아울러 대립하고 아울러 작용하고 아울러 행세하면서, 이 도와 이 이치가 어긋나지 않는다는 말은 들어보지 못했다."

一官, 猶無可授, 正爲今日符契. 夫然故世閥之門, 文墨之戶, 蟬腸龜腹, 撫紅牌而嗟恨者, 不可勝紀, 黨安得不分哉. 夫利一而人二, 則便成二黨, 利一而人四, 則便成四黨, 利不移而人益衆, 其十朋八黨, 宜乎愈岐也. 設使盡斥羣朋, 惟專一黨, 彼亦非鑄鐵鎔金, 必將有何來一尖刃, 分三裂五矣. 何也. 方其得志也, 廣設科場, 循私雜遝, 謂之植黨, 不問賢愚, 競入淸要, 謂之張勢, 議政三而大匡之階六, 判曹六而資憲之階十, 至於乘軒衣緋, 臺館峻選, 人比於官, 莫不倍蓰, 故外禦纆定, 內訌又隱然萌矣. 又況自有此黨, 雲翻雨覆, 聰明不足以盡視記.

中立公是者, 爲庸調, 死明不撓者, 爲名節, 加膝墜淵, 榮辱頓換, 奈之何人不朋而鬪也. 然則如之何其可也. 簡科擧防雜進也, 明考課汰茸闒也, 然後惜名宦毋多與也, 愼躁超毋輕擢也, 務稱材毋數遷也, 使利竇塞而民志定也. 如是而已矣, 不然, 雖殺之, 不禁."

하였고, 당시에 또 현감(縣監) 정원석(鄭元奭)이 상소하여 말하기를, "군자라면 비록 백 사람이 붕(朋)을 한다 해도 나라에 유익하고, 소인이라면 비록 한두 사람이 붕을 해도 반드시 정치에 해가 된다." 하였으니, 만약 사흉(四凶)·십난(十亂)으로 하여금 조정을 함께 하여 공화(共和)하기란 그 형세가 불가능한 것이다. 그러나 만약 나에게 물(物)을 헤아리는 권도(權度)가 없다면, 군자와 소인을 또 어떻게 구별할 수 있으랴! 명철(明哲)한 임금이 세상을 제어하고, 어진 정승과 훌륭한 보필(輔弼)이 조종(操縱)을 잘하여 운영하기를 자취 없이 한다면, 소인의 취향을 바꾸어 군자의 궤도에 들어가게 하지 못할 리도 없지 않겠는가.

만약 단지 어진 이는 진출시키고 간사한 자를 물리치는 것만으로 마음을 삼는다면, 어진 이를 소인이라 하고 간사한 자를 군자라 하지 않는 자가 적을 것이다. 그러므로 법을 세우는 것만이 상책(上策)이 된다는 것이니, 법(法)이 위에서 서게 된다면 풍기(風紀)가 아래에서 바뀌는 것이다. 그 이미 '붕당론'에 있는 것은 그 여기서 들지 않는다.[57]

윗글의 논법과 윗글에 나타난 뜻은, 앞에서 인용한 바 송대 구양수의 「붕당론」에 나타난 논법과 그 글의 뜻을 많이 따른 것이며, 그것은 앞의 글 「붕당론」의 경우도 마찬가지이다. 군자는 군자끼리 어울려서 붕당을 이루고, 소인은 소인끼리 어울려서 일시적으로 거짓된 붕당을

---

57) 李瀷, 『星湖全書』五 『星湖僿說』卷之九 人事門 「朋黨」 참조. "昔張旅軒先生上疏曰, 宇宙間, 一道理而已. 善惡, 各一類, 邪正, 各一類, 是非, 各一類. 善惡邪正是非, 未聞竝立竝作竝行, 而此道此理, 不悖者也. 當時又有縣監鄭元奭上疏曰, 君子, 雖百人爲朋, 有益於國, 小人, 雖一二人爲朋, 必害于治, 若使四凶十亂, 同朝共和, 其勢不能也. 然若在我, 無秤物之權度, 君子小人, 又何以辨別, 哲辟御世, 良相賢輔, 操縱有術, 轉移無迹, 則獨不可換小人之趣, 入君子之軌乎. 若但以進退賢邪爲心, 則其不以賢爲小人, 而邪爲君子也者, 鮮矣, 故曰, 立法爲上, 法立於上, 而風易於下, 其在朋黨論者, 不擧."

이룬다. 그러므로 진정한 '벗사귐' 또는 '붕당'은 군자들 사이에서나 가능한 일이요, 소인들 사이에서는 있을 수 없는 일이며, 군자들이 소인들을 포용하여 선도할 수는 있어도 끝까지 이익만을 챙기고자 하는 소인들로서는 결코 군자들의 세계에 화합될 수 없다. 그와 같은 군자와 소인의 분수를 알아서 그 군자와 소인을 구별할 수 있는 명철(明哲)한 임금과 그 임금을 보필할 만한 어진 정승 등의 신하들이 나라를 다스리고 조정을 이끌어 가는 데서 국운을 일으킬 수 있다. 참된 군자들이 붕당을 이룬다면, 그런 붕당과 그 붕당을 이루는 군자들은 많을수록 좋은 데 반해, 소인과 소인들의 모임은 그 숫자가 많지 않아도 해(害)가 되고 후환이 생길 수밖에 없는 것이다. 그와 같은 '우도'의 논리를 터득하여 그에 걸맞는 법을 세우는 것이야말로 국가와 사회를 바로잡는 상책이라는 취지가, 위의 글 「붕당」에서 역설하고자 한 뜻이라고 하겠다.

조선 후기의 연암 박지원은 한문소설 「예덕선생전」에서 작중인물 선귤자(蟬橘子)를 통하여 다음과 같은 '우도론'을 전개하였다.

자목(子牧)이 귀를 가리고 물러나 달아나면서 말하기를, "이는 선생님께서 저를 가르치시기를 시정배(市井輩)들의 일과 종[傔僕]들의 일로써 하시는 것일 따름입니다." 하였다.

선귤자가 말하기를, "그렇다면 그대가 부끄러워하는 것이 과연 이쪽[겉보기]에 있는 것이지, 저쪽[진정한 友道]에 있는 것이 아니니, 무릇 시정배들의 사귐[市交]은 이익으로써 하고, 얼굴로만 교제하는 것[面交]은 아첨으로써 한다. 그러므로 비록 기꺼워하는 사이인데도 세번 달라고 요구하면 성글어지지 않는 법이 없고, 비록 묵은 원망이 있더라도 세 번 주면 친해지지 않는 법이 없으니, 그러므로 이익으로써 하면 (사귐이) 계속되기 어렵고, 아첨으로써 하면 오래 가지 못하나니, 무릇 큰 사귐[大交]은 얼굴로써만 하지 않고, 대단한 사귐[盛友]은 겉으로만 친한 척하지 않아서, 다만 사귀기를 마음으로써 하고 벗하기를 덕으로써 하나니, 이것이 바로 도의의 사귐[道義之交]인지라, 위로는 천고의 옛 사람[千古]을 벗하면서도 먼 것이 되지 않고, 서로 거처하기를 만리 밖에 떨어져 있더라도 소원함이 되지 않는다.58)

위와 같이 '우도론'은 문학 작품을 통해서도 얼마든지 전개될 수 있는 것이다. 위에 인용한 단락에서 작중인물 자목(子牧)이 주장하는 바 '우도'는 똥거름을 치는 일 같은 더러운 일을 하는 자와 스승께서 어찌 벗사귐을 할 수 있느냐는 것이다. 그러나 진정한 '우도'가 무엇인가를 터득하여 깨우쳐 주고자 하는 스승 선귤자의 논리는, 그와 같은 세속적인 시정배들의 거짓된 벗사귐을 뜻하는 것이 아니었다.

진정한 벗사귐은 이익으로써 하거나 아첨하는 면교(面交)로써 하는 것이 아니며, 마음으로써 하고 덕으로써 하는 '도의지교(道義之交)'를 뜻하는 것이다. 덕을 벗삼고자 하는 그 '도의지교'는 천고의 옛 사람을 벗하면서도 먼 것이 되지 않고 만 리 밖의 인물을 벗하면서도 소원(疏遠)한 것이 되지 않는다. 그와 같은 논리를 편 작중인물 선귤자가 나타내고자 하는 '우도'의 의미는, 『맹자』「만장」장에서의 맹자 말씀 "友也者우야자, 友其德也우기덕야."59)라는 구절에 나타난 뜻과 『맹자』「만장」장에

---

58) 朴趾源, 『燕巖集』 卷之八 別集 『放璚閣外傳』 「穢德先生傳」 참조. "子牧, 掩耳郤走曰, 此夫子教我以市井之事, 傔僕之役耳. 蟬橘子曰, 然則子之所羞者, 果在此而不在彼也. 夫市交, 以利, 面交, 以諂, 故雖有至懽, 三求則無不疎, 雖有宿怨, 三與則無不親, 故以利則難繼, 以諂則不久, 夫大交不面, 盛友不親, 但交之以心而友之以德, 是爲道義之交, 上友千古而不爲遙, 相居萬里而不爲疎."

59) 앞의 각주 5)에 대한 본문 참조.

서의 지리적인 공간과 시대를 초월하여 벗사귐을 행할 수 있다는 맹자 말씀60)에 나타난 뜻을 이어받은 것이라고 하겠다.

이와 같이 참된 벗사귐의 도리 곧 '우도'와 그 우도를 논한 '우도론'은, 경서와 그 주석 그리고 『실록』 등의 역사서와 역대 선비들의 문집에 수록된 글이나 문학 작품 등 수많은 고전적 자료에서 얼마든지 그 내력을 찾아볼 수 있을 만큼, 중국과 한국 등 동양에서 역대에 끊임없이 계승되어 왔다. 그리고 개인과 사회와 국가의 발전을 도모하는 데 크게 기여하면서 정신적 지주가 되어 왔다.

위에서 논의한 '우도의 개념'과 '우도론의 내력'을 바탕으로 하여 '우도'와 '우도론'의 구체적인 내용과 특징을 다음과 같이 정리할 수 있다.

구분	유형	내용
우도론	1. 忠告而先導之 충고이선도지	• 친구 간에 서로 진실되게 일러주고 일깨워줌 • 공자(孔子)의 제자들이 스승으로부터 배운 것을 강학(講學)하면서 서로 감싸주고 혹은 힐책하면서 충고하는 것 • 붕우지도(朋友之道)는 지극히 하지 못할 경우 인륜이 폐기되고 국가가 패망하고 천지가 멸망할 만큼 중차대하다.
	2. 以文會友이문회우, 以友輔仁이우보인	• 한(漢)나라의 장사왕(長沙王)의 태부(太傅)가 되어 가던 가의(賈誼)가 상수(湘水)에서 초(楚)나라 굴원(屈原)의 덕을 사모하여 그 죽음을 애도하여 「조굴원부(弔屈原賦)」를 지은 것 • 진정한 벗사귐은 이익으로써 하거나 아첨하는 면교(面交)로써 하는 것이 아니며, 마음으로써 하고 덕으로써 하는 도의지교(道義之交)를 뜻한다.

---

60) 앞의 각주 27)에 대한 본문 참조.

구분	유형	내용		
우도 (벗사귐)	공통	• 신의(信義)를 바탕으로 한 우도가 인륜의 도를 바로잡는 데 있어 근본이 된다. • 참된 우정은 쇠도 끊을 만큼 굳고 단단하며 변함이 없으며, 향기는 난초와 같이 그윽하다. • 벗사귐은 자기 자신의 인(仁)을 보필하기 위한 것이다. • 참된 벗사귐은 신의를 저버리지 않는 것이며, 포용하는 자세로 널리 대중을 사랑하되 덕을 벗삼기 위해서 어진 이[仁人]를 가까이하는 것이다. • '벗사귐'이란 덕(德)을 벗 삼는 것이다.		
友道 (벗사귐)	1. 知己之友지기지우 管鮑之交관포지교	• 의리(義理)의 길을 같이 가는 지동도합자(志同道合者) • '붕우(朋友)는 의(義)로써 합(合)한 경우' 곧 '이의합자(以義合者)'이다		
	2. 시대·연령을 초월한 벗사귐	• 군자(君子)는 의(義)를 숭상하며 널리 대중을 사랑하고 어진 이는 가까이하며, 시대와 연령의 차이를 초월하는 벗사귐을 행한다. 예시) 맹자의 공자 사숙(私淑)		
	3. 신분·지위를 초월한 벗사귐 三顧草廬삼고초려· 汎愛衆而親人범애중이친인·慕賢而容衆모현이용중·友也우야者友其德也자우기덕야.	1) 존현 (尊賢)	①요(堯)임금 →순(舜)임금 ②유비(劉備) →제갈공명 (諸葛孔明)	• 상대방의 지위 고하나 빈부 등을 떠나 그 사귀고자 하는 사람의 덕을 벗삼는 것 • 공·맹과 같은 옛 성현의 도를 따라서 그 옛 성현을 마음속으로 벗 삼고자 하는 것 • 요임금이 어진 이를 높이는 존현의 자세로써 순임금을 가까이 하여 천자(天子)로서 필부(匹夫)를 벗 삼고자 하는 것 • 촉한의 선제 유비와 제갈공명을 삼고초려한 것 • 도원결의(桃園結義)
		2) 귀귀 (貴貴)	제갈공명→ 유비·유선	• 제갈공명이 신의를 지켜 후주 유선에게 '출사표', '후출사표'를 지어 올리면서 충정을 표한 것

따라서 위에서 정리된 '우도'와 '우도론'의 유형별 특성을 형상화한 문학 작품의 원류를 검토하고, 그 '우도'와 '우도론'이 한국 고전문학에서 어떻게 나타났는가를 고찰하여 그 의의를 찾는 일이 무척 중요한 과제가 되지 않을 수 없다.

2. 우도와 우도론의 문학적 형상화

이제 여기서는 위에서 논의해 온 바 동양에서 전통적으로 계승되어 온 '우도'와 '우도론'이 역대의 문학 작품에서 어떻게 형상화되었는가를 고찰하고자 한다. 그러나 '한국 고전문학에 나타난 우도와 우도론'에 대해서는 이 글의 다음 장에서 구체적으로 논의하게 될 것이므로, 본 항목에서는 중국의 문학 작품을 중심으로 하여 논의하고자 한다. 그런데 본 항목은 그 전통적인 '우도'와 '우도론'이 문학적으로 형상화된 과정의 대강을 살펴보고자 하는 데 목적이 있으므로, 여기서는 다만 『시경』 시로부터 도연명과 두보의 한시에 이르기까지의 몇몇 작품만을 논의의 대상으로 삼고자 한다.

『시경』'소아'「상체」장에는 '아가위꽃'을 노래하면서 동시에 형제 간의 우애와 친구 간의 우정을 노래한 다음과 같은 구절이 있다.

아가위꽃이여, 환희도 빛나고 빛나지 않을쏘냐?

　　常棣之華상체지화, 鄂不韡韡악불위위.

무릇 오늘날의 사람들은 형제보다 좋은 이가 없어라.

　　凡今之人범금지인, 莫如兄弟막여형제.

죽고 초상나는 무서운 일에도 형제만이 심히 생각해주며,

　　死喪之威사상지위, 兄弟孔懷형제공회

언덕이나 진털밭에 모여 살아도, 형제 간이나 찾아준다네.

　　原隰裒矣원습부의, 兄弟求矣형제구의.

저 언덕에 있는 할미새처럼 급난시(急難時)에는 형제가 돌아보네.

　　脊令在原척령재원, 兄弟急難형제급난.

매양 좋은 벗이 있다 해도 길게 탄식만 해줄 뿐.

每有良朋매유양붕, 況也永歎황야영탄.

매양 좋은 벗이 있다 해도 아무도 도와주는 이 없어라.

每有良朋매유양붕, 烝也無戎증야무융.

환란이 이미 평정되어 안정되고 또 편안해지면,

喪亂既平상란기평, 既安且寧기안차녕,

비록 형제가 있다 해도 좋은 벗과 같지 못하다네.

雖有兄弟수유형제, 不如友生불여우생.[61]

위의 시구에서는 급난시(急難時)에 형제 간의 '우애'가 절실하게 나타나고 환란이 평정된 뒤에는 친구 간의 '우정'이 절실하게 나타난다는 뜻이 형상화되었다. 위에서 "凡今之人범금지인, 莫如兄弟막여형제. 死喪之威사상지위, 兄弟孔懷형제공회, 原隰裒矣원습부의, 兄弟求矣형제구의. 脊令在原척령재원, 兄弟急難형제급난."라고 하였는데, 그것이 바로 급난시에는 친구 간의 우정보다도 형제 간의 우애가 더욱 자기 자신에게 절실하게 느껴지며 다가온다는 뜻을 나타낸 구절이다. 이 구절에서는 당시에 오늘날의 사람들이 살아가는 데 형제보다 좋은 관계가 없다고 하였다. 그런데 그것은 그 『시경』 시의 시대에만 국한된 논리가 아닐 것이다. 위의 시구에서는 급난시 곧 죽고 초상나는 무서운 일이 있을 때 그리고 언덕이나 진털 밭에 모여 사는 궁핍한 시절에는 남들이 다 모르는 척하더라도, 저 언덕에 있는 '할미새'처럼 형제 간에는 서로 돌아보면서 결코 모르는 척하지 않는 것이 바로 '혈육의 정' 곧 '우애'라고 하였다.

위의 시를 노래한 작시자는, 형제와 친구가 어떻게 다른지, 각각 어떤 장점이 있으며 어떤 단점이 있는지, 그 사물의 이치를 잘 터득하

---

61) 『詩經』 '小雅' 「常棣」章 참조.

여 시로써 형상화할 수 있었던 것이다. 그런데 그 우애를 할미새의 태도로써 비유하여 형상화한 것 또한 사물의 이치를 잘 터득한 경우라고 하겠다.

위의 시구에서는 또한, "喪亂旣平상란기평, 旣安且寧기안차녕, 雖有兄弟수유형제, 不如友生불여우생."라고 하여, 환란이 이미 평정되어 편안해진 뒤에는 친구 간의 '우정'이 절실하게 나타나고 비록 형제가 있다고 해도 그 '우애'가 친구 간의 '우정'만 못하다는 뜻이 형상화되었는데, 그것이 바로 친구 간의 '우정'의 장점을 나타낸 구절이다.

그러면 위의 작시자는 어째서 그와 같은 뜻을 시로써 나타내게 되었는가? 급난시에는 매양 좋은 벗이 있다고 해도 길게 탄식만 해줄 뿐 도와주는 이가 없다고 하고, 환란이 평정되어 안정되면, 비록 형제가 있다 해도 좋은 벗만 못하다고 하였는데, 그렇게 노래한 까닭은 무엇이겠는가? 그 까닭을 이해할 수 있는 것이 바로 사물의 이치를 잘 터득하여 노래한 위의 시의 작시자가 나타내고자 한 뜻을 이해하고 동양의 전통적인 '우도'와 '우도론'의 이치를 제대로 터득하는 길이 될 것이다.

'붕우' 관계는 '의(義)로써 합(合)한 경우' 곧 '이의합자(以義合者)'이다. 그러므로 친구 간에는 남의 집안의 생사나 환란에 관한 문제에까지 깊이 관여하지는 않는다. 친구를 도와주고 싶지 않아서가 아니라, 자기 집안의 생사나 환란 문제를 해결하는 것이 더욱 급선무가 되기 때문이다. 그러나 혈육의 정을 나눈 형제 간에는 그럴 수만은 없는 것이다. 자기 집안의 생사나 환란 문제가 생길 경우 애틋한 정을 억제할 수 없기 때문에, 그저 모른 척하고만 있을 수 없어 서로 돌아보고 구원해주지 않을 수 없는 것이다. 그러다가 환란이 이미 평정된 뒤에는 각자 자기 자신의 환란에 대한 대비에나 열중하면서 평화롭게 지내고자 하는 것이다. 그에 비하자면, 친구 간에는 편안하고 평화로운 때에도 서로 덕을 벗삼기 위해 상종(相從)하면서 충고해주고 일깨워주기도 한다. 그리하여 서로의 발전을 꾀한다. 그러나 혈육 간에는 평화시에 지나치게 충고를 하게 될 경우 서로의 은정(恩情)을 해치게 되기 때문에, 그리 할 수 없다는 점에서 좋은 벗사귐의 경우만 못한 것이다. 위의 시구는 그와 같은 이치를 형상화한 것이다. 그런데 작시자는, 그 '우애'와 '우정'을 형상화하기 위하여 지나치게 심각한 언사만을 일삼지 않고 '아가위꽃' '언덕'과 '진털밭' '할미새' 등의 시어를 아울러 구사함으로써, 비록 '우애'나 '우정'과 같은 인생의 심각한 문제를 노래하더라도 작품의 전체 내용이 부드럽게 받아들여질 수 있도록 형상화하였다는 점에서, 위의 시로 하여금 『시경』 시로서의 특성을 드러나게 할 수 있었던 것이다.

『시경』 '소아'「벌목」장에는 '벗사귐'을 노래한 다음과 같은 구절이 있다.

나무 베는 소리 '쩡쩡' 하거늘, 새우는 소리 '앵앵' 하누나.

　　伐木丁丁벌목정정, 鳥鳴嚶嚶조명앵앵.

깊숙한 골짜기에서 나와 높은 나무에 옮겨 앉았도다.

　　出自幽谷출자유곡, 遷于喬木천우교목.

'앵앵' 우는 소리여, 벗을 찾는 소리로다.

　　嚶其鳴矣앵기명의, 求其友聲구기우성.

저 새들을 보아도 오히려 벗을 찾는 소리거늘,

　　相彼鳥矣상피조의, 猶求友聲유구우성,

하물며 그 사람들이야 벗을 찾지 않을쏜가?

　　矧伊人矣신이인의, 不求友生불구우생.

신(神)께서 들으셔서 마침내 화락하고 또 평안하리라.

　　神之聽之신지청지, 終和且平종화차평.[62]

　위의 시구에서는, 새와 같은 미물(微物)들도 벗을 찾는 소리를 내거늘, 하물며 인간 사회의 삶에서 '우도'가 행해지지 않을 수 있겠는가 하는 뜻이 형상화되었다. 위에서 "相彼鳥矣상피조의, 猶求友聲유구우성, 矧伊人矣신이인의, 不求友生불구우생."이라고 하였는데, 그것이 바로 인생에 있어서의 '우도'의 절실함을 노래한 구절이다. 산에 가서 나무를 베며 일하는 동안에도 나무 베는 소리와 '앵앵' 우는 새 소리를 들으면서 참된 우정의 절실함을 갈구하게 되는 것이 우리의 삶의 이치이다. 그와 같은 '삶'과 '우도'의 문제를 형상화하는 데에 삶에서 서로 일깨워 주어 바른 길로 인도하는 참된 '벗사귐'이 절실하다는 심각한 뜻의 노출을 완화시키기 위하여, 나무 베는 소리와 깊숙한 골짜기의 새 울음소리를 시어로 곁들임으로써, 위의 시구에서 작시자는 화평한 시적 분위기를 자아낼 수 있었던 것이다.
　위의 『시경』 시에서 인용한 시구들은 '우도'의 일반적인 논리를 형상화한 경우라고 할 수 있는 데 비해, 다음에 인용하는 한대 가의의 「조굴원부」와 촉한 제갈공명의 「출사표」·「후출사표」에서는 '벗사귐'의 특수한 경우 곧 시대를 초월한 선비들의 벗사귐과 군신 관계에서의 벗사귐이 작품 가운데 형상화되었다.
　다음은 가의의 「조굴원부」의 일부를 인용한 것이다.

　공경히 임금의 아름다운 은혜를 받듦이여! 장사(長沙) 땅에 가서 죄를

---

62) 『詩經』 '小雅' 「伐木」章 참조.

기다린다네. 곁으로 굴원의 소문을 들음이여! 위의 시구에서 작시자는 위의 시구에서 작시자는 스스로 멱라수에 빠져 죽었다 하네. 상강의 흐르는 물에 이르러 내 몸을 의탁함이여! 공경스레 선생을 조문한다네. 망극한 세상을 만남이여! 마침내 그 몸을 던졌다네. 오호, 슬프도다! 상서롭지 못한 때를 만났구나. 난(鸞)새와 봉(鳳)새가 쥐구멍 찾아 엎드림이여! 올빼미 같은 악조(惡鳥)가 활개를 치는구나. 용렬하고 못난 자들이 높이 드러남이여! 헐뜯고 아첨하는 자들이 득세하였다네. 성현(聖賢)이 거꾸로 끌려감이여! 모나고 바른 분들이 거꾸로 쳐박혔다네.[63]

위의 「조굴원부」에서는, 굴원을 공경스레 조문하면서 못난 자들이 득세하고 어진 이들이 핍박받는 현실적 모순이 형상화되었다. 위의 작자 가의는 작품에서 공경히 임금의 은혜를 받들다가 장사 땅에 귀양 가서 죄를 기다리게 된 자기 자신의 처지를 선대(先代)의 초나라 충신 굴원의 경우에 견주어 그 굴원의 덕을 사모한다. 그리고 임금과 나라에 충성을 다하다가 귀양을 가서 멱라수에 빠져 죽은 굴원에 관한 소문을 평소에 익히 들어오다가, 이제 그 굴원이 빠져 죽은 상강(湘江)가를 지나가면서 비로소 조문하게 된 자기 자신이 상서롭지 못한 때를 만난 선생의 처지와 같은 것을 슬퍼한다. 그리고 굴원을 존경스런 마음으로 공경한다. 그리고 또한 덕이 있는 선비들이 쥐구멍을 찾아 숨어 엎드리고, 용렬하고 못난 자들 곧 악한 무리들이 헐뜯고 아첨하는 것을 일삼아 마침내 득세하여 활개치는 어두운 세상의 현실을 가슴 아파 한다.

---

63) 賈誼, 「弔屈原賦」: 『古文眞寶』 後集 卷之一 참조. "恭承嘉惠兮, 竢罪長沙. 仄聞屈原兮, 自湛汨羅. 造托湘流兮, 敬弔先生. 遭世罔極兮, 迺殞厥身, 烏虖哀哉兮, 逢時不祥. 鸞鳳伏竄兮, 鴟鴞翔翔. 闒茸尊顯兮, 讒諛得志, 賢聖逆曳兮, 方正倒植."

위의 작품에서 가의는 시대를 초월하여 굴원의 덕을 사모하는 마음을 표출해내되, '仄聞屈原兮측문굴원혜(곁으로 굴원의 소문을 들음이여!)'라고 표현함으로써 견문이 좁은 자기 자신이 부족하나마 훌륭한 굴원의 덕을 배울 기회를 접할 수 있었음을 다행스럽게 생각하는데, 그와 같이 표현함으로써 자기 자신을 낮추고 굴원의 덕을 높이는 겸양의 미덕을 보여주는 작자의 형상화 방법이 탁월하다는 것을 그와 같은 구절을 통해서도 충분히 확인할 수 있다. 뿐만 아니라 "鸞鳳伏竄兮난봉복찬혜, 鴟鴉翔翔치효고상. 闒茸尊顯兮탑용존현혜, 讒諛得志참유득지, 賢聖逆曳兮현성역예혜, 方正倒植방정도식."과 같은 구절에서 성현 같은 참된 선비들이 짓밟혀 신음하는 데 비해 못나고 악한 자들이 득세하여 활개치는 어두운 현실을 안타까워하는 마음을 형상화한 작법이 빼어나다는 것을 거듭 확인할 수 있다. 그 구절에서 성현과 같은 참된 선비를 '난봉(鸞鳳)'에 비유하고 헐뜯고 아첨하는 못난 자들을 '치효(鴟鴉)'[올빼미]의 악조(惡鳥)로 비유한 것이 매우 탁월한 작법을 보여준 것이라고 하겠다. 그런데 그와 같은 표현이 모두 안타까운 현실에 부닥쳐 굴원과 같은 어진 선비를 더욱더 절실하게 그리워하는 마음을 형상화하는 데 기여하고 있다는 점에서 우리는 위의 「조굴원부」의 묘미를 한층 더 맛볼 수 있는 것이다. 위의 「조굴원부」에서 가의가 굴원의 덕을 마음속으로 사모하여 벗 삼고자 하는 이와 같은 벗사귐의 자세는 『맹자』「만장」장의 맹자 말씀에 "以友天下之善士爲未足이우천하지선사위미족, 又尙論古之人우상논고지인." 곧 "천하의 좋은 선비를 벗하는 것으로도 족하지 못하다고 생각하여 또 옛사람을 거슬러 올라가 논한다."[64]라고 한, 구절에 나타난 벗사귐의 논리에서와 같은 것이라고 하겠다.

---

64) 앞의 각주 27) 참조.

다음에 인용하는 글은 제갈공명의 「출사표」의 일부이다.

신(臣)은 본래 미천한 신분[布衣]으로 몸소 남양(南陽) 땅에서 밭갈이하면서 난세(亂世)에 구차스럽게 타고난 성명(性命)을 보전하고 제후들에게 소문나고 현달하는 것을 구하지 않았더니, 선제(先帝)께서 신을 비천하고 촌스럽게 여기시지 않으시고 외람되게도 스스로를 굽히시어 세 번이나 신을 초막집 가운데 찾아주시고 신에게 당세(當世)의 일을 물으셨기에, 이로 말미암아 감격하여 마침내 선제께 말 몰고 수레 달릴 것을 허락했더니, 뒷날 국운이 기울고 엎어지는 꼴을 만나서 패군(敗軍)의 무렵에 소임(所任)을 받고 위태롭고 어려운 때에 명(命)을 받든 것이 그 이래(以來)로 이십(二十) 하고도 일년(一年)이 되었습니다.[65]

위의 글에서는, 군신 간의 예의와 신하의 변함없는 충정이 지위의 고하를 초월한 '우도'로써 형상화되었다.

위의 "臣本布衣신본포의, 躬耕南陽궁경남양, 苟全性命於亂世구전성명어난세, 不求聞達於諸侯불구문달어제후."라고 한 구절에서는, 난세를 살아가는 참된 선비의 자세를 엿볼 수 있다. 비록 벼슬을 못하여 '포의(布衣, 미천한 신분)'로 비록 밭갈이하면서 지낼지라도 스스로 소문나고 현달(顯達)하는 것을 구하지 않는 것이 참된 선비의 자세이다.

그리고 "先帝선제, 不以臣卑鄙불이신비비, 猥自枉屈외자왕굴, 三顧臣於草廬之中삼고신어초려지중, 咨臣以當世之事자신이당세지사."라고 한 구절에서는, 지위의 고하와 신분을 초월하여 벗 삼고자 한 옛사람들의 벗사귐의 자세를

---

65) 諸葛亮, 「出師表」: 『古文眞寶』 後集 卷之一 참조. "臣本布衣, 躬耕南陽, 苟全性命於亂世, 不求聞達於諸侯, 先帝, 不以臣卑鄙, 猥自枉屈, 三顧臣於草廬之中, 咨臣以當世之事, 由是感激, 遂許先帝以驅馳, 後値傾覆, 受任於敗軍之際. 奉命於危難之間. 爾來二十有一年矣."

엿볼 수 있다. 촉한의 선제 유비가 스스로이 신분을 협세(挾勢, 남의 위세를 믿고 의지하는 것)하지 않고 제갈공명을 삼고초려하였다는 것은, 옛날 요임금이 천자의 신분으로서 필부인 순임금을 초빙하여 정사를 맡기면서 벗삼은 것과 같은 경우의 벗사귐이다.[66]

그리고 또한 "由是感激유시감격, 遂許先帝以驅馳수허선제이구치, 後値傾覆후치경복, 受任於敗軍之際수임어패군지제. 奉命於危難之間봉명어위난지간. 爾來二十有一年矣이래이십유일년의."라고 한 구절에서는, 지위 높은 분으로부터 예우를 받고 끝까지 신의를 다함으로써 답례하기를 맹세한 선비가 21년이라는 긴 세월을 변함없이 신명을 바치면서 신분과 지위를 초월하여 행한 '우도'의 진면목을 엿볼 수 있다. 그와 같은 굳센 의지를 보여주는 자세는 『논어』「태백」편의 증자 말씀과 합치되는 자세이다. 그 『논어』의 증자 말씀에 "선비가 도량이 넓고 뜻이 굳세지 않아서는 안 되니, 짐은 무겁고 길이 멀기 때문이니라. 인(仁)으로써 자기의 책임을 삼으니, 또한 무겁지 않겠는가? 죽은 뒤에나 그만두니, 또한 멀지 않겠는가?"[67]라고 하였는데, 선비는 인(仁)을 행하고 세상을 밝히는 것을 자기 책임으로 삼아서 죽는 날까지 그 뜻을 포기하지 않기 때문에 그렇게 말한 것이며, 그것이 바로 옛 선비들이 소중하게 여겼던 선비정신[68]의 일면을 보여주는 것이라고 하겠다. 제갈공명과 같은 참된 선비에게 있어서는 그와 같은 선비정신이 신분과 지위를 초월하여 벗하면서 신하의 도리를 다하는 벗사귐으로 발현될 수 있었던 것이다.

---

66) 앞의 각주 29) 참조.

67) 『論語』「泰伯」篇 '弘毅'章 참조. "士不可以不弘毅, 任重而道遠. 仁以爲其任, 不亦重乎. 死而後己, 不亦遠乎."

68) 鄭堯一, 「선비精神과 선비精神의 文學論」, 『漢文學의 硏究와 解釋』, 一潮閣, 2000, 15~79쪽 및 특히 21쪽 참조.

다음에 인용하는 글 또한 제갈공명의 「후출사표」의 일부이다.

모든 일이 이와 같아서 가히 거슬러 보기 어려운지라, 신(臣)은 몸이 닳도록 고달픔을 다해서 죽은 뒤에나 말 것이요, 성공하느냐 패배하느냐 날카로운가 둔한가에 있어서는 신(臣)의 안목으로 능히 거슬러 볼 수 있는 바가 아닙니다.[69]

도연명의 시 「관포(管鮑)」를 인용하면 다음과 같다.

사람을 알아보기 쉽지 않으니, 서로 알아주기는 실로 어렵다네.
　　知人未易지인미역, 相知實難상지실난.
담박(淡泊)하고 아름다운 처음의 우정 이익을 따지면 곤궁할 때 어긋나네.
　　淡美初交담미초교, 利乖歲寒이괴세한.
관중은 마음을 알아준다 칭송하니, 포숙의 마음도 반드시 편안하리.
　　管生稱心관생칭심, 鮑叔必安포숙필안.
기특한 정조(情操) 서로 밝게 헤아리니, 아름다운 이름 함께 온전할세.
　　奇情雙亮기정쌍량, 令名俱完영명구완.[70]

위의 시에서는, '지기(知己)'로서의 관중(管仲)과 포숙(鮑叔)의 사귐 곧 '관포지교(管鮑之交)'가 "君子之交군자지교, 淡如水담여수."의 의미로써 형상화 되었다. 위에서 "知人未易지인미역, 相知實難상지실난."이라고 하였는데, 사람을 알아보기 쉽지 않으며 또한 서로 알아주기는 실로 어렵다고 한

69) 諸葛亮, 「後出師表」: 『古文眞寶』 後集 卷之一 참조. "凡事如是, 難可逆見, 臣, 鞠躬盡瘁, 死而 後已, 至於成敗利鈍, 非臣之明所能逆覩也."
70) 陶潛, 『陶淵明集』 卷之六 記傳贊述 '讀史述九章' 「管鮑」 참조.

그 도연명의 시구에서, 작자는 진정으로 뜻을 같이하는 사람끼리 참된 벗사귐이 가능한 것임을 말하였으며, 뜻을 같이하는 사람의 진심을 알아주는 것이 또한 참된 벗사귐이 될 수 있음을 말하였다.

그리고 위의 시에서 "淡美初交담미초교, 利乖歲寒이괴세한."이라고 하였는데, 이 구절에는 많은 뜻이 함축되어 있다. 『예기』「표기」편의 공자 말씀에 "군자가 사람을 접견(接見)하는 것은 마치 물과 같고, 소인이 사람을 접견하는 것은 마치 단술과 같으니, 군자는 담담하면서도 성취하고, 소인은 달콤해서 허물어지느니라."[71]라고 하였다. 의리를 숭상하는 군자의 벗사귐은 물과 같아서 담담하기 그지없는데, 이익을 따지는 소인의 벗사귐은 단술과 같아서 달콤한 이익만을 취하다가도 그 이익에 어긋나면 등을 돌려 배반하기 때문에 곤궁할 때에 이르러서는 허물어지기 쉽다는 뜻이 위의 시구에 나타나 있다.

그리고 또 위에서 "管生稱心관생칭심, 鮑叔必安포숙필안."이라고 하였는데, 그것은 옛날 춘추시대의 아름다운 벗사귐 '관포지교(管鮑之交)'에서 관중은 포숙이 자기의 마음을 알아주었다고 하고 포숙은 또한 그런 자기의 마음을 알아주는 관중으로 인하여 마음이 편안할 수 있었던 것이며, 그러기에 그 두 사람은 서로 진정한 '지기'가 될 수 있었음을 노래한 것이다. 그리고 끝 구절에서 "奇情雙亮기정쌍량, 令名俱完영명구완."이라고 하였는데, 그것은 '관포지교'가 그와 같이 참된 벗사귐이 될 수 있었기에 후세에 아름다운 벗사귐이라는 이름을 온전히 전할 수 있게 되었음을 노래한 것이다.

또한 두보의 시 「빈교행」을 인용하면 다음과 같다.

---

71) 앞의 각주 14) 참조. 『禮記』「表記」篇. "君子之接, 如水, 小人之接, 如醴, 君子, 淡而成, 小人, 甘以壞."

손을 뒤집어 구름을 짓고 손을 엎어서 비를 오게 하니,

    翻手作雲覆手雨번수작운복수우,

어지럽고 경박하기 짝이 없음을 어찌 구태여 헤아리리오?

    紛紛輕薄何須數분분경박하수수.

그대는 보지 못했는가, 관중과 포숙의 가난할 때 사귐을.

    君不見管鮑貧時交군불견관포빈시교.

이제 사람들은 이 도 버리기를 마치 흙과 같이 한다네.

    此道今人棄如土차도금인기여토.72)

위의 시에서는 그 옛날 관중과 포숙의 '군자지교(君子之交)'와는 달리,
시대와 풍속이 변하여 너무도 쉽게 신의를 저버리고는 하기 때문에,
참된 '우도'가 행해지지 못하는 세태를 안타까워하는 뜻이 형상화되
었다. 어지럽고 경박하기 그지없는 후세인들의 그릇된 벗사귐을 노래
하여 "翻手作雲覆手雨번수작운복수우."라고 하였는데, '손을 뒤집는다' '손을
엎는다'고 한 것은 변덕스런 세상 인심을 형상화한 것이며, '구름을
짓는다' '비를 오게 한다'고 한 것은 또한 이익을 따라 부화뇌동(附和雷
同)하는 소인배들의 변덕스런 벗사귐의 세태를 형상화한 것이다. 그리
고 "此道今人棄如土차도금인기여토."라고 한 것은 참된 '우도'를 마치 흙과
같이 하찮게 여겨 쉽게 던져 버리는 세태를 심히 안타까워한 것으로,
'관포지교'와 같은 참된 '우도'의 회복을 갈망하는 작자의 심정이 형상
화된 것이다.

이와 같이 '우도'와 '우도론'을 형상화한 문학 작품에 접근하기 위해
서는 우선 작품을 정확하게 이해하는 것이 필요하다. 또한 작품에

---

72) 杜甫, 「貧交行」: 『古文眞寶』 前集 卷之十 참조.

대한 이해의 방법이 어느 한가지로만 완결될 수는 없다. 이어서 작품 구조의 분석은 필수 과정이며, 이러한 구조분석을 근거로 해서 의미나 주제를 살피는 해석학적 접근이 필요하다. 그런가 하면 작품이해는 작품의 문학사적 의의나 성격에 비추어서 심화될 필요도 있다. 작품에 대한 이해의 방법은 다면적인 것이다.[73] '우도'와 '우도론'은 중국과 한국 등 동양에서 수없이 많았다. 이제 '우도와 우도론의 문학적 형상화'의 대강을 살펴보았으므로, 그와 같은 '우도'와 '우도론'이 한국의 고전문학에서는 실제로 어떻게 형상화되었는가를 살펴봄으로써 그 문학적 형상화의 전통을 이해하는 일이 필요할 것이다.

---

73) 成賢慶, 『韓國小說의 構造와 實相』, 嶺南大學校 出版部, 1980, 7쪽 참조.

제3장 한국 고전문학에서의 우도와 우도론의 양상

   참된 벗사귐의 도리 곧 '우도'와 그 우도를 논한 '우도론'은, 경서와 그 주석 그리고『실록』등의 역사서와 역대 선비들의 문집에 수록된 글이나 문학 작품 등 수많은 고전적 자료를 통하여 중국과 한국 등 동양에서 '초국가적인 시야(視野)'[74]에서 역대에 끊임없이 계승되어 왔다. 이와 같이 한 나라의 문학과 다른 나라의 문학과의 비교 외에도 예술은 물론, 철학·역사·사회·종교 등과의 관련된 연구도 비교문학적인 관점[75]에서 그 '우도'와 '우도론을 찾아볼 수 있다. 또한 서양에서는 진정한 우정에 대하여 Horst S. Daemmrich는 다음과 같이 논하고

---

74) 金澤東, 『比較文學論』, 새문社, 1984, 10쪽 참조.
   김학동(金澤東) 교수는 비교문학(比較文學)의 개념을 각 국민문학의 고립된 단위에서가 아니라, 초국가적인(超國家的)인 시야(視野)에서 문학과 문학은 물론, 문학과 다른 지적 영역과의 관계를 고찰하여 그 총체성을 얻는데 있다는 것이 이제까지 논의되어 온 공통적인 견해라고 했다.
75) 金澤東, 『比較文學』, 새문社, 1997, 18쪽 참조.

있다.

우정(友情)은 이기적이지 않는 감정, 높은 개인적 존중, 그리고 남에게
자신을 자유롭게 바치는 등의 욕구로 표현되고 있으며, 이미 고대적부터
높게 평가되었다. 철학적인 고찰은 지속적으로 윤리적인 관점으로서 우정
을 강조하였고, 친구에 대한 애정으로 각 개인의 완벽함을 고양시키는
것으로 봤다. 우정에 대한 초기 문학적 평가들은 친구와 행운이든 불행이
든 운명을 같이 하겠다는 전형적인 태도를 찬미하였으며, 우정이 사회적
이유에 의해 갈수록 바람직한 특성으로 여겨지게 되었음이 명백하게 드러
났다. 인간은 애정과 손길을 줌으로써 마음가짐을 보여야 했고, 자기욕구
를 포기함으로써 미덕을 얻었으며, 관대한 행동을 통해 명예를 가지게
되었다. 친구들의 조언은 주인공을 돕거나 재난을 예방할 수 있다. 우정은
순수하고 비이기적인 동기를 의심하였으며, 사랑과 구분 지어 계속 미덕
으로 여겨졌다.

18세기에는 성장하는 중류사회를 위해 쓰여진 문(文)학에 있어서 우정
이 중요한 테마가 되었다. 우정에 나타나는 인간정신의 고결함이 가장
존경받는 자세라고 칭찬하는 글들을 실어놓았다. 사회를 이해해 가는 중
류사회에게 있어서 우정은 이상적인 것이 되었다. 그것은 좋게 고상한
예절과 비교되었으며 그 정신의 고결함을 찬양함으로써 신분차이를 초월
시켰다. 더구나 우정은 자기발전을 위해 필요한 요소로 여겨졌기 때문에
그것은 인류발전에 철학적 반영을 위해 서한문체를 사용한 소설에 중요한
역할을 하였다. 우정은 개인들이 서로에게서 배우고 철학과 문학을 탐구
하며 자연을 숙고(熟考)하고 종교적 경험을 공유할 수 있게 해준다.

18세기 중엽에는 우정이 화목한 결혼생활을 위한 필요 요소로 여겨졌으
며 아내는 종종 가장 친밀하고 신뢰받는 친구로 그려졌다. 큰 용기를 가지

고 이행한 행동을 통해 우정을 증명하게 되는 독특한 동기로 우정에 대한 테마가 강화될 수도 있다. 동기는 한 사람이 친구를 위해 죽을 각오를 하는 배경에서 중심 요소로써 효과적으로 이용된다. 이 사람은 대역죄인이나 군주를 암살하는데 실패하여 잡히게 된 죄인으로 비난을 받는다. 잡혀서 형을 선고받은 죄인은 부모의 상을 치르고 올 수 있게 연기해달라고 빈다. 그리고 그의 친구는 자신의 목숨을 담보로 그렇게 해달라고 빈다. 군주는 그의 기대와는 달리 죄인이 돌아오자, 그들의 우정에 감동을 받고 자신도 친구로 받아달라고 한다. 또한 문학의 관례에 있어서 우정은 종종 행동에 대한 해명과 동기로 사용되어 왔다.76)

이와 같이 참된 우정은 이기적이지 않는 감정, 개인적 존중, 윤리적인 관점, 인간 정신의 고결함, 이상적임, 신분 차이를 초월, 행동에 대한 해명(解明)과 동기(動機) 등으로 논의되었다. 동·서양을 통해 '우도'와 '우도론'은 개인과 사회와 국가의 발전을 도모하는 데 크게 기여하면서 정신적 지주가 되어 왔다. 따라서 그 '우도'와 '우도론'이 한국 고전문학에서 어떻게 나타났는가를 '원형(原型, archetype)과 전상(前像, prefiguration)'77)에 초점을 두고 '문학적 주제론(literary thematics)'78)의 관

---

76) Horst S. Daemmrich: Theme & Motifs in Western Literature Francke Verlage, 1987 참조.
77) 李在銑, 『우리 문학은 어디에서 왔는가』, 小說文學社, 1984, 29쪽 참조.
　　"원형(原型, archetype)과 전상(前像, prefiguration)은 문학작품의 기초를 원형에 두고 그 원형이 지닌 이미지, 성격 유형, 심층 구조 등의 상황이나 체계를 강조하며 그 순환·반복의 자취를 문학에서 찾으려는 유파의 비평이다."
78) 李在銑, 위의 책, 29~30쪽 참조.
　　"문학적 주제론(literary thematics)이란 시대를 통한 지속을 강조하면서 문학 작품의 예기치 않은 차원을 노출하고 고형의 신화나 이미지들이 어떻게 현대성을 발휘하는지의 현상을 확인하는 연구 방법이다. 뿐만 아니라 테마, 모티프(motif), 소재, 이미지, 상징 등이 어떻게 살아있는 것으로 반사되고 또 지속적인 것으로서 포착되는 가를 보여주는 방법이다. 또한 문학적인 주제론에 있어서는 '이미지' '모티프' '테마', 그리고 '상징'이 중요한

점을 바탕으로 소재사(素材史, Stoffgeschichte) 또는 테마톨로지(thematologie)로써 그 면모(面貌)를 찾고자 한다.

1. 시가류

1) 한시

(1) 시대를 초월한 欽慕/ 私淑: 이황의 「화도집음주」

조선 전기에 연산군대(燕山君代)로부터 선조대(宣祖代) 초까지 생존했던 학자 퇴계 이황(1501~1570)의 『퇴계선생문집』에 수록된 시 「화도집음주(和陶集飮酒)」 20수 중 '기십육(其十六)'은 『도연명집(陶淵明集)』의 「음주(飮酒)」라는 시에 화답한 시 가운데서도 특히 '우도'를 읊은 시로써, 그 내용은 다음과 같다.

추(鄒)·노(魯)라 일컬어지는 우리 동방에,	吾東號鄒魯오동호추로,
선비들은 육경(六經)을 노상 외우네.	儒者誦六經.유자송육경
알고 또 좋아한 자 어찌 없으리오만,	豈無知好之기무지호지,
이루었다 할 분 그 누구이더뇨.	何人是有成하인시유성.
우뚝히 솟아난 저 오천 정몽주 선생	矯矯鄭烏川교교정오천,

비평적인 술어로서의 열쇠 역할을 차지한다. '이미지'는 특히 여기에서는 도상학적(圖像學的, iconic)인 이미지를 뜻한다. 모티프, 상징, 테마로서 기능하는 이미지란 그 이야기가 구조적으로 명백하게 하는 특별한 것에 결합되는 이미지, 상황이나 큰 행위의 한 요소를 제공하는 것이 모티프로서의 이미지이다. 그리고 그 자체보다 다른 무엇을 의미하는 경우가 상징으로서의 이미지이다."

죽도록 지켜 끝내 변치 않았네.　　　　　　守死終不更수사종불경.

점필재 문장은 쇠세(衰世)를 흥기시켜,　　　佔畢文起衰점필문기쇠,

도(道) 찾는 인물들이 문정(門庭)에 가득찼네.　求道盈其庭구도영기정.

남(藍)에서 나온 청(靑)이 그 속에 있어,　　　有能靑出藍유능청출람,

김굉필·정여창이 서로 이어 울리었다오.　　　金鄭相繼鳴김정상계명.

문하(門下)의 부림꾼에도 못 미쳤으니,　　　莫逮門下役막체문하역,

몸을 어루만져 그윽한 정(情)을 슬퍼하네.　　撫躬傷幽情무궁상유정.[79)]

위의 시에서는, 우리나라 앞 시대의 포은 정몽주 그리고 점필재 김종직과 그의 제자 김굉필·정여창의 덕(德)을 흠모하는, 시대를 초월한 '벗사귐'의 도리가 형상화되었다.

위의 시 12구 중 1~2구에서는 우리나라가 공(孔)·맹(孟)의 도(道)를 배우고 육경(六經)을 외워 도덕 높은 나라임을 노래하였다. 공자는 노(魯)나라 태생이며, 맹자는 추(鄒)나라 태생이었다. 따라서 공·맹의 도를 배운 우리 동방을 흔히 '추로지향(鄒魯之鄕)'이라고 일컫기도 한다. 따라서 우리의 선비들은 늘 육경의 글을 외우다시피 하였다. 1~2구는 바로 그와 같이 도덕이 높은 문명의 우리나라와 우리 선비들을 자랑스럽게 여긴 것이다.

위의 시 3~4구에서는, 우리나라의 그처럼 훌륭한 많은 선비들 중에서도 그 공·맹의 도와 육경에 나타난 도를 진정으로 좋아하여 학문적으로 성취한 분이 누구인가를 조용히 헤아려 보고자 하는 마음이 노래되었다. 그리하여 5~6구에서 오천 정몽주 선생이 있음을 확인하고, 7~8구에서 점필재 김종직과 그 문하에서 글을 배운 인물들이 매우

---

79) 李滉, 『退溪先生文集』 卷之一 詩 「和陶集飮酒」 二十首 中 '其十六' 참조.

훌륭함을 확인하였다.

5~6구에서 정몽주 선생의 도덕이 우뚝하게 높은 것을 '교교(矯矯)'라고 표현하고, 죽음을 무릅쓰고서 지조(志操)를 지킨 것을 '守死終不更 사종불갱'이라고 표현하였다. 『논어』 「태백」편의 공자 말씀에 "독실하게 믿고 배우기를 좋아하여, 죽음으로써 지켜 도를 닦아 나가느니라."[80] 라고 한 구절을 생각하면서 포은 선생의 높은 덕을 예찬한 것이다.

7~8구에서 점필재의 문장이 도덕이 쇠(衰)한 세상을 흥기(興起)시킨 것을 예찬하고, 그 문하의 뜰에 도를 찾는 제자들이 가득 찼던 것을 예찬하였다. 그리하여 그 점필재의 가르침을 받은 제자들 중에 빼어난 제자 김굉필·정여창이 서로 이름을 떨쳐 '청출어람(靑出於藍)'의 재주가 있었음을 9~10구에서 노래하였다. 그리고는 시대가 달라서 그 빼어난 제자들 틈에 끼어서 배울 수 없었던 스스로의 처지를 안타까워하는 마음을 11~12구에서 노래하였다.

결국 위의 시는 시대를 초월하여 포은 정몽주 선생과 점필재 김종직 그리고 그의 제자 김굉필·정여창의 도덕을 흠모하여 마음으로 벗삼고자 하는 '우도'를 형상화한 작품이라고 하겠다.

다음의 시 「김신중읍청정(金愼仲挹淸亭)」 중 '회우(會友)' 또한 퇴계의 한시 중에서 '우도'와 관련된 시의 하나라고 하겠는데, 이 시에서는 '우도'와 '우도론'이 함께 노래되었다.

(2) 以友輔仁/ 君子之道의 벗사귐: 이황의 「김신중읍청정」

공문(孔門)에서 말하는 벗의 모임은,　　　孔門論會友공문론회우,

---

80) 『論語』 「泰伯」篇 '篤信'章. "篤信好學, 守死善道."

글공부로 모여서 인(仁)을 돕는다네.　　　　　以文仍輔仁이문잉보인.

장사치의 사귐마냥 이익을 다 취하면,　　　非如市道交비여시도교,

길 가는 사람 되는 것과는 같지 않다네.　利盡成路人이진성로인.[81]

위의 시에서는 유가로부터 전수되어 온 군자의 '우도' 곧 이익을 따르는 무리들과는 달리 글공부로써 벗을 모으고 벗으로써 자기의 인(仁)을 보필해 나가는 벗사귐의 도리가 형상화되었다.

위의 시 1~2구에서 "孔門論會友공문론회우, 以文仍輔仁이문잉보인."이라고 한 것은 『논어』「안연」편의 증자 말씀을 용사(用事)한 것이다.[82] 그 증자의 말씀에서는 "군자는 글공부로써 벗을 모으고, 벗으로써 〈자기의〉 인(仁)을 도와 나간다."고 하였으며, 그 증자 말씀에 대한 주자의 주(註)에 서는 "배운 것을 익힘으로써 벗을 모으니 〈자신의〉 도(道)가 더욱 밝아 지고, 〈벗의〉 착한 점을 취해서 〈자신의〉 인을 도와 나가니 덕이 날로 진전된다.[83]라고 하였다. 퇴계는 그 증자의 말씀에 나타난 뜻을 비롯 하여 증자의 말씀에 대한 주자의 주석에 나타난 뜻을 본받아 '우도'를 형상화한 것이다. 위의 퇴계의 시 1~2구에 나타난 뜻을 쉽게 풀어서 말하자면, 공문(孔門) 곧 유가에서 벗을 모으는 도리 곧 '벗사귐'의 도리 를 논하기를, 글공부로써 벗을 모은다고 하였으며, 또 그 글공부로써 벗을 모음으로 인하여 마침내 자기의 인(仁)을 보필(輔弼)해 나갈 수 있다고 하였다는 것이다. 퇴계는 그와 같은 뜻을 마음속에 새기면서 글공부로써 같은 길을 가게 된 친구 김신중(金愼仲)의 정자를 찾아 시를 짓되, '우도'를 말하는 시를 곁들여 참된 우정을 존중하고자 한 것이다.

---

81) 李滉, 『退溪先生文集』 卷之五 詩 「金愼仲挹淸亭」 十二詠 中 '會友' 참조.

82) 앞의 각주 21) 참조.

83) 앞의 각주 22) 참조.

위의 시 3~4구에서 "非如市道交비여시도교, 利盡成路人이진성로인."이라고
한 것은, 이 글의 앞부분에서 '우도와 우도론의 내력'을 논하면서 인용
한 구양수의 「붕당론」과 연암 박지원의 「예덕선생전」에 나타난 뜻과
일맥상통하는 뜻을 나타낸 것이다. 구양수의 「붕당론」에서는 '우도'
를 논하여 말하기를, "무릇 군자는 군자와 더불어 길[道]을 같이함으로
써 벗[朋: 朋黨]을 삼고, 소인은 소인과 더불어 이익[利]을 같이함으로써
벗을 삼나니, 이는 자연스런 이치입니다. 그러나 신(臣)은 이르기를,
소인은 벗이 있을 수 없고 오직 군자만이 〈벗이〉 있을 수 있다 하오니,
그 까닭은 무엇이겠습니까? 소인은 좋아하는 것이 이익과 녹(祿, 벼슬)
이요, 탐(貪)하는 것이 재물[財]과 물자[貨]인지라, 그 이익을 같이할 때
를 당해서 잠깐 서로 당(黨)으로써 이끌어서 벗이 되기는 해도 그것은
거짓이요, 급기야 이익을 보게 되면 앞을 다투기 마련이며, 혹시 이익
이 다하게 되면 서로가 소원해져서 심한 경우에는 도리어 서로가 해
치기까지 하여, 비록 형제와 친척 간에도 능히 서로 보전할 수 없나니,
그러므로 신(臣)은 이르기를, 소인에게는 벗이 있을 수 없고, 그 잠깐
벗이 되기도 하는 것은 거짓이라고 하는 것입니다."[84]라고 하였다.
그리고 연암의 「예덕선생전」에서는 작중인물 선귤자의 말을 빌려서
'우도'를 논하여 말하기를, "무릇 시정배들의 사귐[市交]은 이익으로써
하고, 얼굴로만 교제하는 것[面交]은 아첨으로써 한다. 그러므로 비록
기꺼워하는 사이인데도 세 번 달라고 요구하면 성글어지지 않는 법이
없고, 비록 묵은 원망이 있더라도 세 번 주면 친해지지 않는 법이
없으니, 그러므로 이익으로써 하면 (사귐이) 계속되기 어렵고, 아첨으
로써 하면 오래 가지 못하나니, 무릇 큰 사귐[大交]은 얼굴로써만 하지

---

84) 앞의 각주 41) 참조.

않고, 대단한 사귐[盛友]은 겉으로만 친한 척하지 않아서, 다만 사귀기를 마음으로써 하고 벗하기를 덕으로써 하나니, 이것이 바로 도의의 사귐[道義之交]이다."85)라고 하였다. 퇴계는 송나라 초의 구양수보다는 시대가 훨씬 뒤지고 조선 후기의 연암보다는 시대가 앞서지만, 참된 선비들이 생각하는 '우도'란 어느 시대에나 같은 논리를 획득할 수 있었던 것으로, 퇴계 역시 그와 같은 역대의 '우도론'에 나타나는 뜻을 두 구절로써 함축되게 표현하여 형상화했을 따름이다.

위의 시 3구에서 쓰인 시어 '시도교(市道交)'란, 이익을 따라 모였다가 흩어지는 '장사치' 곧 '시정배'들이 그 이익을 따르는 도로써 사귀는 '벗사귐'을 의미하는 말이다. 그리고 위의 시 4구에서 쓰인 시어 '성로인(成路人, 길 가는 사람이 된다)'이란, 이익을 따라 이합집산(離合集散)하는 장사치와 같은 소인배들의 벗사귐에서 이해타산(利害打算)에 맞지 않으면 곧 서로 등을 돌려 모른 척하는 것이 마치 길 가는 사람 대하듯이 한다는 뜻을 나타낸 말이다. 그와 유사한 뜻의 말이 『맹자』 「이루」장의 맹자 말씀에 있다. "임금이 신하를 보기를 마치 견마(犬馬)와 같이 한다면, 신하가 임금 보기를 마치 〈길 가는〉 나랏 사람같이 한다."86) 이라는 말씀이 바로 그것이다. 주자는 맹자 말씀에서의 '국인(國人)'에 대하여 주석을 달아 풀이하기를, "나랏 사람이란, 길 가는 사람이라고 말하는 것과 같으니, 원수 삼을 것도 없고 덕을 끼칠 것도 없음을 말하는 것이다."87)라고 하였다. 맹자와 주자의 말씀에서 쓰인 '국인(國人)' '로인(路人)' '무원무덕(無怨無德)'과 같은 말들은, '소인배'들 또는 '시정배'들이 이익을 따라 벗을 사귀는 척하다가 이해타산에 맞지 않으

---

85) 앞의 각주 58) 참조.

86) 『孟子』 「離婁」章下 '視臣'章. "君之視臣, 如犬馬, 則臣視君, 如國人."

87) 『孟子』 「離婁」章下 '視臣'章에 대한 朱子의 註. "國人, 猶言路人, 言無怨無德也."

면 서로 등을 돌린 채 전혀 모르는 사람같이 대하여 그저 '길 가는 사람'같이 대하기 때문에, 서로 원수 삼을 것도 없고 서로 덕을 끼쳐 주거나 덕을 입을 것도 없는 처지의 남남과 다름없는 의미의 말이다. 퇴계는 위의 시구에서 '군자의 벗사귐'은 그런 소인들의 벗사귐과는 다르다는 의미를 표출하기 위하여 경전에 나타난 그와 같은 뜻을 형상화한 것이다.

(3) 역사와 현실에 일관된 우도: 김인후의 「증우인」

조선 전기에 중종대(中宗代)로부터 명종대(明宗代)에 생존하여 퇴계보다 생년(生年)이 10년 늦은 시대의 학자 하서 김인후(金麟厚, 1510~1560)의 『하서선생전집』에 수록된 시 「증우인(贈友人)」은 역사와 현실을 노래하면서 아울러 '우도'와 '우도론'을 형상화한 작품으로, 그 작품의 정편(全篇)을 인용하면 다음과 같다.

내 원래 세상맛이 아주 적으니,	我於世味薄아어세미박,
정(情)과 이름 서로 같지 않군 그래.	情名不相似정명불상사.
본마음이 산택(山澤) 사이에 있는 터라,	素心山澤間소심산택간,
허랑한 선비라고 자처했다오.	自許放浪士자허방랑사.
봉래궁(蓬萊宮)에 자취를 부치게 되자,	托迹蓬萊宮탁적봉래궁,
순서 넘은 등용(登用)이 부끄러웠네.	強顔慙不次강안참불차.
노한 자 누구일지 모르지마는,	怒者不知誰노자부지수,
허물을 자인(自認)하여 마지않노라.	引過不自己인과부자이.
전날 저녁 총총히 만나 봤는데,	匆匆前夕晤총총전석오,
이제 또 편지마저 보내 주다니.	玉音今又至옥음금우지.

완연히 웃음 짓고 이야기하며,	宛然談笑間완연담소간,
책상 앞에 조용히 모신 것 같네.	從容几案侍종용궤안시.
숙계(夙契)가 실로 이미 깊었던 터라,	夙契實已深숙계실이심,
안팎이 없이 서로 잘 알고말고.	相知無表裏상지무표리.
재목을 잘못 골라 산륵(散櫟) 거두고,	收材錯散櫟수재착산륵,
마상(馬相)을 잘못 보아 양기(良驥) 버렸군.	相馬遺良驥상마유양기.
세상을 다스려 갈 평소의 마음,	生平經世心생평경세심,
직(稷)·계(契)의 사업에다 견주었나니.	事業稷契比사업직계비.
문예의 동산에서 노니는 사람.	優游文藝苑우유문예원,
속학(俗學)이라 진실로 야비하다오.	俗學良可鄙속학양가비.
연원(淵源)은 증자·자사 거스른다면,	淵源泝曾思연원소증사,
의론은 재여(宰予)·자공(子貢) 가볍게 보네.	議論輕予賜의론경여사.
권리의 패공(覇功)을 수치로 알고,	覇功恥權利패공치권리,
인의(仁義)의 왕도를 이야기하네.	王道談仁義왕도담인의.
마침내는 용(龍) 잡는 데 효험 보리니,	屠龍會有效도룡회유효,
어찌 저 조수(雕鎪)들과 같으오리까?	豈同雕鎪刺기동조수자.
바로 곧 달려가서 사례 못하고,	未卽馳往謝미즉치왕사,
상사(相思)의 글자로써 먼저 아뢰네.	先報相思字선보상사자.
총각 시절 내 집을 찾아주었고,	丱角枉茅簷관각왕모첨,
반수(泮水)에서 미나리 함께 캤어라.	采芹同泮水채근동반수.
불원(不遠)의 가르침을 끝내 남기니,	終垂不遠敎종수불원교,
생각사록 참으로 뜻이 있구려.	念之眞有是염지진유시.
지금도 이상해라 편운(片雲) 속에는,	只今片雲中지금편운중,
도리어 천리를 쉽다 했거든.	却怪千里易각괴천리이.
내 걸음 어려운 건 역시 아니나,	我行亦非難아행역비난,

다만 번거로움 줄까 두렵다네.　　　　　　　　　但恐煩閭里단공번려리.

바로 가서 건중(健中)의 문 두드리면,　　　　　　　往扣健中門왕구건중문,

서로를 만나볼 수 있을 거로세.　　　　　　　　　從可相奉矣종가상봉의.[88]

　위의 시에서는, 벗이 손님 접대로 번거롭지 않게 하기 위해서 편지 글로 대신하여 벗을 공경하고 그리워하는 뜻을 형상화하였다. 그리고 자잘한 문예의 겉꾸밈을 추구하여 벗을 사귀는 말단의 벗사귐이 아니라 인의(仁義)의 왕도를 논하던 벗사귐을 고이 마음속에 간직한다는 뜻이 형상화하였다.

　위의 시 1~2구에서 "我於世味薄아어세미박, 情名不相似정명불상사."라고 하였다. 여기서 작자가 세상맛이 아주 적고 실정과 이름이 서로 같지 않다고 한 것은, 어두운 세상에서 벼슬할 뜻은 없었다는 것과 주어진 벼슬이 자기 역량에 비추어 과분하기 때문에 자기의 실정과 명성이 부합되지 못한다는 뜻을 나타낸 것이다.

　또한 3~4구에서는 "素心山澤間소심산택간, 自許放浪士자허방랑사."라고 하였다. 여기서 작자가 본 마음이 산택간(山澤間)에 있다고 하고 스스로 허랑(虛浪)한 선비라고 자처했다는 것은, 본래 스스로를 허랑한 선비라고 생각했기 때문에 그저 산택간의 초야에 묻혀 지내면서 벼슬할 뜻을 품지 않았던 것을 말한 것이다.

　그리고 또 5~6구에서는 "托迹蓬萊宮탁적봉래궁, 强顔慙不次강안참불차."라고 하였다. 여기서 작자가 봉래궁에 자취를 부쳤다고 하고 '두꺼운 얼굴'이 '차서(次序)를 뛰어넘은 등용(登用)'을 부끄럽게 여겼다고 한 것은, 분수에 넘치는 벼슬에 등용되어 '임금 계신 궁궐'에 몸을 맡기게 된

---

88) 金麟厚, 『河西先生全集』 卷之三 五言古詩 「贈友人」 참조.

것이 부끄러운 일이었다는 겸양의 뜻을 형상화한 것이다.

7~8구에서 작자는 "怒者不知誰노자부지수, 引過不自己인과부자이."라고 하였다. 여기서 노(怒)한 자가 누구인지 모르겠다고 한 것은, 당파 싸움에서 예를 논하다가 반대의 당파에서 임금께 탄핵하고 참언(讒言)한 사람들을 말한 것이다. 그런데도 허물을 자인(自認)하여 마지않노라고 한 것으로 보자면, 남을 탓하기보다는 스스로를 자책하면서 자기 몸을 바로잡고자 한 작자의 참된 삶의 자세를 엿볼 수 있게 한다.

9~10구와 11~12구에서 작자는, 지난 날 바쁜 틈에 만난 '우인'을 그리워하면서 이제 편지 글로 그 친구의 옥음(玉音)을 듣게 된 것을 고마워하고 반가워하는 뜻을 나타내고, 서로 담소하던 그 친구를 책상 앞에 모신 듯이 가깝게 여긴다는 뜻을 나타냈다.

13~14구에서 작자는 "夙契實已深숙계실이심, 相知無表裏상지무표리."라고 하였다. 여기서 작자가 '숙계(夙契)'가 실로 이미 깊었다고 한 것은, 이미 일찍부터 뜻이 맞아 계합(契合)된 우정을 나눈 지가 오래 되어 그 우정이 깊다는 뜻을 나타낸 것이다. 그리고 '표리(表裏)'가 없이 서로 잘 안다고 한 것은, 흉금(胸襟)을 털어놓고 사귀어 온 '벗사귐'을 형상화한 것이다. 15~16구에서 작자는 "收材錯散櫟수재착산륵, 相馬遺良驥상마유양기."라고 하였는데, 여기서 말한 '산륵(散櫟)'은 '상수리나무'를 일컬은 것이다. 그리하여 자기 자신을 재목(材木) 감이 못되어 쓸모없는 재주를 지닌 존재로 생각하고 그 부족한 인재를 등용한 것을 '산륵'을 거둔 것이라고 형상화함으로써 겸사(謙辭)를 잃지 않았는데, 그것은 고려 후기의 학자 익재 이재현이 스스로를 '륵옹(櫟翁)'이라고 한 것과 견줄 만하다. 그리고 '相馬遺良驥상마유양기'라고 하여 "상마(馬相)를 잘못 보아 양기(良驥)를 버렸다."고 한 것은, 위의 시에서 노래의 대상이 되는 인물 곧 친구가 세상에서 버려지기 아까운 인재인데 세상이 알아주지

못하는 것을 안타까워한 것으로, 당나라 한퇴지(韓退之)가 「잡설(雜說)」에서 세상에 천리마를 알아보는 백락(伯樂) 같은 존재가 없는 것을 안타까워한 뜻[89]과 상통하는 것이다. 어지러운 세상에서는 훌륭한 인재를 알아보지 못해서 그 훌륭한 인재가 보통 사람보다도 더욱 못난 존재로 천대 받는다는 뜻이 은연중에 나타난 것이다.

17~18구에서 작자는 "生平經世心생평경세심, 事業稷契比사업직계비."라고 하였는데, 세상을 다스려 갈 평소의 마음을 '직(稷)·계(契)'의 사업에 견주었노라고 한 것은, 친구와 더불어 학문의 길을 닦아 나가는 평소의 마음이 요·순 임금의 태평성대를 기약하고자 하는 마음이었다는 것을 노래한 것이다. '직'과 '계'(설)는 각각 요·순시대에 농사와 교육을 맡았던 장관들의 이름이다. 그러므로 친구와 자기 자신이 그 요·순시대의 인물들처럼 훌륭한 인재가 되어 임금을 참되게 보필하고 밝은 세상을 이루고자 하였던 뜻을 펴지 못한 것을 형상화하게 된 것이다.

19~20구에서 작자는 "優游文藝苑우유문예원, 俗學良可鄙속학양가비."라고 하였는데, 여기서 문예의 동산에서 노니는 사람을 '속학(俗學)' 곧 속(俗)된 학문을 하는 사람이라고 하고, 따라서 그 속학을 진실로 야비하게 여길 만하다고 한 것은, 『논어』 「학이」편의 공자 말씀 "행하고서 남은 힘이 있거든, 곧 〈그 여력(餘力)으로〉써 글을 배우느니라."[90]고 한 구절과 그에 대한 집주에서 윤씨 말에 "덕행은 근본에 해당되고, 문예[글재주. 글공부 잘하는 재주]는 말(末)에 해당된다."[91]라고 한 구절에 나타난 뜻을 취한 것이다. 하서 김인후의 『하서선생전집』 '부록'의 「가장(家狀)」에 하서 선생의 언행을 기록하기를 "시문을 제술(製述)함에는 평이하

89) 『古文眞寶』 後集 卷之四 「雜說」 참조.
90) 『論語』 「學而」篇 '弟子'章. "行有餘力, 則以學文."
91) 『論語』 「學而」篇 '弟子'章에 대한 集註. "德行, 本也, 文藝, 末也."

고 통창(通暢)하며 명백하고 간절하여, 까다롭고 괴이한 내용이나 크고 화려한 태도로써 남의 이목을 기쁘게 하려는 일은 결단코 하지 않았다."고 하는데,[92] 작자가 그와 같은 학문적 자세를 지녔었기 때문에 위의 시에서와 같이 문예의 공교로움을 추구하는 사람들을 '속학'이라고 일컬은 것이다.

21~22구에서 작자는 "淵源泝曾思연원소증사, 議論輕予賜의론경여사."라고 하였다. "淵源泝曾思연원소증사."라고 하여, 연원은 증자와 자사로 거슬러 올라간다고 한 것은, 유학자로서의 학문의 연원을 유가의 정통이 되는 종사(宗師) 곧 공자의 제자 증자와 공자의 손자요 증자의 제자인 자사(子思)에게까지 거슬러 올라간다고 함으로써 작자와 작자의 친구가 정통 유학을 존숭해 왔다는 뜻을 나타낸 것이다. 그러면서도 공자에게까지 거슬러 올라간다고 하지 않은 것은, 감히 공자를 거론하지는 않으려고 한 작자의 삼가는 마음을 엿볼 수 있게 하는 대목이다. 그리고 "議論輕予賜의론경여사."라고 하여, 의론은 재아(宰我) 곧 재여(宰予)와 자공(子貢) 곧 단목사(端木賜)를 가볍게 여긴다고 하였는데, 그것은 『논어』「선진」편에서의 공자의 술회(述懷) 곧 언어에 능했던 제자 재아·자공을 그리워한 말씀[93]과 관련된 시구이다. 여기서 작자는 그와 같이 표현함으로써 말 잘하던 공자의 제자 재아·자공보다도 덕행에 뛰어났던 공자의 제자 안연(顏淵)·민자건(閔子騫)·염백우(冉伯牛)·중궁(仲弓)과 같은 선비가 되는 것을 목표로 한다는 뜻을 나타낸 것이다. 다시 말해서 작자는, 그렇게 표현함으로써 말보다는 실천적인 행실 곧 덕행을 중히 여기면서 살아가고자 하는 학문적 자세를 존숭한 것이라고

---

92) 鄭堯一,「河西의 文學과 선비精神」,『漢文學의 研究와 解釋』, 一潮閣, 2000, 106쪽 재인용.
93) 『論語』「先進」篇 '陳蔡'章 참조.

하겠다.

23~24구에서 작자는 "覇功恥權利패공치권리, 王道談仁義왕도담인의."라고 하였다. 유가에서는 전통적으로 권세와 공리를 숭상하는 패도정치보다는 인의를 구현하고자 하는 왕도정치를 숭상해 왔으며, 그것이 바로 공(孔)·맹(孟)의 가르침이다. 그러므로 작자는 이 구절에서 국가와 세상을 바로잡기 위해서 벼슬길에 나아가는 것을 목표로 하여 학문을 하면서도, 그 패도정치에 목표를 두는 것을 부끄럽게 여기고 임금을 위하여 왕도정치를 구현할 수 있는 선비가 될 것을 그 친구와 더불어 담론해 왔음을 우리는 분명히 알 수 있다.

25~26구에서 작자는 "屠龍會有效도룡회유효, 豈同雕鏤刺기동조수자."라고 하였다. 그것은, 강태공이 천하를 낚았다는 말과 같이, 용을 낚아서 천하를 건지고 바로잡는 데 효험이 있는 학문이, 어찌 바느질하듯이 아로새기고 수(繡) 놓으면서 문예의 겉꾸밈을 일삼는 것과 견줄 수 있겠는가 하는 뜻을 나타낸 것이다.

27~30구에서 작자는, 친구에게 바로 달려가서 사례를 하지 못하고 상사(相思)의 정(情)을 나타내는 글로써 우정을 대신하여 전하는 것을 안타깝게 생각하고, 총각 시절에 서로 만나서 우정을 나누다가 서로 과거에 급제하여 반궁(泮宮) 곧 성균관 시절을 같이 보낸 절친한 친구가 되었음을 그리운 추억으로 술회(述懷)하였다.

31~38구에서 작자는, 불원천리(不遠千里)의 가르침을 주는 친구의 우정을 생각하자면, 당장이라도 '편운(片雲)'처럼 훨훨 날아서 친구에게 달려가는 것이 그리 어렵지는 않겠으나, 친구와 친구의 가족들을 번거롭게 하지 않기 위해서 편지 글로써 우정을 대신하여 전하게 되었다는 뜻을 나타냈다.

위의 시를 논하면서 필자는 시에 담긴 깊은 뜻을 위주로 하여 논하

고, '우도'와 '우도론'을 형상화한 작품 구조를 세세히 살펴보는 데에
는 다소 소홀히 한 감이 없지 않다. 그러나 시에 담긴 뜻을 논하는
동안 살펴본 시어들로써도 하서 김인후의 시적 역량을 얼마든지 짐작
할 만하다. 도학(道學)·절의(節義)·문장에 뛰어났던 작자 하서의 역량에
관해서는, 조선 후기 우암 송시열의 「신도비명병서(神道碑銘幷序)」의 기
록과 『승정원일기(承政院日記)』에 기록된 정조(正祖)의 말씀을 통해서도
확인할 수 있으니, 이제 여기서 그 구체적인 내용의 일부를 살펴보기
로 한다.

우암 송시열은 「신도비명병서」에서 이르기를,

> 국조(國朝) 인물이 도학·절의·문장에 있어서 대개 품목의 차이가 있으
> 며 그 세 가지를 겸하여 어느 한쪽에 치우치지 않은 분은 몇이 없었는데,
> 하늘이 우리 동방을 도우셔서 하서 김선생을 타고나게 하시어 거의 구비하
> 게 하였다.94)

라고 하였다. 그리고 또 『승정원일기』를 참고하자면, 하서 선생을 문
묘(文廟)에 배향하게 한 정조가 이르기를,

> 내가 김하서(金河西)에 대해서는 특별히 사모하는 정(情)이 있으니, 그
> 도학(道學)·절의(節義)·문장이 전체의 큰 쓰임에 하나라도 갖추어지지 않
> 음이 없는 자는 유독 하서(河西) 한 사람뿐이다.95)

---

94) 宋時烈, 『河西先生全集』 '附錄' 卷一 「神道碑銘幷序」. "國朝人物, 道學節義文章, 或有品差,
其兼有而不偏者無幾矣. 天祐我東, 鍾生河西金先生, 則殆庶幾焉."
95) 『承政院日記』 正祖 丙辰 六月二十五日 '己亥'條. "予於金河西, 別有起慕焉, 其道學也節義也文
章也, 全體大用, 無一不備者, 獨河西一人矣."

라고 하였다. 이와 같은 기록으로 미루어 보더라도, 하서는 문장에도 뛰어난 인물이었으며, 도학·절의에 빼어나서 뒷날 정조 때 문묘에 배향될 수 있었던 것이다.

(4) 人倫之至로서의 朋友之道/ 經書의 우도론: 황종해의 「朋友」

조선 중기의 선조대(宣祖代)로부터 인조대(仁祖代)에 생존했던 학자 황종해(1579~1642)는 '우도'와 '우도론'을 형상화한 장편의 한시 「붕우」를 남겼는데, 그 전문을 소개하자면 다음과 같다.

오상(五常)[五倫]에는 반드시 신(信)이 있다네.	五常必有信오상필유신.
오륜(五倫)에 만약 붕우(朋友)가 없다면,	五倫若無友오륜약무우,
네 가지 인륜(人倫)도 다 잘되기 어렵다네.	四者難盡善사자난진선.
글공부로써 벗을 모으고,	以文會其友이문회기우,
벗으로써 인(仁)을 보필한다네.	以友輔其仁이우보기인.
진실되게 일러주며 착한 길로 인도하되,	忠告而善道충고이선도,
안되겠거든 그만두나니.	不可則止焉불가칙지언.
근주자적(近朱者赤)이요,	丹所藏者赤단소장자적,
근묵자흑(近墨者黑)이라네.	紫所藏者黑자소장자흑.
선악(善惡)이 또한 이와 같으니,	善惡亦如斯선악역여사,
벗을 취하되 의당 스스로 택해야 하는 법.	取友宜自擇취우의자택.
무릇 벗사귐을 말하는 자는	凡言朋友者범언붕우자,
다만 그 덕(德)을 벗삼는다 하네.	只爲友其德지위우기덕.
나이 많고 존귀한 것과 형제가 많은 것을,	長貴及兄弟장귀급형제,
모두 협세(挾勢)하는 일이 있어서는 안 된다네.	皆不可有挾개불가유협.

네가 명경(明鏡) 가운데에   女於明鏡中여어명경중,

얼굴을 비추면 바르고 바르지 않거늘.   照面整不整조면정부정.

선비로서 허물이 적고자 하는 자는   士欲寡過者사욕과과자,

벗과 다투기를 그 바로 명경같이 한다네.   爭友是明鏡쟁우시명경.

착한 사람과 사귀는 자는   與善人交者여선인교자,

마치 난초를 심는 것과 같다네.   如種蘭相似여종란상사.

한 집에 심겨 있어도   種之在一家종지재일가,

양가(兩家)에 향기를 발(發)한다네.   兩家發香氣양가발향기.

악(惡)한 사람과 사귀는 자는   與惡人交者여악인교자,

마치 자식을 안고 담장에 오르는 것과 같다네.   如抱子上墻여포자상장.

한 사람이 발을 헛디디면,   一人若失脚일인약실각.

두 사람 모두가 재앙에 빠진다네.   兩人皆遭殃양인개조앙.

흉악한 사람은 공경으로 대하되 멀리하고,   凶人敬而遠흉인경이원,

덕이 있는 사람은 친히 대하면서 가까이한다네.   德人親而近덕인친이근.

그러므로 해롭고 이로운 세 가지 벗사귐은   是以三損益시이삼손익,

빛나고 빛나는 공부자(孔夫子)의 가르침일세.   炳炳夫子訓병병부자훈.

오랜 친구는 버려서는 안 되나니,   故舊不可遺고구불가유,

이 뜻은 너그럽고도 넓은 우정.   此意寬且廣차의관차광.

그것이 바로 우리 공부자께서 하신 바   所以吾夫子소이오부자,

차마 원양(原壤)을 버리시지 않은 까닭일세.   不忍棄原壤불인기원양.

남에게 충고하기를 다할 수 없고,   不可竭人忠불가갈인충,

남과 기꺼워하기를 다할 수 없는 법.   不可盡人歡불가진인환.

그런 뒤에라야 혐의와 틈이 생기지 않으니,   然後無嫌隙연후무혐극,

사귀는 도리가 마침내 서로 온전하다네.   交道終相全교도종상전.

붕우는 의로써 합(合)하는 자이니,   朋友以義合붕우이의합,

서로 공경해야 이에 귀(貴)한 사귐이 된다네. 　相敬斯爲貴상경사위귀.

도도하게 기꺼워하고 친압(親狎)하는 무리들은 　滔滔歡狎輩도도환압배,

아침에는 친하다가 저녁이면 소원해진다네. 　朝親暮疎矣조친모소의.

의(義)로써 사귐은 맑기가 마치 물과 같고, 　義交淡如水의교담여수,

이익으로 사귐은 달기가 마치 단술 같다네. 　利交甘若醴이교감약예.

이익을 버리고서 의를 취하는 것, 　舍利而取義사리이취의,

그 사귐이 바로 군자다운 사귐일세. 　其交也君子기교야군자.96)

　위의 시에서는 '붕우지도(朋友之道)'가 인륜에서 막중하다는 것, 그리고 공자와 증자와 맹자의 '우도'에 대한 가르침, 그리고 또『주역』·『예기』 등의 경서에 담긴 '우도론'의 의미 등이 형상화되었다.

　위의 시 1~3구에서 작자는 "五常必有信오상필유신. 五倫若無友오륜약무우, 四者難盡善사자난진선."이라고 하였는데, 오륜 중에는 반드시 '붕우유신(朋友有信)'이 있으니 그 오륜 중에 만약 '붕우유신'의 인륜이 없다면 다른 네 가지의 인륜 곧 '부자유친(父子有親)'·'군신유의(君臣有義)'·'부부유별(夫婦有別)'·'장유유서(長幼有序)'의 도가 세상에서 제대로 행해지기 어렵다고 술회한 작자의 이 말은, 이 글의 앞부분 '서론'에서 인용한 바 연암 박지원의『방경각외전』「자서」와 만해 한용운의 글「님께서 침묵하지 아니하시면」에 나타난 논리와 같은 논리를 보여주는 대목이다. 연암은 그 글에서, '우도'가 오륜의 끝에 놓인 것은, '우도'를 성기게 여기거나 낮게 여기기 위해서가 아니라, 인륜의 떳떳한 도리를 다하는 것과 그렇지 못한 것을 '우도'가 바로잡아 주기 때문에 '우도'가 오륜의 뒤에서 이를 통섭(統攝)하게 하려는 뜻에서 비롯된 것이라는

---

96) 黃宗海,『朽淺集』卷之一 五言古詩 '禮詩'「朋友」참조.

논리를 제기하였다.97) 그리고 또한 만해는 그 글에서, '붕우지도'는 예의를 갖추어야 하는 회의 석상에서나 거상잡거(居常雜居)의 사석(私席)에서나 세상을 살아가는 동안 겪게 되는 모든 인간관계에서 행해지는 것으로, 곧 인생의 도처에서 행해진다고 할 수 있다는 뜻을 피력하면서, 따라서 '우교'의 도를 삼가지 않을 수 없다는 논리를 제기하였다.98) 위의 시 1~3구에서 작자가 나타내고자 한 뜻도 바로 그와 같은 논리를 바탕으로 한 것이라고 하겠다.

위의 시 4~5구에서 작자는 "以文會其友이문회기우, 以友輔其仁이우보기인."이라고 하였는데, 이 구절은 이 글의 앞부분에서 '우도와 우도론의 개념'을 논의하면서 인용한 『논어』「안연」편의 증자 말씀99)과 거의 같은 말로 되어 있다. 이 구절에서 작자는, 성현의 도를 배운다든지 하는 글공부를 통하여 뜻을 같이하는 벗을 사귀는 것이 벗사귐의 바람직한 방법이며, 그와 같이 뜻을 같이하는 벗 사이에 언제나 서로 일깨워 주면서 바른 길로 인도하기 위하여 착한 말로 충고해줌으로써 각자 자기 자신의 인을 도와 나가는 것이 참된 벗사귐의 도리라는 뜻을 표명한 증자의 말씀을 존중하면서 살아가는 자기 자신의 삶의 자세를 나타내 보이고자 한 것이다.

위의 시 6~7구에서 작자는 "忠告而善道충고이선도, 不可則止焉불가즉지언."이라고 하였는데, 이 구절 또한 필자가 이 글의 앞부분에서 '우도와 우도론의 개념'을 논의하면서 인용한 바 『논어』「안연」편에 있는 공자의 제자 자공과 공자의 문답을 통해서 살펴볼 수 있는 공자의 말씀100)

---

97) 앞의 각주 1) 참조.
98) 앞의 각주 2) 참조.
99) 앞의 각주 21) 참조.
100) 앞의 각주 20) 참조.

에서 취해 온 것이다. 자공과 공자의 그 문답에서는, 자공이 벗사귐에 대해서 여쭈었더니, 공자가 대답하기를, "忠告而善道之_{충고이선도지}, 不可則止_{불가즉지}, 無自辱焉_{무자욕언}." 곧 "진실되게 일러주면서 착한 길로 이끌어주되, 안 되겠거든 그만두어서 스스로를 욕되게 하는 일이 없어야 하느니라."고 하였는데, 여기서는 그 '스스로를 욕되게 하는 일이 없도록 해야 한다'는 말까지 구태여 인용해 쓰지는 않았을 따름이다.

위의 시 8~9구에서 작자는 "丹所藏者赤_{단소장자적}, 紫所藏者黑_{자소장자흑}." 이라고 하였는데, 필자는 위에서 그 시구를 번역하면서 이해하기 쉽도록 하기 위하여 "近朱者赤_{근주자적}이요, 近墨者黑_{근묵자흑}이라네."라고 하였다. 글자 그대로 풀이하자면 말이 길어지고 바로 이해하기가 다소 쉽지 않기 때문에 편의상 그렇게 한 것이다. 그러나 여기서 다시 글자 그대로 자세히 번역하자면, "붉은 색[丹]이 감춘 것이 적색이요, 자주색[紫]이 감춘 것이 흑색이다."라고 풀이된다. 그것은 진실된 마음을 지니지 못하고 마음속에 악(惡)을 감추고서 벗사귐을 하는 자들이 세상에 있을 수 있다는 뜻을 형상화한 것이다.

위의 시 10~11구에서 작자는 "善惡亦如斯_{선악역여사}, 取友宜自擇_{취우의자택}."이라고 하였는데, 이 구절은 선과 악을 가려서 벗하되 그 선택하는 일은 모두 자기가 하기에 달렸다는 뜻을 나타낸 것이다. 그러면서도 그것은 또한 "세 사람이 가는 데에 반드시 나의 스승이 있으니, 그 착한 자를 가려서 따르고, 그 착하지 못한 자를 가려서 〈내 자신의 그런 점을〉 고쳐 나가느니라."[101]고 한, 『논어』「술이」편의 공자 말씀에서 뜻을 취해 온 것이라고 하겠다. 그리고 또한 그것은 그 『논어』「술이」편의 공자 말씀에 대한 집주의 '윤씨'설에서 "선악이 모두 나의

---

101) 『論語』「述而」篇 '三人'章. "三仁行, 必有我師焉, 擇其善者而從之, 其不善者而改之."

스승이 될 수 있다."[102]라고 한 말로부터 뜻을 취해 온 것이라고도 하겠다. 결국 그것은, 남의 착한 점을 보거든 나도 그와 같이 착한 사람이 될 수 있도록 따라서 배우고, 남의 악한 점을 보거든 나에게도 그런 착하지 못한 점이 있는가 하고 자기 자신을 돌이켜보아 그 착하지 못한 점을 고쳐 나가는 것이 벗사귐의 도에서도 필요한 것이며, 그런 삶의 자세는 모두가 다 자기가 하기에 달린 것이라는 뜻을 나타낸 구절이다.

위의 시 12~15구에서 작자는 "凡言朋友者범언붕우자, 只爲友其德지위우기덕. 長貴及兄弟장귀급형제. 皆不可有挾개불가유협."이라고 하였다. 세상에서 무릇 벗사귐을 말하는 자는, 벗사귐이란 다만 그 덕을 벗삼자는 것이라고 하고, 나이가 많거나 존귀하거나 형제가 많은 것을 모두 협세(挾勢, 남의 위세를 믿고 의지하는 행위)하는 일이 있어서는 안 된다고 한다는 것을 말한 것이다. 그것은 필자가 이 글의 앞부분에서 '서론'을 서술하면서 인용한 『맹자』 「만장」장의 맹자 말씀[103]을 줄여서 표현한 것이다. 맹자의 제자 만장이 맹자께 벗사귐에 대해서 여쭈었을 때 맹자는 말하기를, "나이가 많은 것을 협세하지 않으며, 존귀한 것을 협세하지 않으며, 형제가 많은 것을 협세하지 않나니, 벗사귐이라는 것은 그 덕을 벗삼는 것이니, 협세하는 일이 있어서는 안 된다."고 하였다. 그것은, 참된 벗사귐이란 상대방과 자기 자신의 어떠한 환경과 조건도 따지지 않고 더욱이 자기 자신의 유리한 환경이나 조건에 대해서는 으스대거나 젠체하지 않는 것이며, 모름지기 자기가 사귀려고 하는 사람의 덕을 벗삼는 것이라는 뜻을 나타낸 말씀이다. 그와 같은

---

102) 『論語』 「述而」篇 '三人'章에 대한 集註의 '尹氏曰'. "善惡, 皆我之師."
103) 앞의 각주 5) 참조.

벗사귐의 자세로 상대방과 자기 자신의 지위 고하나 빈부 그리고 의지할 형제가 많은 것 등을 따지는 이해관계를 떠나서 서로가 오로지 상대방의 덕을 본받고자 해야 한다는 논리의 '우도론'을 작자는 위의 시구에서 나타냈다.

위의 시 16~19구에서 작자는 "女於明鏡中여어명경중, 照面整不整조면정부정. 士欲寡過者사욕과과자, 爭友是明鏡쟁우시명경."이라고 하였다. 그것은 사람이 명경(明鏡) 가운데에 얼굴을 비출 경우, 바르거나 바르지 않은 모습이 나타나기 마련인데, 선비로서 허물이 적고자 하는 자는 벗과 다투기를 바로 그 명경과 같이 하여, 자기 자신의 몸을 돌이켜 보고 또 친구의 덕을 살펴보아 허물이 발견되거든 기탄없이 바로잡고 또 바른 말로 충고함으로써 서로간의 덕을 높여 나가고 인(仁)을 보필해 나가야 한다는 뜻을 형상화한 것이다.

위의 시 20~23구에서 작자는 "與善人交者여선인교자, 如種蘭相似여종란상사. 種之在一家종지재일가, 兩家發香氣양가발향기."라고 하였다. 작자가 여기서 착한 사람과 사귀는 자는 마치 난초를 심는 것과 같다고 한 것은, 필자가 이 글의 앞부분에서 '우도와 우도론의 개념'을 논의하면서 인용한『주역』「계사상전(繫辭上傳)」의 "두 사람이 마음을 같이하면, 그 날카로움이 쇠를 끊는다. 마음을 같이하는 말은 그 냄새가 난초와 같다."104)라고 한 공자의 말씀에서 뜻을 취해 온 것이다.105) 그리고 한 집에 심겨 있어도 양가에 향기를 발한다고 한 것은, 그와 같이 심은 난초가 한집에 심겨 있어도 마침내 양가에 아름다운 향기를 발하여 그윽한 향기가 그 두 집안을 모두 화목한 분위기로 만들어 준다는 뜻을 나타낸

---

104)『周易』「繫辭上傳」. "二人同心, 其利斷金. 同心之言, 其臭如蘭."
105) 앞의 각주 13) 참조.

것이다. 이는, 마음을 같이하는 참된 친구 두 사람의 말이 마치 난초의 향기와 같이 그윽하기 그지없어 마침내 그 친구 두 사람의 덕을 높여주고 인(仁)을 보필해주어, 두 사람 모두가 훌륭한 인물로 성취되도록 한다는 뜻을 형상화한 것이다.

위의 시 24~27구에서 작자는 "與惡人交者여악인교자, 如抱子上墻여포자상장. 一人若失脚일인약실각, 兩人皆遭殃양인개조앙."이라고 하였다. 작자가 여기서 악한 사람과 사귀는 자는 마치 자식을 안고 담장에 오르는 것과 같아서, 한 사람이 발을 헛디디면 두 사람 모두가 재앙에 빠진다고 하였는데, 그것은 위의 시 20~23구에서 나타낸 논리와 상반되는 경우의 논리를 나타낸 것이다. 악인과 더불어 사귀는 자는 위험과 재앙에 빠질수밖에 없다. 그것은 부모가 소중하게 생각하여 애지중지하는 자식을안고 담장에 오르는 것처럼, 자칫 발을 헛디디어 떨어지면, 자기 몸도다치고 소중한 자식의 몸도 상하게 하는 경우와 같다. 위의 시 20~23구는 그와 같은 논리를 비유적으로 형상화한 것이다.

위의 시 28~29구에서 작자는 "凶人敬而遠흉인경이원, 德人親而近덕인친이근."이라고 하였다. 작자가 여기서 흉악한 사람은 공경으로 대하되 멀리하고 덕이 있는 사람은 친히 대하면서 가까이해야 한다고 하였는데, 그것은『논어』에 나타난 공자의 가르침을 취해서 표현한 시구들이다.『논어』「옹야」편에 "귀신을 공경하되 멀리한다."[106]라는 공자의 말씀이 있는데, 그것은 귀신을 공경하기는 하되 너무 지나치게믿는 것은 독신(瀆神)이기 때문에 귀신의 알 수 없는 세계에 대해서는지나치게 믿어 미혹되지 않는 것이 바람직한 믿음의 자세이므로 멀리해야 한다는 뜻을 나타낸 것이다. 그런데 위의 시구 "凶人敬而遠흉인경이

---

106)『論語』「雍也」篇 '樊遲'章. "敬鬼神而遠之."

원."에서 작자는 그와 같은 뜻을 용사(用事)하여 '흉인'을 대하는 데 있어서의 경계삼을 점으로 제시한 것이다. 그러면서도 공경한다는 뜻의 '경(敬)'자를 쓴 것은, 유가의 가르침에서 모든 사람을 널리 사랑하면서 누구를 만나서 무슨 일을 하든지 간에 언제나 공경스런 마음을 잃지 않는다고 하는 뜻을 취한 것이다. 그리고『논어』「학이」편에 "널리 대중을 사랑하되 어진 사람을 가까이한다."[107]라는 공자의 말씀이 있다. 위의 시구 "德人親而近덕인친이근."은 공자의 그와 같은 말씀의 뜻을 용사한 것이다. 널리 대중을 사랑하는 마음으로 범범연히 벗사귐을 행하되 그 중에서도 특히 어진 사람을 가까이하라는 가르침의 뜻을 다소 글자를 바꾸고 변화를 가하여 표현한 것이다.

위의 시 30~31구에서 작자는 "是以三損益시이삼손익, 炳炳夫子訓병병부자훈."이라고 하였다. 작자가 여기서 노래하기를, "그러므로 해롭고 이로운 세 가지 벗사귐은 빛나고 빛나는 공부자(孔夫子)의 가르침일세."라고 한 것은, 필자가 이 글의 앞부분에서 '우도와 우도론의 내력'을 논의하면서 인용한『논어』「계씨」편의 공자 말씀을 형상화한 것이다.[108] 공자가 "유익한 것이 세 가지 벗사귐이요, 손해되는 것이 세 가지 벗사귐이다."[109]라고 하였는데, 그 빛나는 공자의 가르침을 마음속에 새기고 굳게 지켜 나간다는 뜻을 작자는 위의 시구들과 같이 형상화한 것이다.

위의 시 32~35구에서 작자는 "故舊不可遺고구불가유, 此意寬且廣차의관차광. 所以吾夫子소이오부자, 不忍棄原壤불인기원양."이라고 하였다. 작자가 여기서 "오랜 친구는 버려서는 안 되나니, 이 뜻은 너그럽고도 넓은 우정.

---

107)『論語』「學而」篇 '弟子'章. "汎愛衆, 而親仁."
108) 앞의 각주 38) 참조.
109)『論語』「季氏」篇. "益者三友, 損者三友."

그것이 바로 우리 공부자께서 하신바, 차마 원양(原壤)을 버리시지 않은 까닭일세."라고 하였는데, 그것은 오랜 친구를 버리지 않는 너그럽고도 넓은 우정에 대한 공자의 실천적인 가르침을 형상화한 것으로, 다음에 인용하는 『논어』「헌문」편의 기록이 위의 시에서의 작자의 그와 같은 표현에 대한 증거가 된다고 하겠다.

　원양(原壤)이 편한 자세로 걸터앉아서 기다렸더니, 공자가 말씀하시기를, "어려서는 공순하지 못하며, 장성해서는 칭술(稱述)할 만한 것이 없고, 늙어서는 죽지 않는 것, 이런 것을 해치는 자라고 한다고 하시고는, 지팡이로 그 정갱이를 두드리셨다.110)

위에 인용한 『논어』 구절을 통해서 우리는 공자가 어려서부터 오래도록 알고 지내 온 친구 원양을 아무 쓸모도 없는 사람이라고 충고하면서도 마침내 친구 간의 우정을 끊지는 않은 것을 알 수 있다. 그것이 바로 너그럽고도 넓은 우정을 보여준 사례라고 하겠다.

위의 시 36~39구에서 작자는 "不可竭人忠불가갈인충, 不可盡人歡불가진인환. 然後無嫌隙연후무혐극, 交道終相全교도종상전."이라고 하였다. 작자는 여기서 표현하기를, "남에게 충고하기를 다할 수 없고, 남과 기꺼워하기를 다할 수 없는 법이다."라고 하였는데, 그것은 앞에서 논의한 바 "진실되게 일러주면서 착한 길로 이끌어 주되, 안되겠거든 그만두어서 스스로를 욕되게 하는 일이 없어야 한다."는 『논어』「안연」편의 공자 말씀111)에서 뜻을 취해 온 것이다. 진실되게 착한 길로 이끌어 주기

---

110) 『論語』「憲問」篇 '原壤'章. "原壤, 夷俟, 子曰, 幼而不孫弟, 長而無述焉, 老而不死, 是爲賊, 以杖叩其脛."
111) 앞의 각주 20) 참조.

위해서 충고하는 친구의 말을 받아들이지 않을 경우에 지나치게 충고하는 말을 계속하다 보면, 친구 사이가 성글어지고 우정에 혐의(嫌疑)와 간극이 생기게 마련이다. 친구에게 지나치게 환심을 사려고 하는 경우에도 그와 같은 결과는 마찬가지로 초래될 수 있다. 위의 시 36~37구는 바로 그와 같은 뜻을 표현한 것이다. 그리고 작자가 위의 시 38~39구에서 표현하기를, "그런 뒤에라야 혐의와 틈이 생기지 않으니, 사귀는 도리가 마침내 서로 온전해진다."라고 하였는데, 그것은 36~37구에서 말한 뜻과 같이 지나치게 충고하거나 지나치게 환심을 사려는 태도를 버린 연후에야 우정에 혐의와 간극이 생기지 않게 하여 마침내 참된 벗사귐의 도를 온전히 할 수 있다는 뜻을 형상화한 것이다.

위의 시 40~41구에서 작자는 "朋友以義合봉우이의합, 相敬斯爲貴상경사위귀."라고 하였다. 작자가 여기서 이르기를, "붕우는 의로써 합하는 자이므로, 서로 공경해야 이에 귀한 사귐이 된다."고 한 것은, 앞에서 인용한 바 『논어』「안연」편의 공자의 제자 자공과 공자의 문답에 대한 주자의 주에 "붕우 관계는 의로써 합하는 경우이다."[112]라고 한 말에서 뜻을 취하고, 충고와 선도가 지나칠 때 돌아오는 모욕이 없도록 서로 공경하는 마음을 잃지 않는 데서 고귀한 벗사귐의 도가 온전히 행해질 수 있다는 뜻을 덧보탠 것이다.

그리고 위의 시 42~43구에서 작자는 "滔滔歡狎輩도도환압배, 朝親暮疎矣조친모소의."라고 하여, 도도하게 기꺼워하고 친압(親狎)하는 무리들은 아침에는 친하다가 저녁에는 소원해진다고 하였는데, 그것은 도도한 물결이 밀려들 듯이 지나치게 가까이하면서 환심을 사려고 하는 무리

---

112) 『論語』「顔淵」篇 '問友'章에 대한 朱子의 註. "友, 以義合者也."

들의 벗사귐은 조변석개(朝變夕改)하듯이 변하기가 쉬워서 이해관계가 끝나면 우정을 유지하기 어렵다는 뜻을 형상화한 것이다.

위의 시 44~45구에서 작자는 "義交淡如水_{의교담여수}, 利交甘若醴_{이교감약}례."라고 하여, 의로써 사귐은 맑기가 마치 물과 같고, 이익으로 사귐은 달기가 마치 단술 같다고 하였는데, 그것은 필자가 이 글의 앞부분에서 '우도와 우도론의 개념'을 논의하면서 인용한 『예기』「표기」편의 공자 말씀 "군자가 사람을 접견하는 것은 마치 물과 같고, 소인이 사람을 접견하는 것은 마치 단술과 같으니, 군자는 담담하면서도 성취하고, 소인은 달콤해서 허물어지느니라."113)는 구절에 나타난 뜻을 용사한 것이다. 그것은 다시 말해 군자들의 도의지교(道義之交)란 마치 담담한 물맛과 같이 은근하면서도 맑은 데 비해, 이익만을 따지는 소인들의 벗사귐은 마치 단술과 같이 달콤한 듯하면서도 변하기 쉽고 허물어지기 쉽다는 뜻을 형상화한 것이다.

위의 시 46~47구에서 작자는 "舍利而取義_{사리이취의}, 其交也君子_{기교야군}자."라고 하여, 이익을 버리고서 의를 취하는 것, 그 사귐이 바로 군자다운 사귐이라고 하였는데, 그것은 군자의 참된 '우도'가 이익을 버리고 의를 취하는 데 있음을 말함으로써 위의 시 전편에 나타난 뜻을 총 정리하여 마무리한 것이라고 하겠다. 위의 시 제1구가 시 작품 전체의 제재를 별도로 말한 구절이라고 한다면, 이 마지막의 두 구절은 그와 같은 제재로 시를 지은 뜻을 수미쌍괄(首尾雙括)의 기법으로 맺은 것이라고 할 수 있다.

위의 시에서 작자는 역대 유가의 경전에 나타난 '우도'와 '우도론'을 거의 망라하여 시적으로 형상화하였다고 할 만하다. 그런데 그 형상

---

113) 『禮記』「表記」篇. "君子之接, 如水, 小人之接, 如醴, 君子, 淡而成, 小人, 甘以壞."

화 방법은 위에서 논의한 퇴계·하서의 작품과 함께 모두가 역대 유가의 경전 등 고전에 나타난 '우도'와 '우도론'의 의미를 작자의 심경을 표출하는 시어를 곁들여서 함축되게 표현하고 작품 전체의 구조적인 완결성을 갖추는 작법으로 형상화하는 것이었다.

(5) 私淑: 정약용의 「박학」

조선 후기 영조대(英祖代)로부터 헌종대(憲宗代)에 생존했던 학자 정약용(丁若鏞, 1762~1836)은 '우도'와 '우도론'을 형상화한 한시 「박학(博學)」을 남겼는데, 그 전문을 소개하자면 다음과 같다.

학식이 넓고 깊은 성호(星湖) 선생을,	博學星湖老박학성호노,
백대(百代)의 스승으로 나는 모시네.	吾從百世師오종백세사.
등림에 과일 열매 많이 달렸고,	鄧林繁結了등림번결자,
교목에 뻗은 가지 울창도하다.	喬木鬱生枝교목울생지.
강석(講席)에서는 풍도(風度)가 준엄하시고,	講席風儀峻강석풍의준,
투호(投壺)할 때엔 예법 밝기도 했지.	投壺禮法熙투호예법희.
특출하심은 속안(俗眼)을 놀래 주었으나,	孤標驚俗眼고표경속안,
쓸쓸히 묻히신 것 어인 일인가?	歷落竟何爲역락경하위.114)

"성호 선생의 저술은 거의 백 권에 가까우니, 스스로 생각하기로는, 우리가 하늘과 땅이 크고 해와 달이 밝음을 능히 알 수 있게 된 것은 모두 이 노인의 힘이라고 할 것이다."115)라고 한 것 또한 정약용이

---

114) 丁若鏞, 『與猶堂全書』 詩文集 卷十二 書 「上仲氏」(辛未冬) 참조(서울대 古典刊行會, 1966).

성호의 해박한 학술적 성취를 흠모한 결과이며, '시대를 초월한 흠모'
와 '사숙(私淑, 가르침을 직접 받지는 않았으나 그 사람의 인격이나 학문을 본으로
삼고 배우는 것)'인 것이다.

(6) 시대와 신분을 초월한 우도: 이제현의 「비간묘」

고려 후기 익재 이제현(李齊賢)은, 그의 작품 「비간묘(比干墓)」의 서두
에서 다음과 같이 언급하고 있다.

　　비간(比干)의 무덤은 위주(衛州)의 북쪽 10리쯤에 있으며, 대부분 주(周)
나라의 무왕(武王)이 봉축(封築)한 것이다. 당(唐) 태종(太宗)이 정관(貞觀)
때에 그 땅을 지나다가 스스로 글을 지어 그 묘에 제사지냈다. 그 석각(石
刻)이 벗겨지고 떨어졌으나 한두 군데는 알아볼 수 있었다. 대개 두 임금이
다른 대(代)의 신하를 그리워한 것이 어찌 그 충성을 슬퍼하고 그 죽음을
가엾이 여긴 것이 아니겠는가. 그런데, 무왕이 은(殷)나라를 이긴 뒤에 백
이(伯夷)를 소홀히 한 것과, 태종이 요(遼)를 치는 날 위징(魏徵)을 의심한
것은 무슨 까닭인가. 그 때문에 이 시를 지은 것은 춘추(春秋)의 어진 이에
게 책비(責備)하는 뜻에서이다.116)

위의 글에 나오는 비간은 상(商)나라의 충신이다. 상나라 임금 주(紂)

---

115) 『詩文集』卷之二 詩 「博學」. "星翁文字, 殆近百卷, 自念, 吾輩能識天地之大, 日月之明, 皆此
翁之力"
116) 성락훈 외 역, 『동문선』 권21, 七言絶句(민족문화추진회, 1968), 449~450쪽. "墓在衛州北
十許里, 盖周武王所封, 而唐太宗貞觀中, 道過其地, 自爲文以祭, 其石刻剝落, 亦可識一二焉,
夫二君之眷眷于異代之臣者, 豈非哀其忠愍其死乎, 而武王忽伯夷於勝殷之後, 太宗疑魏徵於征
遼之日者何耶. 因作此詩, 亦春秋責備賢者之義也."

가 음란함과 포학함이 극도에 달하였으므로, 이에 비간이 바른 말로 충간하였더니, 주(紂)가 노하여, "성인의 심장을 한 번 시험해 보리라" 하고, 비간을 죽여서 배를 갈라 보았다. 그 후 주(周) 무왕(武王)이 주(紂)를 쳐 죽인 뒤에 비간의 무덤을 찾아 충간하던 비간의 지조와 덕망을 사모하여 그를 표창한 것으로 시대와 신분을 초월한 '인륜의 우도'를 보여준 것이다.

(一)

주왕(周王)이 무덤을 봉축하여 은나라 신하를 예(禮)한 것은,

周王封墓禮殷臣주왕봉묘예은신

충성된 말 하다가 몸을 죽인 것을 아까와 했기 때문이거니,

爲惜忠言見殺身위석충언견살신.

무슨 일로 화양(華陽)에 말[馬]을 돌려보낸 뒤에도,

何事華陽歸馬後하사화양귀마후,

부들바퀴[蒲輪]로 고사리 캐던 사람에게 청하지 않았던가?

蒲輪不謝採薇人포륜불사채미인.

(二)

원래 분함과 욕심은 사람의 양지(陽知)를 가리우는 것이다.

從來忿欲蔽良知종래분욕폐양지.

날이 저물어 사람으로 하여금 역시(逆施)를 하게 한다.

日暮令人有逆施일모령인유역시.

비간의 무덤에 몸소 제사지낸 것은 좋았는데,

旬矣親詞比于墓가의친사비우묘,

어찌하여 위징의 비는 넘어뜨리었던가.

胡然却卜魏徵碑호연각복위징비.[117]

위의 시에서는, 어진 임금인 주 무왕과 당 태종이 다른 대(代)의 신하인 비간을 그리워한 것으로 시대와 신분을 초월한 '우도'를 형상화한 작품이다. 주나라 왕이 은나라의 신하인 비간의 무덤을 찾아가 예를 올린 것은, 비간이 충성스런 말을 하다가 죽음을 당하게 된 것을 안타깝게 여기면서 그를 그리워하는 마음을 나타낸 것이다.

그런데 어진 임금에 해당되는 주무왕과 당태종도 충간하던 신하의 말을 들어 주지 않았던 일로 인하여 '책비(責備)'[118]가 있었다.

주(周) 무왕이 주(紂)를 칠 때에 백이가 말리기를, "신하가 임금을 쳐서는 안 되오." 하였으나 무왕은 주를 죽였다. 또한 위징(魏徵)은 당 태종의 신하로 곧은 말로 자주 간하여 태종이 매우 중하게 여겼는데, 위징이 죽은 뒤에 태종이 친필로 비문을 써서 주었다가 뒤에 참소하는 말을 듣고 위징의 비(碑)를 넘어뜨렸다. 뒤에 고구려를 치러갔다가 크게 패하여 돌아오는 길에 뉘우치고 탄식하기를, "위징이 만일 살아 있었더라면 나로 하여금 이번 걸음이 없게 하였을 것이다." 하였다.

무왕이 주를 치는 전쟁을 끝낸 뒤에 다시는 전쟁을 하지 않겠다는 뜻으로, 말[馬]을 화산(華山)에 돌려보내고 군수 물자를 나르던 소는 도림(桃林)의 들에 놓았다 한다.

한신(韓信)이 젊었을 때 집이 가난하여 굶고서 회음성(淮陰城) 밑에서

---

117) 李齊賢,「比干墓」(二首)『益齊亂藁』(韓國文集叢刊 2) 참조.

118) 『춘추(春秋)』의 필법(筆法)에 어진 사람에게 책비(責備)하였는데, 책비란 것은 구비(其備)하기를 책(責)하는 것이다. 그것은 보통 사람에 대하여는 여간한 허물을 용서하거나 비판하지 않지마는, 어진 사람에게 있어서는 조그만 허물이라도 비판하여 이런 어진 사람이 왜 이런 허물을 지었는가 하고 애석히 여기는 뜻으로 책망한다는 말이다.

고기를 낚고 있었는데, 빨래하는 부인이 그를 동정하여 여러 날 밥을 먹였다. 한신이 감사하여, "내가 성공하면 부인에게 후히 갚겠습니다."하니, 부인이, "내가 왕손(王孫, 한신에 대한 존칭)을 동정한 것이지, 어찌 뒷날의 갚음을 받기를 바란 것입니까? 하였다. 그 뒤에 한신이 초왕(楚王)이 되어서 빨래하던 부인을 찾아서 금 천근을 주었다.

　어진 사람을 청하여 올 때에는 수레를 보내면서 수레바퀴를 부들풀[蒲]로 쌌는데, 그것은 수레바퀴가 터덜거리지 않게 하는 것이다.

　이와 같이 '우도'와 '우도론'을 형상화한 한시 작품들은 한국 고전문학에서 얼마든지 찾아볼 수 있겠으나, 여기서는 위의 황종해의 시 등을 논의하여 그 대강의 일부를 살펴보는 것으로써 이 글의 한시에 대한 고찰을 끝맺고자 한다.

2) 향가

　우리의 고전문학에는 '우도'와 '우도론'을 형상화한 문학 작품을 국문시가를 통해서도 얼마든지 찾아볼 수 있다. 여기서는 우리의 국문시가 중 '우도'와 '우도론'을 형상화한 향가 곧 「모죽지랑가」와 「찬기파랑가」를 살펴보고자 한다.

(1) 신분·지위·연령을 초월한 벗사귐/ 貴貴: 「모죽지랑가」

　「모죽지랑가(慕竹旨郞歌)」는 득오(得烏)가 부른 노래로써, 『삼국유사』 권제이(卷第二) '효소왕대(孝昭王代) 죽지랑(竹旨郞)'조에 수록된 향가이다. 효소왕 때 죽지랑의 무리였다는 득조곡(得烏谷)이 죽지랑을 사모해서 이 노래를 지은 노래로 소창진평(小倉進平)은 이 노래를 〈득조곡모랑가

〈得烏谷慕郎歌〉라고 불렀으며, 양주동(梁柱東)은 〈모죽지랑가〉라 하였다.

먼저 작품이 지어진 설화적인 이야기를 소개하고 나서 작품을 논의하는 것이 작품의 이해를 위해서 다소 도움이 될 것이므로, 여기서 그 이야기의 원문에 대한 번역문을 통해서 이야기의 내막을 살펴보자면 다음과 같다.

효소왕(孝昭王) 때 죽만랑(竹曼郎)의 무리에 득오(得烏) 급간(級干)이라는 이가 있어 풍류황권(風流黃卷) 중에 이름이 올라 있어 날마다 벼슬길로 나아가더니, 열흘 동안 보이지 않았다. 죽만랑이 그의 어머니를 불러 물었다. "당신의 아들은 어디에 있는가?" 그 어머니는 대답하였다. "당전(幢典) 모량(牟梁) 익선아간(益善阿干)이 우리 아들을 부산성(富山城) 창직(倉直)이를 시켜 급히 달려갔으므로 낭(郎)에게 하직 인사를 드리지 못하였던 것입니다." 죽만랑은 깨우쳐 주었다. "당신의 아들이 만약 사사로운 일로 저 곳으로 갔다면 찾아갈 것이 없겠지만, 이제 공사(公事)로써 떠났다 하니, 마땅히 가서 찾아 돌아와 먹이리라." 곧 설병(舌餅) 한 합과 술 한 항아리를 가지고 좌인(左人)을 데리고 갈 제, 낭의 무리 서른일곱 사람 역시 의장(儀仗)을 갖추고 뒤를 따라 부산성에 이르러 문지기에 물었다. "득오(得烏)의 간 곳을 잃었으니, 어디 있느냐?" 문지기는 대답하였다. "방금 익선(益宣)의 밭에 있답니다. 관례에 따라 부역(赴役)하러 간 것입니다." 득오랑이 밭으로부터 돌아오자, 가지고 온 술과 떡을 먹이고 익선에게 말미를 청하여 함께 돌아오고자 하였으나, 익선이 굳이 허락하지 않았다. 이때 파견되어 온 아전 간진(侃珍)이 추화군(推火郡)의 조세를 거둘 제, 조세 서른 섬을 묶어 성중(城中)으로 실어 보내게 되었다. 죽만랑의 선비를 사랑하는 그 풍미(風味)를 아름답게 여기고, 익선의 꽉 막히어 융통성이 없음을 야비하게 여겨 곧 그가 관령(管領)한 서른 섬을 익선에게 주면서 죽지랑을 도와 거듭 청하였으나, 역시 허락하지 않기에 또 진절사지(珍節舍知)의 말과 안장을 주었더니, 그제서야 허락을 하는 것이었다. 조정의 화주(花主)가 이 말을 듣고 시자를 보내어 익선을 잡아다가 장차 그 더러운 때를 씻어 주려 하였으나, 익선이 도망쳐 숨었으므로 그 맏아들을 대신 잡아왔는데, 때마침 2월이어서 몹시 추운 날씨였다. 성내 못 가운데 목욕을 시켜 얼어 죽게 되었다. 대왕(大王)이 그 말을 듣고 조칙(詔勅)을 내려 모량리(牟梁里) 사람 중에 벼슬길에 오른 자들을 모두 쫓아 버리되, 다시금 공서(公署) 나들이를 금하고 검은 옷을 입지 못하게 하며, 만일 승려가 되었다 하더라도 종고사(鐘鼓寺) 중에는 들어오지 못하게 하고, 또 칙서를 내려 아전 간진의 자손을 평정호손(枰定戶孫)을 삼아 남다르게 대우하였다. 이때 원측법사(圓測法師)는 곧 해동(海東)의 고덕(高德)임에도, 모량리의 출신이므로 승직(僧職)에 제수되지 못했다. 처음에 술종공(述宗公)이 삭주도독사(朔州都督使)가 되어 장차 임소(任所)로 돌아갈 때, 마침 삼한(三韓)의 변란이 일어났으므로 기병(騎兵) 3천명으로 호송하였다. 죽지령(竹旨嶺)에 이르렀을 때, 한 거사(居士)가 고개길을 평평하게 닦고 있었다. 공(公)이 그를 보고 탄미(歎美)하였고, 거사(居士) 역시 공의 위세가 당당함을 아름답게 여겨 서로 마음으로 느낀 바 있었다. 공이 임소에 이른 지 한달이 되었을 때, 꿈에 거사(居士)가 방중(房中)으로 들어왔고, 가족 또한 같은 꿈을 꾸었다. 놀라고 괴이하게 여기기를 더욱 심히 하여 이튿날 시자로 하여금 거사의 안부를 물었더니, 사람들은 말하였다. "거사가 죽은 지 며칠이나 되었답니다." 시자가 돌아와 그가 죽었음을 고(告)하니, 꿈을 꾸었던 날과 같았다. 공(公)은 말하였다. "아마 거사가 우리 집에 거듭 태어났는가 보다." 다시금 군졸(軍卒)을 보내 죽지령 위 북녘 봉우리에 장사를 치르고 돌미륵(石彌勒) 하나를 만들어 무덤 앞에 세웠다. 그 아내가 꿈꾸던 날부터 태기(胎氣)가 있어 아들을 낳아 이내 '죽지(竹旨)'라 이름하였더니,

자라나 벼슬길에 올라 유신(庾信) 공(公)과 더불어 부수(副帥)가 되어 삼한
(三韓)을 통일하고, 진덕·태종·문무·신문왕 사대(四代)에 계속 총재(冢宰)
가 되어 그 나라를 안정시켰다. 得烏谷(득오곡)이 죽지랑(竹旨郎)을 연모
(戀慕)하여 노래를 지었다."119)

『삼국유사』에는 위와 같은 기록의 뒷부분에 향찰 표기의 다음과
같은「모죽지랑가」가 수록되는 것으로 '효소왕대 죽지랑'조가 끝난
다. 따라서 필자는 그 향가의 원문과 아울러 다음과 같이 양주동·김완
진 교수의 해독과 현대역 그리고 이가원 교수의 현대역을 열거함으로
써 작품 이해의 바탕을 삼고자 한다.

〈『삼국유사』의 원문〉
　　　　〈양주동 해독〉　　　　　　　〈김완진 해독〉
去隱春皆林米거은춘개임미

　　　간봄 그리매　　　　　　　간 봄 몯 오리매

毛冬居叱哭屋尸以憂音모동거질곡옥시이우음

　　　모든것사 우리 시름　　　　모돌 시스샤 우를이시름

阿冬音乃叱好支賜烏隱아동음내질호지사오은

　　　아름 나토샤온　　　　　　　ᄆ둠곳 ᄇᆞᆯ기시온

貌史年數就音墮支行齊모사년수취음타지행제

　　　즈싀 살쭘 디니져　　　　　즈싀 히 혜나삼 헐니져.

目煙廻於尸七史伊衣목연회어시칠사이의

　　　눈 돌칠 ᄉ이예　　　　　　　누늬 도랄 업시 뎌옷

119) 李家源, 『三國遺事新譯』, 太學社, 1991, 123~125쪽 참조.

逢烏支惡知作乎下是_{봉오지오지작호하시}

　　맛보읍디 지소리　　　　　　맛보기 엇디 일오아리.

郎也慕理尸心未_{낭야모이시심미} 行乎尸道尸_{행호시도시}

　　郎이여 그릴 ᄆᅀᆞ미 녀올 길　랑이여 그릴 ᄆᅀᆞ미 좇 길

逢次叱巷中宿尸夜音有叱下是_{봉차질항중숙시야음유질하시}120)

　　봊ᄆᅀᆞ히 잘밤 이시리　　　다보짓 굴헝히 잘 밤 이샤리.

〈현대역〉

간(지나간) 봄 그리매/ 모든 것사 설어 시름하는데/

아름다움 나타내신/ 얼굴이 주름살을 지니려 하옵내다./

눈돌이킬 사이에나마/ 만나뵙도록 지으리이다./

낭이여 그릴 마음의 녀올 길이/ 다북쑥 우거진 마을에 잘 밤 있으니까?

(양주동)121)

지나간 봄 돌아오지 못하니/ 살아계시지 못하여 우올 이 시름./

전각(殿閣)을 밝히오신/ 모습이 해가 갈수록 헐어 가도다./

눈이 돌음 없이 저를/ 만나보기 어찌 이루리./

랑(郎) 그리는 마음의 모습이 가는 길/ 다북 굴헝에서 잘 밤 있으리.

(김완진)122)

가는 봄을 그리매/ 모든 것이 우리의 울음./

어두움에서도 사랑해주시면/ 꼴시나 나이는 떨일진저./

---

120) 得烏, 「慕竹旨郎歌」: 『三國遺事』 卷第二 '孝昭王代 竹旨郎'條 참조.

121) 梁柱東, 『增訂 古歌研究』, 一潮閣, 1965, 67쪽 참조.

122) 金完鎭, 『鄕歌解讀法研究』, 서울대학교 出版部, 1991, 189쪽 참조.

눈을 돌이킬 사이에/ 만나올지 이룩하리./

낭아 그리는 마음이/ 나가려는 길을사/

다북 골목에 묵고 있게 하리.

(이가원)123)

위의 「모죽지랑가」는 낭도인 득오가 자기를 도와준 일이 있는 그의 상사인 죽지랑의 인격이 뛰어나고 고매하여 늘 사모하는 마음이 있었는데, 죽지랑이 죽자 윤회사상을 바탕으로 저 세상에서라도 만나리라는 기대와 날이 갈수록 더욱 사모하는 마음이 짙어짐을 나타낸 "불찬(佛讚)이나 불교의식가(佛敎儀式歌)가 아닌 순수 서정시"124)이다. 당시의 화랑과 낭도의 관계125)에서 득오가 죽지랑의 낭도이면서 부산성의 창직으로 끌려가서 노역을 한 사실과 그 청가(請暇) 이야기는 이 죽지랑 이야기의 주요한 대문으로 적혀 있다. 또한 이 노래는 득오가 익선에게 차출되어 가서 노역을 당하고 있을 때의 작(作)이라고 본다.126)

「모죽지랑가」의 배경설화에 등장된 인물들 중에서 죽지랑과 그의 무리 중의 한 사람인 득오곡이 가장 중심된 인물이다. 먼저 죽지랑이란 인물에 대한 관련 기록을 보면 기이한 것이 많다. 첫째로 죽지랑의

---

123) 李家源, 『三國遺事新譯』, 太學社, 1991, 125쪽 참조.

124) 李在銑, 「新羅鄕歌의 語法과 修辭」, 『鄕歌의 語文學的 研究』, 147쪽 참조.

125) "화랑(花郎)과 낭도(郎徒)들은 일정기간(3년 정도) 고업적(苦業的)인 수련을 쌓으면서 충(忠)과 신(信)을 익혀, 신의 경우 화랑단 성원 간에는 사우(死友)를 약속할 정도의 굳건한 우정관계(友情關係)를 성립시켜서 동료의 병사(病死) 후 통곡한 나머지 병사할 정도의 심각한 예도 있었다 하며, 무엇보다도 화랑단(花郎團)은 서약집단(誓約集團)의 성격을 띠고 있어서 이 서약은 그들 집단의 수련이나 존속에 있어서도 하나의 핵심적인 인자(因子)로 작용한 듯이 보인다."

李基東, 「新羅 花郎徒의 社會學的 考察」, 『歷史學報』 82집, 10~11쪽 참조.

126) 徐在克, 「慕竹旨郎歌 研究」, 『新羅時代의 言語와 文學』, 50쪽 참조.

출생 과정이다. 그의 부친이 되는 술종공(述宗公)이 삭주(朔州) 지방의 도독사(都督使)로 부임하는 도중 죽지령(竹旨嶺)에서 길을 닦고 있는 거사(居士)를 만난다. 공(公)은 그의 생김과 행동이 마음에 들었다. 거사 역시 마찬가지였다. 공이 부임한 지 한 달이 지나 꿈에 거사가 방안에 들어오는 것을 보았는데, 부부가 꼭 같은 꿈을 꾸었다. 이상히 여겨 다음날 사람을 시켜 물었더니, 거사가 죽은 지 며칠 되었다고 한다. 사자(使者)가 돌아와 거사의 죽음을 고(告)하매, 날짜를 따져 보니 바로 꿈꾸던 날이었다. 공이 말하기를 "아마 거사가 우리 집에 나려나 보다"했다. 과연 꿈꾼 날부터 태기가 있어 아들을 낳으니, 그 이름을 죽지(竹旨)라 하였다. 죽지랑은 곧 거사가 환생한 인물이었던 것이다. 죽지령의 거사가 어떤 인물이었는지는 기록에는 없으나 그와 같은 인물이 죽지로 다시 나타났던 것이다. '죽지랑'의 기사를 기이 편목에서 첫 번째로 다루었다는 점은 주목할 일이다.

둘째로 죽지랑의 행적이다. 그는 김유신과 더불어 부수(副帥)가 되어 공을 세웠다.

진덕왕 5년(651)에는 집사중시(執事中侍)가 되었다. 또한 태종무열왕 때에는 백제의 적과 사비성에서 싸웠다. 죽지랑은 신라의 명장으로 김유신과 함께 삼국을 통일시키는 데 큰 공적을 세운 인물이다. 그는 무인으로서 일생을 전쟁으로 끝낸 인물이라 하겠다. 그것은 그의 출세담에서도 보았듯이 전신이 거사라고 했다. 그 거사는 어떤 인물인 지는 분명하지 않으나, 기력이 장대한 인물이었을 것이다. 죽지랑은 그 신분이 화랑이면서 국가를 위해 전공(戰功)을 세운 훌륭한 무인 신분으로 나타나 있다. 그러나 득오곡이 죽지랑을 사모한 노래에서는 그의 인품 됨됨은 나타나 있지 않다. 그 노래는 다만 두 사람 사이의 정분을 통해 불교의 내세관 내지는 환생 등 불가의 인생관을 은연중에 나타낸 노래인 것이다. 죽지랑을 그리워하는 득오의 마음속에 죽지랑은 절대적인 존재다. 그것은 죽지랑의 부하였다는 사실, 그리고 익선에 의해 부산성에서 창고지기를 할 때, 많은 뇌물을 주고 구해주었다는 점 등을 상기하면, 그 사이가 밀접함을 알 수 있다. 노래에는 그런 정분이 잘 표현되어 있다. 랑(郞)에 대한 애타는 그리운 상태를 "다북쑥 우거진 골목에서 자는 밤"으로 표현함으로써 랑이 절대적 인물임을 나타낸 것이다. 그런 죽지랑을 만나지 못하는 마음은 다북쑥에서 자는 마음과 같다. 여기서의 다북쑥은 '쑥밭' 또는 '쑥대밭'이라는 뜻으로, 이 말의 통상적인 관념은 황폐한 상태를 일컫는다. 생전에 랑(郞)을 만날 수 없다는 안타까운 미련이 곧 황폐한 쑥대밭인 것이다. 이 노래는 이런 서정의 처절함을 통해 현세를 다만 현세가 아닌 내세로까지 이끌어가는 피안의 세계로 승화시켰다.

내용을 분석하면 첫째 번 단락은 죽지랑의 도(徒)인 득오곡급간(得烏谷級干)이 익선아간(益宣阿干)의 일방적인 강요에 의해 부산성(富山城) 창직(倉直)으로 끌려감에 따라 소식을 듣고 찾아간 죽지랑이 그를 구출해내는 과정을 주로 적은 것으로 통삼(統三) 이후 정치사회의 정세변이에 따라 권세의 자리에서 실각한 노(老) 화랑의 이미 기울기 시작한 모습을 구성진 가락으로 노래한 것이고, 둘째 단락은 죽지랑의 출생에 관한 설화에 해당되는 부분이며, 맨 끝 단락은 득오곡이 랑(郞)을 절실하게 사모하는 내용으로 되어 있는데, 둘째와 끝 단락은 랑의 처지가 비록 그 지경에까지 되었다 해도 그를 끝까지 추앙하는 마음에는 추호(秋毫)의 변함이 없음을 나타낸 것이다.

'간봄 그리매/ 모든것사 우리 시름'에서 지나간 봄은 죽지랑이 살아 있을 때로서, 이미 흘러간 전일(前日)의 화려했던 나날들을 의미하며, 죽지랑이 없는 현재로서는 오늘날의 이것저것 모두가 슬프지 않는 것이 없다는 뜻이다.

'아름 나토샤온/ 즈싀 살쯈 디니져'에서는, 죽지랑의 한창 시절 그리도 고와 보이던 얼굴이 눈에 선한데, 이제는 주름살로 가득 차 있고 결국은 죽었다는 현실을 인식하는 내용임을 음미할 수 있다. 얼굴에 나타난 주름살은 랑(郞)의 실세(失勢)·무력(無力)한 모습을 암시적 어휘로 표현한 것이다. 제1구에서 제4구까지는 죽지랑이 익선에게 당한 수모에 대한 내용이라면, 제5~8구는 살아있는 잠시만이라도 온갖 고초를 다 겪더라도 랑을 우러러보고 싶어하는 득오의 사모의 정이 담겨져 있는 내용이다.

'눈 돌칠 스이예/ 맛보읍디 지소리''에서는, 사람들이 눈 깜짝할 사이에 죽을 것인즉, 나도 저 세상에서 언젠가는 죽지랑을 만나 뵙게 될 것이라는 득오의 간절한 소망이 나타나 있다. 또한 자기의 상관인 죽지랑에게 익선의 횡포로부터 구원해줄 것을 간곡하게 부탁, 애원해 마지않는 심정을 읽을 수 있다. 장차 랑이 죽어서 무덤에 파묻힌다 하더라도 득오 자기는 그 죽음의 세계에까지 쫓아가서 랑을 따르겠다는 '사모지정(思慕之情)'이 담겨 있다.

'봊무 슬히 잘 밤 이시리'는 '무덤' 또는 '저 세상'에서 만나 거기에서 함께 잠들 밤이 있을 것이다라는 뜻으로, 죽어서 다시 만날 것이라는 윤회사상(輪回思想)이 담겨 있는 구절이다.

「모죽지랑가」는 화랑단(花郞團) 세력의 쇠퇴 초기의 형편을 사건 서술적인 입장에서 기술해 놓았다는 데에 가치가 있으며, 전성기를 벗어난 한 화랑과 그 집단의 약화된 세력을 시가적인 측면에서 접근하고 있는 것이다.127)

---

127) 朴魯埻, 「慕竹旨郞歌」, 『향가연구』, 307~342쪽 참조.

그러면 이제 죽지랑이 당한 수모의 배경을 알아보기 위해서 각 인물들의 면모를 살펴보겠다.

우선 '죽지랑'은 주인공으로서 명문 출신이다. 부친인 술종공은 당대의 국가 중신으로서, 역사상 걸출한 인물이었다. 죽지랑은 그 출생 연기가 남다른 바가 있다. 관직을 역임하면서 크고 작은 군국지사(軍國之事)에 참여하는 기회를 많이 갖게 되었다. 랑은 신라사에 있어 통삼(統三)의 대업을 완수하는 일에 많은 공훈을 남긴 인물이다. 주로 진덕·태종·문무왕대에 걸쳐 전장의 풍진을 겪으면서 국운을 건 싸움을 승리로 이끄는 데 몸을 바쳤다.

'익선'은 득오보다 3등급 위인 아간(阿干)이다. 당시 사회에 있어 녹녹하지 않은 계급에 속하는 인물이다. 익선은 직속상관인 당대의 거물인 죽지랑의 허락 없이 득오를 끌어다 노역을 시킬 정도로 안하무인의 인물로 보인다. 죽지랑이 익선에게 죄 없는 득오의 석방을 간청했으나 거절당하자, 다시 뇌물을 주자 석방을 허락한다. 이 일로 익선이 체포될 입장에 놓이자, 그는 도망을 쳐 대신 그의 맏아들이 죽음을 당하게 된다.

낭도인 '득오'는 좌절과 비극의 현장에 서서 죽지랑을 기리면서 북받치는 서러움을 제어하지 못하고 비가(悲歌)를 빚어낸다. 득오는 되돌아오지 않는 봄철을 아쉽게 회상하면서 세상사 모두가 눈물과 시름을 함께 자아내고 있다며 비탄에 잠긴다. 그러한 비탄은, 죽지랑의 얼굴에 주름살만 덧없이 늘어나는 현상을 바라볼 때, 더욱 고조된다.

「모죽지랑가」 앞부분이 현상 묘사에 치중한 것이라면, 후반부는 미래에 대한 화자의 각오를 표현하고 있다. 각오는 곧 지절로 상승되어서 단순한 그리움의 차원을 넘어 소명감까지 반영된 것이다. 그것은 지극한 사모와 추수(追隨)의 결의를 통해서 부각된다. 득오는 죽지랑과의 만남을 갈망하며 그리워한다. 만남의 열망과 사모의 차원을 초월한 지절(志節)의 정신은 7~8구에 이르러 절정에 달한다. '과거 회상 → 현상 확인 → 미래를 위한 다짐'으로 연결되는 득오의 처절한 결의는 끝부분에 이르러 견고한 지절로 승화되면서 비장감을 자아낸다.

「모죽지랑가」의 가의는 몇 대목으로 크게 나눠 볼 수 있다. 지난봄을 그리며, 그 분과 함께 지내던 과거의 아름답던 옛 일을 회상한다. 그러나 랑(郎)과 함께 지내던 그 아름답던 일은 다 지나고 지금은 다만 홀로 울음과 시름만 남았다는 뜻, 과거와 현재의 시제적(時制的) 변이를 통해서 정적인 구조가 균형된 이동을 하고 있다. 다음, 생시에 그렇게도 나를 사랑해주시던, 이 몸을 이젠 더없이 조심해 나가면서 곱게 지내자는 뜻이다. 죽지랑을 곧 만나게 되리란 뜻이 강하게 나타나 있다. 랑(郎)에 대한 절대적인 생각, 랑(郎) 없는 현세의 생활이란 황폐한 쑥대밭에서 지나는 것과 다를 바가 없다. 결국 랑(郎)에 대한 그리운 마음이 과거와 현재, 미래를 통해 조화 있게 구성되면서 질서 정연하게 변이하고 있는 점이 이 시가의 훌륭한 기법이라 생각된다.[128]

그러므로 「모죽지랑가」는 무너져 가는 것을 붙들고, 시대적인 상황 여하에 연연하지 않는, '신의'라 할 수 있는 득오의 뜻과 정신이 배어 있는 노래라고 하겠다.

(2) 시대를 초월한 벗사귐: 「찬기파랑가」

「찬기파랑가(讚耆婆郎歌)」는 충담사가 지은 노래로 『삼국유사』 권제이(卷第二) '경덕왕(景德王) 충담사(忠談師) 표훈대덕(表訓大德)'조에 수록된

---

128) 최철, 『향가의 문학적 연구』, 새문社, 1998, 177쪽 참조.

향가이다. 그 작품이 지어진 내막을 소개하고 나서 작품을 논의하는 것이 또한 작품의 이해를 위해서 도움이 될 것이므로, 이제 여기서 그 내막을 기록한 원문의 번역문을 통해서 작품이 창작된 배경적 상황을 살펴보자면 다음과 같다.

대왕(大王[景德王])이 예(禮)를 갖추어 『도덕경(道德經)』 등을 받았다. 왕이 어국(御國)한 지 24년에 오악(五岳)과 삼산(三山)의 신(神) 등이 가끔 현신(現身)하여 대궐 뜨락에 모시더니, 3월 3일에 왕이 귀정문(歸正門) 누상(樓上)에 앉아 좌우(左右)에게 물었다. "누가 능히 도중(途中)에서 영복승(榮服僧) 한 사람을 얻어 오겠는가?"

마침 위의(威儀)가 선명하고 조촐한 한 대덕(大德)이 바람을 쏘이며 거니는 것이었다. 좌우(左右)가 바라보고 데려다가 보이었다. 王은 말했다. "내가 말한 영승(榮僧)이 아니로다." 왕은 그를 물리쳤다. 또 한 중이 가사(袈裟)를 입고, 앵통(櫻筒)을 지고, 남(南)으로부터 오는 것이었다. 왕이 기뻐하여 누상(樓上)으로 맞이하여 그 통(筒) 속을 보니, 다구(茶具)가 담겨 있을 뿐이었다. 왕은 물었다. "그대는 누구인고?" 중은 대답했다. "충담(忠談)'이라 하옵니다." "그럼, 어디로부터 돌아오는지?" 충담은 대답하였다. "승려들은 늘 중삼(重三)·중구(重九) 날을 중시(重視)하여 차(茶)를 달여서 남산(南山) 삼화령(三花嶺)에 있는 미륵세존(彌勒世尊)께 드린답니다. 오늘도 드리고 돌아오는 길이옵니다." 왕은 말하였다. "과인(寡人)에게도 한 그릇 차를 마실 연분(緣分)이 있을는지?" 충담이 곧 차를 달여 드렸는데, 그 차의 기미(氣味)가 이상하고, 다구(茶具) 속에 이상한 향기가 욱렬(郁烈)하였다. 왕은 또 물었다. "짐(朕)이 일찍이 들으니, '선사(禪師)가 지은 「찬기파랑사뇌가(讚耆婆郎詞腦歌)」가 그 뜻이 심히 높다' 하니, 과연 그러한지요?" 충담은 대답하였다. "그러하옵니다." 왕은 말했다. "그럼, 짐을 위하여

〈리안민가(理安民歌)〉를 지어 주시오." 충담은 곧 칙명(勅命)을 받들어 노래를 지어 바치었다. 왕이 아름답게 여겨 왕사에 봉(封)했으나, 충담은 굳이 사양하고 받지 않았다. 그 「안민가(安民歌)」는 이와 같았다.

　(…중략…)

　「찬기파랑가」는 다음과 같았다."129)

　　『삼국유사』에는 또한 위와 같은 기록의 뒷부분에 향찰 표기의 다음과 같은 「찬기파랑가」가 수록되는 것으로, 『삼국유사』'경덕왕 충담사 표훈대덕'조의 '충담사'조에 대한 기록이 여기서 끝난다. 따라서 필자는 그 향가의 원문과 아울러 다음과 같이 양주동·김완진 교수의 해독과 현대역 그리고 이가원(李家源) 교수의 현대역을 열거함으로써 작품 이해의 바탕을 삼고자 한다.

〈『삼국유사』의 원문〉

　　　〈양주동 해독〉　　　　　　〈김완진 해독〉

咽鳴爾處米열오이처미

　　　열치매　　　　　　　　늦겨곰 ㅂ라매

露曉邪隱月羅理노효사은월라리

　　　나토얀 드리　　　　　이슬 불간 드라리

白雲音逐于浮去隱安支下백운음축우부거은안지하

　　　힌구룸 조초 떠가는 안디하　힌 구룸 조초 떠간 언저례

沙是八陵隱汀理也中사시팔릉은정리야중

　　　새파른 나리여히　　　　몰이 가른 믈서리여히

_____

129) 李家源, 『三國遺事新譯』, 太學社, 1991, 128~131쪽 참조.

耆郞矣貌史是史藪邪기랑의모사시사수사

　　耆郞이 즈시 이슈라　　　　耆郞이 즈시올시 수프리야.

逸烏川理叱積惡尸일오천리질적오시

　　일로 나릿 지벽히　　　　　逸烏나릿 지벼긔

郞也持以支如賜烏隱랑야지이지여사오은

　　郞이 디니다샤온　　　　　郞이여 디니더시온

心未際叱心미제질 今逐內良齊혜축내랑제

　　ᄆᆞᄉᆞ미 ᄀᆞᆶ 좇누아져　　ᄆᆞᄉᆞ미 ᄀᆞᆺ슬 좇ᄂᆞ라져

阿耶아야 栢史叱枝次高支乎백사질지차고지호

　　아으 잣ㅅ가지 노파　　　　아야 자싯가지 노포

雪是毛冬乃乎尸花判也설시모동내호시화판아130)

　　서리 몯누올 花判이여　　　누니 모ᄃᆞᆯ 두폴 곳가리여

　〈현대역〉

'열치매/ 나타난 달이/

흰 구름 쫓아 떠가는 것 아닌가?'

'새파란 냇물에/ 기파랑의 모습이 있어라!/

이로부터 냇가 조약돌에/ 기파랑이 지니시던 '마음의 끝'을 쫓고파라'/

아, 잣 가지 드높아/ 서리를 모르올 화랑장이여!

(양주동)131)

(구름을) 열어 젖히매/ 나타난 달이/

130) 忠談師, 「讚耆婆郞歌」: 『三國遺事』 卷第二 '景德王 忠談師 表訓大德'條 참조.
131) 梁柱東, 『增訂 古歌研究』, 一潮閣, 1965, 318쪽 참조.

흰구름을 따라 (서쪽으로) 떠 가는 것이 아니냐?/

새파란 냇가에/ 기랑의 모습이 있구나!/

이로부터 냇가 조약에/ 낭이 지니시던 마음의 끝을 따르련다./

아아, 잣가지 높아/ 서리를 모를 화랑이시여!

(김완진)[132]

우러러 보니,/ 이슬 내린 새벽 달은,/

흰 구름 좇아 떠나지는 않아./

새파란 물속에,/ 기랑의 모습이 있고나./

일오천 벼랑에,/ 남아 지녀야 할,/ 마음의 갓을 좇으려 하노라./

아야,/ 잣나무 가지 높아서,/ 눈 모르는 꽃이여.

(이가원)[133]

위의 「찬기파랑가」는 신라 경덕왕 때 충담사가 지은 추모·예찬·서
정적인 10구체로 된 향가로서, '한 인물에의 찬가이며 서정시로서의
성격을 보다 짙게 나타낸 시'[134]로 볼 수 있다. 현전하는 향가 가운데
유독 '사뇌가(詞腦歌)'라는 말이 붙어서 '찬기파랑사뇌가(讚耆婆郞詞腦歌)'
라는 명칭으로 전한다. 박철희(朴喆熙) 교수의 견해에 의하면 「찬기파
랑가」는 자설미(自說美)와 타설미(他說美)를 합일하는 경지, 사실상 주객
의 대립을 넘어선 종교적 경험의 세계라는 점에서, 향가 가운데 가장
아름답고 감동적인 시의 하나[135]이며, 내적 경험을 통한 자기발견에

---

132) 金完鎭, 『鄕歌解讀法研究』, 서울대학교 出版部, 1991, 178쪽 참조.

133) 李家源, 『三國遺事新譯』, 太學社, 1991, 131쪽 참조.

134) 李在銑, 「新羅鄕歌의 語法과 修辭」, 129~130쪽 참조.

135) 朴喆熙, 『韓國詩史研究』, 一潮閣, 1984, 135쪽 참조.

서 얻는 순수한 정서의 뭉치136)인 것이다.

「찬기파랑가」는 한 인물을 찬미한 영웅시가(英雄詩歌)와 동궤(同軌)로서 종교적인 의식가(儀式歌)의 속박을 벗어난 서정가요로서의 면모를 내포하고 있으며, 기파랑의 생전보다는 사후의 그 인물됨을 찬양한 점이 독특하다. 최철(崔喆) 교수는 「찬기파랑가」에서 기파랑에 대한 배경설화를 "「찬기파랑가」는 장래 출생할 왕세자를 위한 발원이며, 그 대상을 기파랑의 인격에다 견주었다"137)라고 하여 앞으로 출생하게 될 왕자를 축원하는 뜻에서 기파랑의 인격 높은 찬가를 앞세웠던 것이다.

이 노래는 기파랑이 화랑으로서 평소에 지녔던 고매한 인품을 추모하여 부른 노래로 숭고미가 잘 표현되어 있다. 직접 언급하지 않고 자연물인 달과의 문답의 형식을 취하고 있으며, 정신적인 의미가 자연물(냇물, 조약돌, 잣가지)을 통해 표상되고 있다 곧 이 노래는 달과의 문답을 통하여 기파랑의 인품을 찬양한 작품이다. 흰색과 푸른색의 대조를 통하여 기파랑의 인품을 표상하고 있다. 새파란 내와 달과 조약돌의 흰색이 이루는 대조, 서리가 내린 땅과 푸른색의 잣나무가 그것이다. 공간적으로도 수평적인 것들인 구름, 시내, 냇가, 지상 등과 수직적인 달, 시내 속의 달, 마음의 끝, 잣나무 등 주술성이나 종교적 색채가 없는 순수한 서정시이다. 수평적인 시선과 수직적인 시선이 교차되고 있으며, 영원한 것과 찰나적인 것, 정신적인 것과 물질적인 것이 흰색과 푸른색의 대조를 통하여 잘 드러나고 있다. 이 시가 지니고 있는 상징성은 기파랑의 인물됨을 월(月)·강(江)·석(石)·백(栢)·화(花)

---

136) 朴喆熙, 『韓國詩史硏究』, 140쪽 참조.

137) 崔喆, 「讚耆婆郎歌 說話考」, 『新羅歌謠硏究』, 정음문화사, 1983, 382~393쪽 참조.

로 견주어 기파랑의 인격과 됨됨이를 평가했으며, 달과 구름, 강물과 조약돌, 잣나무와 서리의 대립적 구조에 의해 기파랑의 기상과 성격의 면모를 살펴볼 수 있는 것이다. 즉, 강물 속에 반사되어 나타난 기파랑의 모습은 흰구름을 헤치며 나타난 기파랑과 서로 짝지어진 것으로 '반사경(反射鏡)'의 구실을 하고 있다. '잣나무'는 불변하는 구원성(久遠性)을 표현한 것이며, 더욱 효과를 높이기 위해 '서리'라는 매체를 등장시켜 그의 굳건하고 힘센 모습과 생명의 영원성을 암시적으로 표현한 것이다.

'달'은 모든 사람들이 우러러보는 존재로 '광명' 혹은 '염원'을 상징한다. 달은 서정적 자아가 바라보는 광명의 달이며, 그를 통하여 기파랑의 고결한 자태를 그려볼 수 있는 존재이다. 여기서 달은 지상과 천상의 인도자로서 영원성을 지니고 있으며, 흰구름을 헤치고 나타난 달은 조촐하고 청초한 기파랑의 품성을 나타낸 것이라고 하겠다. 또한 달을 기파랑, 구름은 기파랑을 따르는 무리로 해석되기도 한다.

'새파른 나리여히/ 기랑이 즈싀 이슈라'는 냇물에 비친 달이 기파랑의 모습처럼 아름답다는 의미이며, 여기서 '나리'는 기파랑의 인품을 상징한다.

'일로 나릿 직벽히/ 랑(郎)이 디니다샤온/ ᄆᆞᅀᆞᄆᆡ ᄀᆞᇂ흘 좇누아져'는 이로부터 냇물의 조약돌에 깃들인 것과 같은 기파랑의 원만한 인품의 한구석이나마 따르고 싶구나. 달이 작자에게 답하는 형식을 취한 '답사'로서, 작자가 기파랑을 사모하는 정(情)을 간접적으로 암시하고 있다. 여기서 '냇물'과 '조약돌'은 기파랑의 원만한 인품을, '마음의 끝'은 기파랑의 훌륭한 인품을 비유한 말이다.

'아으 잣ㅅ가지 노파/ 서리 몯누올 화반(花判)이여'는 높은 이상과 굳은 절개로 어떠한 시련이나 유혹도 물리치실 화랑의 우두머리여.

작자의 '독백'인 결사 부분으로 신라의 이상적인 남성상인 기파랑의 인격을 잣나무에 비유하여 그의 정신적 숭고함을 찬양하고 있다. '잣가지'는 기파랑의 고매한 인품을, '서리'는 고난과 역경을 각각 은유하는 말이다.

왜 그 같은 명칭이 붙여지게 되었는가 생각해보면 이 노래야말로 사뇌가의 전형적인 사뇌가가 갖추어야 할 높은 뜻을 가장 잘 갖추고 있기 때문인 것으로 짐작해 볼 수 있다. 앞에서 파악한 작품의 구조 이외에 수사, 이미지 등 기법면에서의 우수성이나, 내용면에서 이 작품이 숭고와 비장을 함께 보여준다고 하는 것과 관련하여 생각을 심화시킬 수 있다.

이 노래는 신라의 이상적인 남성상인 기파랑의 인격과 화랑으로서 평소에 지녔던 고매한 인품을 추모하여 부른 노래로 숭고미가 잘 표현되어 있으며, 한 인물을 찬미한 영웅시가와 동궤로서 종교적인 의식가의 속박을 벗어난 서정가요로서의 면모를 내포하고 있다. 곧 「찬기파랑가」는 『맹자』「만장」장의 맹자 말씀에 "천하의 좋은 선비를 벗하는 것으로도 족하지 못하다고 생각하여 또 옛사람을 거슬러 올라가 논한다."[138]라고 한 구절에 나타난 벗사귐의 논리에서와 같은 '우도'를 보여주고 있는 것이다.

3) 시조

한국의 국문시가 중 시조는 고려 말에 대두한 사대부를 중심으로 창안된 이래 유교적 이념을 담아 정제된 것이며, 이는 "타설적인 것과

---

138) 『孟子』「萬章」章. "以友天下之善士爲未足, 又尙論古之人." 앞의 각주 27) 참조.

자설적인 것으로 구별하되, 타설적인 것에는 「도산십이곡(陶山十二曲)」·
「고산구곡가(高山九曲歌)」·「오륜가(五倫歌)」 등을 들고, 자설적인 것에는
개인의 경험과 감성을 기저로 하는 송순(宋純)·황진이(黃眞伊)·윤선도(尹
善道)·정철(鄭澈) 등의 일부 작품을 제시"139)할 수 있다. 그런데 이와
같은 한국 국문시가의 여러 유형 가운데 '우도'와 '우도론'을 형상화한
고시조 작품들을 모두 고찰하자면, 그 작품 수140)가 헤아릴 수 없을
만큼 많기 때문에, 그것만으로도 하나의 큰 논제가 될 수 있을 것이다.
그러므로 여기서는 역대의 시조 작품 중 몇몇 작품 곧 정철·김상용·윤선
도·김창업·이정보·심두영 등의 작품을 논의함으로써 그 시조 작품들
에서 '우도'와 '우도론'이 어떻게 형상화되었는지를 살펴보고자 한다.

(1) 忠告而善道/ 以友輔仁: 정철, 「버지 무심(無心)탄 말이」

그러면 먼저 조선 전기에 중종대(中宗代)로부터 선조대(宣祖代)에 생
존했던 문인 송강 정철(鄭澈, 1536~1593)141)의 시조를 살펴보기로 한다.

---

139) 朴喆熙, 『韓國詩史研究』, 一潮閣, 1979, 38~55쪽 참조.

140) "시조(時調) 작품으로 현재 전하고 있는 작품은 총 4,750여 수인데, 이 가운데 작자를
    알 수 있는 것은 450명에 3,300여 수이며, 작자를 알 수 없는 것이 1,450여 수이다."
    卞鍾鉉 編著, 『註解 時調歌詞講讀』, 경남대학교 출판부, 1997, 9쪽 참조.

141) 호(號)는 송강(松江)이고 본관은 연일(延日)로, 이조 중기의 정치가이자 시인이다. 기대
    승·송순·김인후 등의 가르침을 받았으며, 돈녕부 판관 유심(惟沈)의 4남 2녀 중 막내로
    태어났다. 김인후로부터 배운 『大學』은 평생토록 수양의 귀감으로 삼았다. 임억령(林億
    齡)으로부터 시를 배웠으며, 27세의 나이에 문과에 장원급제했다. 성격이 너무 강경하여
    의견대립이 있을 때는 국왕의 앞이라도 가차 없이 공격하여 적이 많아졌고, 그의 강경함
    을 이용하려는 세력도 있었다. 1580년에 강원도 관찰사로 임명되자 『관동별곡』을 지었으
    며, 그 이후 『사미인곡』, 『속미인곡』, 『성산별곡』 등의 장가와 수많은 단가가 창작되었다.
    평생을 청직(淸直)으로 일관한 정철은 58세로 생애를 마쳤다.

남으로 삼긴 중에 벗같이 유신하랴.

나의 왼 일을 다 이르려 하노매라.

이 몸이 벗님곳 아니면 사람됨이 쉬울까.

위의 시조에서 초장에 나타난 뜻은, 혈연 관계가 아닌 친구 사이가 남남으로 태어난 사람들 가운데에서 어쩌면 그리도 유신(有信)한가 하여, 친구 관계에 서로 마음속에 간직한 정(情)이 많다는 것을 스스로 깊이 감탄하여 의심하지 않는다는 의미이다.

위의 시조 중장에 나타난 뜻은, 친구가 내 자신의 허물을 하나도 남김없이 지적하여 진실되게 충고하고 책망함으로써 나를 참된 길로 이끌어 준다는 점에서 그 우정의 소중함을 마음속에 깊이 느끼게 한다는 것으로, 『논어』「안연」편에서 공자의 제자 자공이 '벗사귐'을 물은 데 대한 공자의 가르침 곧 '忠告而善道之충고이선도지'142)하는 것이 친구 간의 도리라는 '우도'에 관한 가르침의 뜻을 취해 온 것이라고 하겠다.

위의 시조 종장에 나타난 뜻은, 그와 같이 진실되게 일러주는 벗의 도움에 의하여 내 자신이 인(仁)을 보필해 나감으로써 내가 한층 더 참된 사람으로 존립할 수 있다는 것으로, 『논어』「안연」편에서 "군자는 글[글공부]로써 벗을 모으고, 벗으로써 〈자기의〉 인(仁)을 도와 나가느니라."143)고 한 증자 말씀에 나타난 '우도론'의 뜻을 취하여 형상화한 것이다.

위의 정송강(鄭松江)의 작품에서와 같이 시조에서 또한, 흔히 『논어』

---

142) 앞의 각주 20)에 대한 본문 참조.

143) 『論語』「顏淵」篇. "君子, 以文會友, 以友輔仁." 앞의 각주 21)에 대한 본문 참조.

와 같은 경서 구절에 나타난 '우도'와 '우도론'의 의미를 시적으로 형상화한 작품이 적지 않으며, 그 '우도'와 '우도론'의 의미를 형상화하되 다만 어려운 한문 구절 그대로를 표현해내지는 않고 누구나 이해하기에 용이(容易)한 우리말로 풀어서 형상화했음을 쉽게 확인할 수 있다. 다음에 살펴보고자 하는 시조 또한 그 예외는 아닐 것이다.

다음으로는 조선 후기에 작자미상인 「버지 무심(無心)탄 말이」의 시조를 살펴보기로 한다.

> 버지 무심(無心)탄 말이 아마도 허랑(虛浪)ᄒ다
> 보면 반갑고 못 보면 그리워라
> 세상(世上)이 덧 업스니 홈긔 노ᄌ ᄒ노라.

위의 시조 초장에서는, '버지'는 벗이의 뜻인데, '벋이〉버지'에서 구개음화된 음운현상을 볼 수 있으며, 진정한 벗이 무심하다는 말은 허황된 말이라고 강한 부정의 의미를 제시하고 있으며, 중장에서는 진실한 붕우는 반갑고 그리운 것이라는 표현으로 초장의 내용을 역설적으로 부각시켜주고 있다. 종장에서 부질없는 세상을 살아가다 보면 가장 절실하게 필요한 것이 진정한 친구와 함께 하는 것임을 강조하고 있다. 위 시조는 진실한 마음과 덕으로써 도의지교(道義之交)의 사귐을 표현하면서 '이우보인(以友輔仁)'의 '우도'를 제시하고 있다.

(2) 시대·신분·지위를 초월한 우도: 임제·황진이·신정하

조선 중기에 생존했던 문인 임제(林悌, 1549~1587)[144]의 시조를 살펴보기로 하자.

청초 우거진 골에 자는다 누웠는다

홍안(紅顔)은 어디두고 백골만 묻혔는다.

잔잡아 권할 이 없으니 그를 슬허 하노라.

위의 시조는 풀이하면, 푸른 풀이 우거진 무덤 속에서 자고 있느냐? 누워 있느냐? 젊고 예쁜 얼굴은 어디 두고 백골만 묻혔느냐? 잔을 잡았지만 권할 사람이 없으니 그것을 매우 슬퍼한다는 내용이다. 임제가 평안도사로 부임하는 길에 송순의 잔치자리에서 만난 일이 있는 황진이를 찾아갔으나 그녀는 이미 이 세상 사람이 아니었다. 그래서 그는 황진이의 무덤을 찾아갔다. 지난날의 아름답던 자태나 고운 목소리는 간 데 없고 잡초 우거진 무덤만 덩그러니 있을 뿐이었다. 그래서 술 한 잔을 따라 들고 이 시조를 불렀던 것이다. 나중에 이 일로 양반의 체통을 떨어뜨렸다 하여 임제는 벼슬길에서 파직되었다. 위의 시조는 임제가 황진이에 대한 '신분과 지위를 초월한 벗사귐'을 형상화한 작품이다.

다음으로는 조선 중기 중종 때의 명기로 본명은 진(眞)이고 일명 진랑(眞娘)이라 하였으며, 기명(妓名)이 명월(明月)인 황진이(黃眞伊)의 시조를 살펴보기로 한다.

---

144) 호(號)는 백호(白湖)이고 본관은 나주(羅州)이며 절도사 임진(林晉)의 장남이다. 지나치게 자유분방하여 20세가 넘어 대곡(大谷) 성운(成運)을 스승으로 모셨다. 그로부터 3년간 학업을 정진하여 『중용(中庸)』을 800번이나 읽었다는 일화가 있다. 벼슬에 대한 환멸과 절망, 울분과 실의가 가슴속에 사무쳐 10년간의 관직생활은 아무런 의미가 없었다. 어우야담(於于野談)에 평양기생과의 로맨스는 백미라 할 수 있다. 林悌는 자유분방한 천재 시인이었다. 가보지 않은 명승지가 없고 이름 있는 기생으로서 그를 모르는 여자가 없었다. 존경해 마지않던 그의 스승 성운(成運)이 세상을 떠난 이래 知己가 끊어지고 이리저리 방황하다 39세를 일기로 떠났다. 『수성지(愁城誌)』 등 3편의 한문소설(漢文小說)과 『임백호집』 4권이 있다.

산은 옛 산이로되 물은 옛 물이 아니로다.

주야(晝夜)에 흐르니 옛 물이 있을 소냐

인걸(人傑)도 물과 같도다 가고 아니 오노매라.

위의 시조를 풀이하면, 산은 예나 지금이나 다름없는 그 산이지만
물은 옛날 그대로의 물이 아니로다. 밤낮으로 쉬지 않고 흘러가고
있으니 옛 물이 그대로 있겠는가. 훌륭한 사람도 저 물과 같아서 한번
가고는 다시 돌아오지를 못하는 것을 안타깝게 여기는 내용이다.

위의 시조는 지은이의 스승이었던 서경덕(徐敬德)의 죽음을 애도하여
지은 것이라고 한다. 그녀는 언제나 변함없는 감정의 실을 뽑아내는
사랑의 직녀였지만, 그녀를 쫓아다니는 숱한 남성(물)은 물처럼 밤낮으
로 바뀌면서 흘러가니 그 물이 어찌 옛적에 만났던 그 물일 수 있겠는
가? 결국 인간도 물처럼 아무리 뛰어난 존재라 하더라도 한번 영원의
세계로 떠나면 돌아올 수 없는 법이라는 것을 나타내고 있는 것이다.
곧 종장에서 뛰어난 임(서경덕)을 그리워하며 또한 인간의 덧없음을
노래하고 있다. 이는 『맹자』 「만장」장에 있는 맹자의 말씀 "不挾長불협장,
不挾貴불협귀, 不挾兄弟而友불협형제이우, 友也者우야자, 友其德也우기덕야, 不可以有
挾也불가이유협야."[145]와 같이 '우도'가 어떤 세력을 끼고 으스대면서 협세
(挾勢, 남의 위세를 믿고 의지하는 것)하는 일이 없이 인격적으로 대등한 관계
에서 벗을 사귀는 것을 의미하며, 진정한 '우도'란 상대방의 지위 고하
나 빈부 등을 따지는 이해관계를 떠나서 그 사귀고자 하는 사람의
덕을 벗삼는 것을 의미한다는 것을 알 수 있다.

위의 시조는 임제 → 황진이, 황진이 → 서경덕에 대한 태도는 '시

---

145) 『孟子』 「萬章」章 '友德'章 참조.

대·신분·지위를 추월한 진정한 우도를 형상화한 것이다.

다음으로는 조선 후기의 문신이며, 본관은 평산(平山), 호(號)가 서암(恕菴)인 신정하(申靖夏, 1680~1715)의 시조를 살펴보기로 한다.

간사한 박파주야 죽으라 설워마라.

삼백년 강상(綱常)을 네혼자 붙들거다.

우리의 성군불원복(聖君不遠復)이 네 죽긴가 하노라.

위의 시조는, 인현왕후 민비를 폐출하는 것을 옳지 않다고 박파주(朴坡州)[朴泰輔가 파주목사를 지냈기에 그렇게 부름]가 숙종 임금께 간하다가 고문에 죽은 박태보여 죽음을 서러워하지 마라. 그대의 죽음이 300년 강상을 그대 혼자서 붙들어 지킨 것이나 다름없다. 우리 성군 숙종께서 얼마 아니 가서 복원시킨 것은 그대가 죽었기 때문이라는 내용으로 되어 있다. 위의 시조는 의분강개(義憤慷慨)하는 젊은 선비 박태보의 죽음에 의한 강직한 충절을 찬양한 시조이다. 이는 「조굴원부」에서 작자 가의가 임금과 나라에 충성을 다하다가 귀양을 가서 멱라수에 빠져 죽은 초나라 충신 굴원의 덕을 시대를 초월하여 사모하는 마음을 형상화한 것에서 공통점을 찾아볼 수 있다.

(3) 信義之交: 김상용

조선 중기에 명종대(明宗代)로부터 인조대(仁祖代)에 생존했던 문인 김상용(金尙容, 1561~1637)의 시조 또한 『논어』와 같은 경서에 나타난 '우도론'을 형상화한 작품의 하나이다.

벗을 사귀오되 처음에 삼가하여

날도곤 나은 이로 가리어 사귀어라.

종시(終始)히 신의를 지키어 구이경지(久而敬之)하여라.

　위의 시조는 '우도'를 형상화한 작품이다. 그 초장과 중장에 나타난
뜻은, 벗사귐을 삼가 하여 벗을 사귀되 자기 자신보다 나은 사람을
가려서 사귀어야 한다는 것이다.『논어』「술이」편의 공자 말씀에 "세
사람이 가는 데에 반드시 나의 스승이 있기 마련이니, 그 착한 자를
가려서 따르고, 그 착하지 못한 자를 가려서 고치느니라."146)고 하였
다. 위의 말씀에서 '세 사람이 간다'는 것은 내 자신과 나보다 낫거나
못한 자와 더불어 사귀거나 살아가는 경우를 말한 것이다. 그리고
"그 착한 자를 가려서 따르고, 그 착하지 못한 자를 가려서 고친다."고
한 것은, 벗을 사귀되 그 착한 자나 착한 행실을 가려서 나도 그와
같아지도록 노력하고, 그 착하지 못한 자나 착하지 못한 행실을 가려
서 나에게도 그런 점은 없는지 돌이켜서 내 자신의 그런 점을 즉시
고쳐 나가도록 노력해야 한다는 뜻이다. 그리고 또한『논어』「이인」편
의 공자 말씀에 "어진 이를 보거든 같아질 것을 생각하고, 어질지
못한 이를 보거든 마음속으로 스스로를 살피느니라."147)고 하였는데,
이 말씀 또한 위에서 인용한『논어』「술이」편의 공자 말씀과 같은
뜻으로 이해될 수 있는 '우도'를 제시한 말씀이다. 위의 김상용의 시조
에서 초장·중장에 나타난 뜻은 바로 그『논어』구절들에 나타난 '우도'
와 '우도론'을 쉬운 말로 형상화한 것이라고 하겠다.

---

146)『論語』「述而」篇 '三人'章. "三人行, 必有我師焉, 擇其善者而從之, 其不善者而改之."
147)『論語』「里仁」篇 '思齊'章. "見賢, 思齊焉, 見不賢, 而內自省也."

위의 시조 종장에 나타난 뜻은, 벗사귐을 하되 오래 사귈수록 더욱
더 상대방을 공경할 줄 알아야 한다는 것이다.『논어』「공야장」편의
공자 말씀에 "안평중(晏平仲)[晏嬰]은 남과 더불어 잘도 사귀도다. 오래
사귈수록 공경할 줄 아는구나."[148]라고 하였는데, 이 말씀은 제(齊)나
라의 대부(大夫) '안영'이라는 사람이 사람을 사귀되 오래 사귀면서도
공경심을 잃지 않고 더욱 더 공경하는 자세를 지닐 수 있었던 것을
예찬한 것이다. 사람은 사귀는 것이 오래면, 흔히 공경심이 쇠(衰)하기
마련이니, 오랠수록 능히 공경할 줄 안다는 것이 바로 사람을 잘 사귀
는 '교우(交友)'의 방법이라고 할 것이다. 위의 시조 종장은 바로 그와
같은 뜻의 '우도'를 형상화한 것이라고 하겠다.

**(4) 托自然物의 우도: 윤선도, 윤순, 「객리(客裡)의 벗지 업셔」, 「봉
두(峰頭)에 소사난 다리」, 「황금눈(黃金嫩) 핀 연후에」**

다음으로는 조선 중기에 선조대(宣祖代)로부터 현종대(顯宗代)에 생존
했던 문인 고산 윤선도(尹善道, 1587~1671)[149]의 시조「오우가(五友歌)」의
한 수를 살펴보기로 한다.

내 벗이 몇이냐 하니 수석(水石)과 송죽(松竹)이라.

---

148)『論語』「公冶長」篇 '善交'章. "晏平仲, 善與人交, 久而敬之."
149) 호(號)는 고산(孤山)이고 본관은 해남(海南)이며, 예빈시 부정(副正) 유심(唯心)의 아들로
　　태어났으나 관찰사를 지낸 백부(伯父) 유기(唯幾)에게 입양되었다. 당시 금서(禁書)였던
　　『소학(小學)』을 읽고 크게 감명을 받아 평생의 좌우명으로 삼았다. 아버지에게 수학한
　　외에 독학으로 일가를 이루었다. 26세에 진사시에 장원급제하여 성균관 유생으로 시작하
　　여 파란만장한 삶을 거치게 된다. 그는 20여 년의 유배생활과 19년의 은거 생활을 하였다.
　　그의 문집『고산선생유고』에 한 시문과 35수의 시조(時調), 40수의 단가(短歌)가 실려
　　있다. 정철(鄭澈), 박인로(朴仁老)와 함께 조선시대 3대 가인(歌人)으로 불려진다.

동산에 달 오르니 그 더욱 반갑고야.

두어라 이 다섯밖에 또 더하여 무엇하리.

위의 시조 「오우가」는 윤선도의 작품 산중신곡(山中新曲) 18수 가운데 있는 것으로 그의 문학적 황금기라 할 수 있는 50대 후반에 향리인 해남(海南) 금쇄동(金鎖洞)에 은거해 있을 때 지은 것이다. 여기서 '오우(五友)'란 자연물 가운데 '수(水)·석(石)·송(松)·죽(竹)·월(月)'로서 서시를 포함하여 6연으로 이루어졌으며 쉬운 우리말의 장점을 살려 한국의 자연미를 노래하고 작자의 자연애와 관조의 경지를 나타낸 것이다. 위의 시조에서 작자는 그 자연물 다섯 가지만을 오로지 벗삼고 그밖에는 더 이상 친구도 없다는 뜻을 나타내고자 한 것은 아닐 것이다. 작자에게는 그 자연물 외에도 물론 깊은 우정을 나누는 친구들이 있을 것이다. 그러나 작자는 그 친한 친구들처럼 위의 다섯 가지 사물을 통해서도 깊은 우정을 느끼지 않을 수 없다는 뜻을 위의 작품을 통해서 나타내고자 한 것임을 이해하여, 이제 우리는 위의 시조를 제대로 감상하기 위해서는 그 까닭이 무엇인가에 유념할 필요가 있을 것이다.

위의 시조에서 노래된 자연물들은 서로 조금씩 다르기는 해도 변치 않는 모습을 보여주는 사물이라는 의미의 일정한 이미지와 상징성을 지닌 것들이다. 이제 조금씩 다르면서도 상통하는 점이 있는 그 사물들의 특징을 생각해 보자.

'물'은 유동적이다. 따라서 생동감 있는 동적인 느낌을 준다. 그리고 그 주야로 그치지 않고 흐르는 모습에서 끊임없이 지칠 줄 모르고 스스로 힘써 해 나가는 삶과 학문의 자세 곧 '자강불식(自彊不息)'150)하

---

150) 『周易』 '乾'卦 참조.

는 자세를 배울 수 있다. 그러기에 『논어』「자한」편을 참고하자면, 공자도 냇가에서 흐르는 물을 가리키며 이르기를, "가는 것이 저와 같은 저. 밤낮을 그치지 않도다."151)라고 하여, 흘러가고 흘러오는 물이 끊임없이 이어지는 데서 한 순간도 그침이 없는 본연의 도체를 찾을 수 있듯이, 배우는 자가 때때로 성찰하여 털끝만큼도 사이 뜨거나 끊어짐이 없는 자세를 유지할 수 있기를 바랐던 것이다.

'돌'에서도 우리는 굳고 단단하며 변함없는 모습을 발견할 수 있다. 그리고 '송죽(松竹)'을 통해서도 또한 변함없는 모습을 발견할 수 있다. 『논어』「자한」편의 공자 말씀에 "해가 차가워진 연후에 소나무와 백송(白松)이 뒤늦게 시드는 줄을 아느니라."152)는 말씀이 있다. 모든 초목이 춘하절에는 어느 것이나 푸르름을 자랑하다가 계절이 바뀌어 추운 절기가 되면 대개 모두 시들고 잎이 진다. 그 추운 절기에는 송백(松柏)이라고 하여 시들지 않는 것이 아니라 다만 뒤늦게 시들며 좀처럼 시들지 않는다. 그와 같은 자연의 모습에서 우리는 고난과 시련을 통해 어지러운 세상이나 어려운 조건을 지켜본 연후에야 참된 선비의 절의와 지조를 알아 볼 수 있다는 교훈을 얻을 수 있는 것이다. 공자는 그와 같은 뜻의 가르침을 내리기 위하여 위의 말씀을 하게 되었던 것이다. '대나무' 또한 '사군자'의 하나로 일컬어지는 변함없는 초목이다. 곧고 늘 푸르며 속이 비어 있고 마디가 있다. 곧고 늘 푸른 것은 '지조'를 상징하며, 속이 비어 있는 것은 '허심탄회'하여 무엇이든지 용납할 만한 기개와 도량을 상징하며, 마디가 있는 것은 '한계'와 '분수'를 지킬 줄 안다는 것을 상징한다. 그와 같은 의미에서 선비들이

---

151) 『論語』「子罕」篇 '川上'章. "逝者, 如斯夫, 不舍晝夜."
152) 『論語』「子罕」篇 '歲寒'章. "歲寒然後, 知松柏之後彫也."

'사군자'의 하나인 대나무를 사랑하며 마음의 벗으로 삼는다.

'달'은, 차고 기울기는 해도, 또한 어둠을 밝혀주는 밝은 빛과 더불어 늘 변함없는 모습을 보여준다. 즐거운 시간에도 벗이 될 수 있고 외로울 때에도 벗이 될 수 있다. 따라서 선비들이 그 모습을 사랑하고 마음의 벗으로 삼는다.

위의 시조에서 작자는, 그와 같은 뜻을 마음속에 담고서, 그 다섯 가지 사물로써도 족히 마음의 벗을 삼을 만하다는 생각을 표현해내고자 한 것이다.

다음으로는 조선 후기에 생존했던 윤순(尹淳, 1680~1741)[153]의 시조를 살펴보기로 한다.

> 내집이 백학산중 날 찾을이 뉘있으리
> 입아실자(入我室者) 청풍이오 대아음자(對我飲者) 명월이라
> 정반(庭畔)에 학(鶴)우 배회하니 긔 벗인가 하노라.

위의 시조를 풀이하면, 내 집은 백학산의 깊은 곳이니, 나를 찾아올 사람이 누가 있으리요. 다만 나를 찾아 방으로 들어오는 것은 맑은 바람이며, 나와 함께 술을 마시는 것은 밝은 달이로다. 뜰 가운데 학이 오락가락 거닐고 있으니 그것이 나의 벗이라는 자연과의 친화적인 내용이다. 지은이가 청풍명월(淸風明月)과 학을 벗삼아 은거하는 심경을 노래한 것으로서 당시 선비의 은둔생활의 전형적인 모습을 표현하

---

153) 조선 후기의 문신이며 서화가(書畵家)로 본관은 해평(海平), 호는 백하(白下), 학음(鶴陰)이다. 임진왜란 때의 명신(名臣) 윤두수(尹斗壽)의 5대 손으로 숙종 38년에 진사시에 장원급제한 이후 이조참판, 대제학 등의 관직을 두루 지냈다. 시문은 물론 산수, 인물, 화조 등의 그림도 잘하였으며, 특히 조선후기를 대표하는 글씨의 대가이다. 저서에 『백하집』이 전한다.

고 있다. 자연과의 친화적인 '우도'를 형상화한 작품이다.

다음으로는 조선 후기에 작자미상인 「객리(客裡)의 벗지 업셔」의 시조를 살펴보기로 한다.

객리(客裡)의 벗지 업셔 죠혼 술도 맛시 업다
낙대을 두려 메고 강호(江湖)로 노려가니
저 백구(白鷗)야 놀나지 마라 너와 함긔 놀가 ᄒ노매라.

위의 시조 초장에서는, '객리'는 '객창(客窓)'을 말하며, '벗지'와 '맛시'는 '벗이'와 '맛이'의 혼철형(混綴形)으로써 외롭고 쓸쓸한 객지에서 친구가 없으면 좋은 술도 그 맛을 모른다고 했으며, 중·종장에서 진정한 친구가 없어 낚싯대[낙대]를 어깨에 둘러메고 강호(江湖)로 내려가니 갈매기 떼를 만나게 되어 그 들과 함께 친구가 되고 싶은 정서를 나타낸 것이다. 위의 시조는 '우도'를 나누고 싶어도 나눌 수 없는 현실의 아픔을 '자연물 탁의(託意)'에 의한 '우도'를 형상화한 것이다.

다음으로는 조선 후기에 작자미상인 「봉두(峰頭)에 소사난 다리」의 시조를 살펴보기로 한다.

봉두(峰頭)에 소ᄉ난 다리 이 산중(山中)의 버지로다
구만리(九萬里) 장천(長天)의 사괼 줄도 업다마ᄂ
밤마다 자원방래(自遠方來)를 종시(終始) 업시 ᄒᄂ다.

위의 시조 초장에서는 산봉우리의 맨 꼭대기 위에 두둥실 떠오른 달이 산속의 유일한 벗이라고 감탄 어린 마음으로써 낭만적인 밤의 정취를 자아내고 있다. 중장에서는 구만리 장천의 아주 높은 곳에 위치한 달을 가깝게 사귈 수는 없지마는, 진정한 벗이라고 생각하는 달은 매일 밤 아주 먼 곳으로부터 하루도 빠짐없이 나를 찾아오고 있다는 내용으로서 자연물인 달과의 절실하고 진정어린 '우정'을 나타낸 것이다. 위의 시조는 달을 통하여 '자연물 탁의'에 의한 '우도'를 형상화한 것이다.

다음으로는 조선 후기에 작자미상인 「황금눈(黃金嫩) 핀 연후에」의 시조를 살펴보기로 한다.

> 황금눈(黃金嫩) 핀 연후에 매향(梅香)이 쓸듸 업다
> 운종용(雲從龍) 풍종호(風從虎)은 호사(豪士)의 지기(志氣)로다
> 류색(柳色)이 하 청청(靑靑)ᄒ니 닉 벗진가 ᄒ노라.

위의 시조에서는 '황금눈'은 황금빛의 고움이라는 의미로서 버들빛을 말한 것인데, 그 버드나무 잎이 활짝 피어난 후에는 그윽하게 풍기는 매화향기가 필요 없으며, 마음과 뜻이 서로 맞는 사람끼리 구하고 좇음〈운종룡(雲從龍) 풍종호(風從虎)〉은 덕이 큰 군자의 지기(志氣)라고 하는데, 버드나무 색깔이 푸르고 푸르러서 나와 뜻이 맞는 유일한 벗이라고 생각된다는 내용으로 되어 있다. 위 시조는 군자의 지기를 상징하는 버드나무의 푸른 색깔에 매료된 지은이의 "자연물에 의한 탁의(託意)"가 드러난 '우도'를 형상화한 것이다.

(5) 朋友有信/ 忠告而善道: 이간, 김천택

다음으로는 조선 후기에 생존했던 선조의 12째 아들 인흥군(仁興君)의 아들이고, 효종의 당숙이 되며, 왕실작가 중 가장 많은 총 30수의

시조 작품을 남긴 낭원군(朗原君) 이간(李偘, 1640~1699)의 시조를 살펴보기로 한다.

> 남으로 친한 사람 벗이라 일렀으니
> 유신 곳 아니하면 사귈 줄이 있을소냐
> 우리는 어진 벗 알아서 책선(責善)을 받아 보리라.

위의 시조를 풀이하면, 남[他人]으로서 친한 사람이 벗이라 말하였으니, 믿음이 앞서지 않으면 사귈 수가 있겠느냐? 우리는 어진 벗을 사귀어서 착한 일을 권하는 충고(忠告)를 받아 보겠다는 내용이다. 위시조는 오륜가로서 붕우유신(朋友有信)을 노래한 것이다. 친구사이에는 신의 곧 믿음과 의리가 있어야 한다는 것을 강조한 것이다. 『논어』 「안연」편에 공자의 제자 자공과 공자의 다음과 같은 문답에서 "子貢問友자공문우, 子曰자왈, 忠告而善道之충고이선도지, 不可則止불가칙지, 無自辱焉무자욕언."154)이라고 한 바와 같이, 진실되게 일러주어 책선(責善)하면서 착한길로 인도하는 것이 벗사귐의 기본자세이지만, 그와 같이 충고하여 책선하는데도 벗이 그 충고를 받아들일 자세가 안 되었을 때 끝까지 책선하려다가 서로간의 관계가 소원해져서 책선하는 자가 지나친 것처럼 오해됨으로써 스스로를 욕되게 하는 일이 없어야 한다는 뜻을 보여준 것이다. 또한 우정의 대표적인 말로 관중과 포숙아의 변함없는 우정의 고사를 인용한 관포지교(管鮑之交), 염파 장군이 인상여를 위해서는 목이 잘려도 좋다는 문경지교(刎頸之交), 물과 고기처럼 서로 떨어져 살 수 없다는 수어지교(水魚之交) 등의 옛말처럼 좋은 친구란

---

154) 『論語』 「顔淵」篇 '問友'章 참조.

자기의 잘못을 솔직하게 충고해주는 정직한 벗의 형태를 형상화한 작품이다.

다음으로는 조선 후기 영조 때에 활약했던 시조 작가 겸 가객으로 자는 백함(伯涵), 호는 남파(南坡)인 김천택(생몰년 미상)의 시조를 살펴보기로 한다.

주문(朱門)에 벗님네야 고거사(高車駟) 좋다마소.
토끼 죽은 후면 개마저 삶기느니
우리는 영욕을 모르니 두려운 일 없애라.

위의 시조를 풀이하면, 높은 집에서 사는 벗들이여, 높은 수레와 빨리 달리는 마차를 좋다고 하지 마오. 토끼를 잡은 뒤에는 개까지 삶음을 당한다는 것이오, 우리는 영화나 치욕 따위는 모르고 사는 사람이니 아무것도 두려운 것이 없다는 내용이다. 『사기』에 토끼를 잡은 다음에는 사냥개가 필요 없으므로 개를 잡아서 삶아 먹는다는 토사구팽(兎死狗烹)이 있는데, 작자는 이 말을 원용(援用)해서 벼슬하는 사람들을 경계한 것이다. 언제 버림을 받을지 모르는 환해풍파(宦海風波)이기 때문이다. 그러나 부귀영화와 관계가 없는 우리는 아무것도 걱정할 것이 없어서 벼슬하는 것보다 은둔 생활이 좋다는 것을 나타낸 것으로, 벼슬길에 오른 사람들에게 진정으로 일러주는 "충고이선도(忠告而善道)"를 형상화한 것이다.

(6) 知己之交: 김창업·박인로

다음으로는 조선 후기에 효종대(孝宗代)로부터 경종대(景宗代)에 생존했던 문인 노가재 김창업(金昌業, 1658~1722)의 시조를 살펴보기로 한다.

거문고 줄 꽂아 놓고 홀연히 잠을 든 제
시문(柴門) 견폐성(犬吠聲)에 반가운 벗 오는고야.
아이야 점심(點心)도 하려니와 탁주(濁酒) 먼저 내어라.

위의 시조에서 볼 수 있듯이, 옛 선비들은 음악을 좋아하기 때문에
거문고와 같은 악기를 사랑하고 또 연주할 줄도 알았으며 그 악기
연주를 통해서 음악을 무척 즐기기도 하였다. 『논어』 「태백」편의 공자
말씀에 "시에서 정서가 일으켜지며, 예(禮)에서 우뚝 서며, 음악에서
인격이 완성된다."[155]라고 하였다. 배우는 자가 처음 공부에 『시경』
시와 같은 시를 통해서 성정(性情)을 다스릴 수 있으며 '선을 좋아하고
악을 미워하는 마음[好善惡惡之心]'을 일으켜 참된 일을 능히 그만둘 수
없는 삶의 도(道)가 터득된다. 그리고 예(禮)는 공경하고 사양하고 겸손
해 하는 마음으로써 근본을 삼는 것이라서, 그 예에 젖은 삶과 행동을
하는 동안, 사람의 살과 피부가 모이는 곳과 힘줄과 뼈가 묶인 곳을
단단하게 해줄 수 있을 뿐만 아니라, 사람으로 하여금 능히 우뚝하게
스스로 존립하여 사물에 의해 흔들리거나 빼앗기지 않는 마음을 터득
할 수 있게 한다. 음악은 또한, 그 성음(聲音)과 채색(采色)으로 인하여
우리의 이목(耳目)을 길러주고, 가영(歌詠)하게 함으로써 우리의 성정을
길러주고, 무도(舞蹈)하게 함으로써 우리의 혈맥(血脈)을 길러준다. 따
라서 음악은 우리의 인격을 족히 완성시켜 줄 만한 것이다. 그와 같은
의미에서 옛 선비들은 시와 예와 음악을 존중하였다. 위의 시조의

---

155) 『論語』 「泰伯」篇 '興詩'章. "興於詩, 立於禮, 成於樂."

작자가 거문고를 즐기다가 잠이 들었다고 한 것 또한 그와 같은 관점에서 이해할 수 있을 것이다.

위의 시조의 중장에서 기다리던 '반가운 벗'이 찾아온다는 표현을 하면서도 작자는 '시문(柴門)' '견폐성(犬吠聲)'의 시어를 구사했는데, 그와 같은 시어를 사용함으로써 '벗사귐'을 노래하는 작품 전체의 의미의 중압감을 떨쳐 밝은 느낌을 주며, 그 '사립문'과 '개 짖는 소리'의 시각적이고도 청각적인 시어를 통한 공감각의 표현으로써 한가하고도 아늑한 시골 마을의 자연스런 정경을 아울러 표현해낸 작자의 시적 형상화의 기법이 탁월하다고 하겠다.

위의 시조 종장에서는 손님을 접대하기 위한 배려의 의미를 담은 시어 '점심(點心)'과 '탁주(濁酒)'가 등장한다. 옛 사람들은, 친구는 물론이요 반드시 친구가 아니라도 손님 접대에 극진했다. '봉제사접빈객(奉祭祀接賓客)'이 선인들의 생활의 태반(殆半)이었다고 해도 과언이 아니다. 따라서 그것은 옛 사람들의 생활에 있어서는 상식에 해당되는 일이었다. 그와 같은 관점에서 살펴볼 때, 작자가 위의 시조의 종장에서, 기다리던 벗을 위해 부르는 소리 "아이야 점심도 하려니와 탁주 먼저 내어라."라고 한 것은, 두터운 인정과 후한 인심 그리고 향토색 물씬 풍기는 시골 마을의 정취를 흠뻑 느낄 수 있게 한다는 점에서 깊은 매력을 던져 준다. 그리고 또한 그 종장으로써 마무리되는 위의 작품에서는, 그 오랜 친구와 세세하게 나눌 정담을 구태여 노골적으로 표현하지 않고 함축적으로 감추듯이 표현해낸 '언외지의(言外之意)'의 기법이 돋보인다고 하겠다.

다음으로는 조선 후기 명종대(明宗代)로부터 인조대(仁祖代)까지 생존했던 노계 박인로(1561~1642)[156]의 시조를 살펴보기로 한다.

흔 말도 업슨 바회 사귈 일도 업건만은

고모(古貌) 眞態(진태)를 벗 숨마 안즈시니

세상(世上)에 익자(益者) 삼우(三友)를 사귈 쭐 모르노라.

위의 시조 초장에서는, 말없이 묵묵히 자리잡고 있는 바위를 사귀
게 될 일도 없지마는, 오랜 세월과 모진 풍상(風霜)을 헤치고 우뚝 서있
는 바위의 고풍스런 참모습은 마치 성인군자로서의 풍모와 비슷하게
생각되어 가까이 앉아 있는 작자의 회포(懷抱)는 이 세상에 부러울 것
이 없다는 포만감을 나타내고 있다. 이어 종장에서는 작자의 주관적
인 감정을 토로하고 있는바, 『논어』「계씨」편에 있는 공자의 말씀에서
"공자가 말씀하시기를, "유익한 것이 세 가지 벗사귐이요, 곧은 사람
을 벗하며 진실된 사람을 벗하며 견문이 많은 사람을 벗하면 이로우
니라"."157)라고 했는데, 여기서 공자가 곧은 사람을 벗하면 이롭다고
한 까닭은, 그 곧은 사람이 '충고이선도지(忠告而善道之)'158)해준다든지
혹은 그 곧은 사람을 본받는다든지 하여 자기 몸이 바로잡힐 수 있기
때문이다. 그리고 진실된 사람을 벗하면 이롭다고 한 까닭은, 자기
몸을 정성된 데로 나아가게 할 수 있기 때문이라고 했다. 위의 시조에
서 곧고 진실된 사람이 바로 바위를 뜻하며 이러한 바위 위에 앉아
있는 작자의 심경이 자연물인 바위에 대한 '우도'를 은유적인 수법으
로 형상화하고 있는 것이다.

---

156) 조선 중기의 문인으로 임진왜란 때는 무인(武人)으로 활약했으며, 호는 노계(蘆溪)로서
어려서부터 시재(詩才)가 뛰어났다. 송강, 고산과 더불어 조선조 가사문학의 3대가로 불리
는 그는 진중(陣中)에서도 항상 필묵이 있었고, 시정(詩情)을 잃지 않았다. 82세를 일기로
세상을 떠났는데, 가사 9편, 시조 68수가 전해진다.

157) 『論語』「季氏」篇 "孔子曰 益者三友, 友直, 友諒, 友多聞, 益矣." 앞의 각주 38) 참조.

158) 앞의 각주 20)의 본문 참조. .

(7) 汎愛衆而親仁: 이정보, 「여보소 친구드라」

다음으로는 조선 후기에 숙종대(肅宗代)로부터 영조대(英祖代)에 생존했던 문인 삼주 이정보(李鼎輔, 1693~1766)[159]의 시조를 살펴보기로 한다.

벗 따라 벗 따라 가니 익은 벗에 선 벗 있다.
이 벗 저 벗 하니 어느 벗이 벗 아니리.
내 좋고 맛 좋은 벗은 내 벗인가 하노라.

위의 시조 초장에서는, '익은 벗'과 '선 벗'이라는 시어를 통해서, 의리의 길을 같이 하는 절친한 벗과 다소 절친하지 못한 벗에, 깊이 사귀는 정도를 달리 할 수 있다는 의미를 찾을 수 있다. 그리고 그 초장과 아울러 중장과 종장의 전편에서는, "널리 대중을 사랑하되, 어진 이를 가까이한다."[160]는 『논어』 구절의 공자 말씀과 "어이를 사모하고 대중을 포용한다"[161]는 『예기』 「유행(儒行)」편의 공자 말씀, 그리고 "흰 머리카락이 되도록 사귀어도 마치 처음 보는 새 사람 같고, 수레 덮개 기울이고서 잠깐 만나 봤어도 마치 오래 사귄 사람 같다네."[162]라고 한 『사기』 구절을 연상하게 한다. 위의 시조에서도 작자는 역대 유가의 경전(經傳: 聖經賢傳의 준말로, 경서와 그 해설책을 의미함)에 나타난

---

159) 조선 후기의 문신으로 본관은 연안(延安), 호는 삼주(三洲)이며, 호조참판 우신(雨臣)의 아들이다. 3세가 내리 대제학을 지낸 명문집안 출신이다. 영조 8년에 정시문과에 급제하여 벼슬길에 나갔다. 성품이 강직하고 소신껏 주어진 사명을 다하는 사람이었다. 항상 정의의 편에서 노력했으며, 관직생활 35년 동안 파란은 많았어도 판중추부사로 보국숭록대부(輔國崇祿大夫)까지 이르게 된다. 해동가요(海東歌謠)에 82수의 시조 작품을 남겼다.
160) 앞의 각주 16) 참조. "汎愛衆而親仁."
161) 앞의 각주 17) 참조. "慕賢而容衆."
162) 앞의 각주 128) 참조. "白頭如新, 傾蓋如故."

'우도'와 '우도론'을 시적으로 형상화하였다고 할 만하다.

다음으로는 조선 후기에 작자미상인 「여보소 친구드라」의 시조를 살펴보기로 한다.

여보소 친구(親舊)드라 나도 함게 놀라 가세
흉중(胸中)의 품은 셔름 더지고져 창해(滄海) 중의
친구(親舊)야 날 싱각거든 집피 집피 너허 주오.

위의 시조 초장에서는, 의리의 길을 같이 하는 절친한 벗들에게 자기 자신의 심정을 의탁하고 싶다는 표현이며, 가슴속 깊이 자리잡은 온갖 번민과 괴로움을 깊고 푸른 바다에 던져버리고 싶다는 절실한 심정을 도치법으로 토로하고 있다. 종장에서는 진실한 친구를 향해 현재의 자신의 마음을 친구들의 심중에 깊이깊이 넣고 싶다는 표현으로 되어 있다. 이는 "붕우지도(朋友之道)를 지극히 하지 못하면 인륜이 폐기(廢棄)되고 국가가 패망하고 천지가 멸망할 만큼 중차대하다"라는 '우도론'의 일면목을 술회한 것이다. 또한 초장과 아울러 중장과 종장의 전편에서는 "汎愛衆而親仁범애중이친인(널리 대중을 사랑하되, 어진 이를 가까이한다.)"163)이라는 『논어』 구절의 공자 말씀을 연상하게 한다.

(8) 道義之交/ 朋友之情/ 신의: 이세보, 안창후

다음으로는 조선 후기에 숙종대(肅宗代)로부터 영조대(英祖代)에 생존

---

163) 앞의 각주 16) 참조.

했던 문인 좌포 이세보(李世輔, 1693~1766)의 시조를 살펴보기로 한다.

> 동방 화촉야의 무정타는 임이 업고.
> 타향의 만난 붕우 안 반기는 스룸 업다.
> 그 중의 정 어렵기는 산게 야목.

위의 시조 초장에서는 '동방(洞房) 화촉야(華燭夜)'는 신랑이 첫날밤에 신부방에서 자는 일로써 정이 없는 낭군은 없으며, 중장은 먼 타향에서 만난 죽마고우에 대한 우정은 더욱 돈독하여 '우도'의 친밀감을 강조했으며, 종장에서는 성질이 거칠어서 말을 듣지 않는 사람 〈산계(山鷄) 야목(夜鶩)〉만큼은 붕우의 정을 느낄 수 없다는 내용으로 되어 있다. 이는 진정한 우정은 신혼 부부이상의 돈독한 정을 느낀다는 내용으로 "진정한 벗사귐은 이익으로써 하거나 면교(面交)로써 하는 것이 아니며, 마음으로써 하고 덕으로써 하는 도의지교(道義之敎)"를 뜻하는 것이다. 곧 위의 시조에서 작자는 '붕우'의 의미를 대비적인 상징을 통하여 형상화한 것이다.

> 꿈의 맛낫던 붕우 끼여 보니 허스로다
> 증험은 잇섯건만 쇼식이 돈년ᄒ다
> 아마도 무정 츈몽이 날 속인가.

위의 시조 역시 이세보 작품인데 그 내용은, 꿈속에서 만났던 붕우를 눈을 떠 보니 허사였기에, 꿈속에서 만났던 붕우와의 만남이 실지로 사실임을 증명할 수 있었건만 절실하게 그립고 보고싶은 친구로부터의 소식이 조금도 없다[頓然]. 이는 아마도 정이 없는 헛된 봄의 꿈[無

情 春夢]이 나[抒情的 自我]를 속였다는 내용으로서, 지은이의 간절한 '붕우지정'이 꿈[夢]을 매개로 하여 형상화하고 있다.

다음으로는 조선 후기에 안창후의 「두문(杜門)하면 벗이 업고」의 시조를 살펴보기로 한다.

> 두문(杜門)ᄒ면 벗이 업고 출입(出入)ᄒ면 실의(失宜)ᄒᄂᆡ
> 벗 업스면 기인(棄人)이요 실의(失宜)ᄒ면 망인(妄人)이다
> 츠랄히 기인(棄人)이 되연졍 망인(妄人)은 면(免)ᄒ오리라.

위의 시조 초장에서는, 문을 걸어 닫으면 벗을 사귈 수 없고 들고나면 실의하게 되는데, 만약 벗이 없다면 폐인(廢人)이 되고 옳음을 잃게 되면 허망한 사람이 되므로, 서정적 자아는 차라리 폐인되는 것은 감수할 수 있지만 허망한 사람이 되는 것만큼은 면하겠다는 각오를 나타낸 것이다. 이는 진실한 벗을 사귈 수 없어 버려진 사람이 될지언정 이익을 쫓아 이곳저곳을 기웃거려 신의 없는 벗사귐으로써 모든 것을 잃지는 않겠다는 지은이의 의지를 나타낸 것이다. 위의 시조는 신의는 인륜의 도를 바로 잡는 데 있어 근본이 되며, 진정한 벗사귐은 이익으로써 하거나 아첨하는 면교로써 하는 것이 아니며, 마음으로써 하고 덕으로써 하는 도의지교를 뜻하는 앞부분에서 언급한 '우도'와 '우도론'에 기인된다고 볼 수 있다.

(9) 진정한 벗사귐/ 德交: 김득연, 「공명(功名)과 부귀(富貴)를란」

다음으로는 조선 후기에 숙종대(肅宗代)로부터 영조대(英祖代)에 생존했던 문인 갈봉 김득연(1693~1766)의 시조를 살펴보기로 한다.

만권서(萬卷書)를 대(對)ᄒ아셔 천고(千古) 버들 싱각ᄒ니

천지간(天地間) 녀던 길히 일흉중(一胸中)에 다 오ᄂ다

진실로 녜 벗과 녜 길을 알면 아니 녜고 어제리오.

위의 시조 초장에서는, 수많은 서책을 마주 대했을 때 오래 시귄
친구를 생각하게 되고, 중장은 이 세상천지를 갔던 길이 가슴속에
꽈 차오는 감동을 느끼며, 종장에서는 이 세상천지를 같이 걸었던
진정한 붕우를 알게 되면 어찌할 수 없는 감동을 느낀다라는 내용으
로 '진정한 벗사귐'의 의미를 나타낸 것이다. 만권서에 담겨 있는 유익
한 사상과 이(利)로운 지식을 터득하듯이 가슴속에 담아 둘 수 있는
진실한 친구를 얻는 것은 그 이상의 벅찬 감동을 느낄 수 있음을 암시
적으로 나타내면서 '붕우'를 의리의 길을 같이 가는 '지동도합자(志同道
合者)'로 형상화한 것이다.

다음으로는 조선 후기에 작자 미상인 「공명(功名)과 부귀(富貴)를란」
의 시조를 살펴보기로 한다.

공명(功名)과 부귀(富貴)를란 세상(世上) 스람 다 맛기고

가다가 아모듸나 의산대해쳐(依山帶海處)의 명당(明堂)을 어디셔 오간
(五間) 팔작(八作)으로 황학루(黃鶴樓)맛치 집을 짓고

벗님늬 다리고 주야(晝夜)로 노니다가 압늬 물지거든 백주(白酒) 황계
(黃鷄)로 늬노리 가즈셰라.

위의 시조 초장에서는, '공명과 부귀'는 세상사람 모두에게 맡겨버
리고 나서, 빈 마음으로 아무 곳에나 있는 산을 두르고 바다를 끼고
있는 곳에 명당자리를 얻어 다섯 간이 되는 집 네 귀퉁이에 모두 추녀

를 달아 꾸며 황학루의 크기 정도로 지어 가장 가까운 벗과 함께 주야로 사귀면서 지내다가 앞에 있는 냇가의 물이 빠지면 백주 황계를 준비하여 냇가에서의 놀이를 갖고 싶다고 했다. 위의 시조는 집주의 '尹氏曰'에 "천자(天子)로부터 서인(庶人)에 이르기까지 벗을 필요로 하지 않고서 덕을 이룬 자가 아직 있지 않았다."[164]라고 한 것처럼 군신과 일반 백성 누구에게나 벗사귐의 도리는 매한가지라는 점에서 세속을 일탈한 순수하고 지순한 우정을 갖고 싶어 하는 작가의 심정이 잘 배어 있는 것이다.

(10) 以義合者/ 忠告而善道/ 白頭如新/ 傾蓋如故: 심두영

다음으로는 조선시대 연대 미상의 시조 시인 심두영(沈斗榮)의 시조를 살펴보기로 한다.

친구가 남이건만 어이 그리 유정(有情)한고.
만나면 정담(情談)이요 못 만나면 그리도다.
아마도 유정무정(有情無情)키는 사귈 탓인가.

위의 시조에서 초장에 나타난 뜻은, 친구 사이가 부모 형제와 같은 혈연관계가 아님에도 어쩌면 그렇게도 정이 많을 수 있는가를 항상 깊이 생각하지 않을 수 없게 한다는 뜻이다. 그것이 바로 뜻을 같이하고 의리의 길을 같이하는 붕우 간에 변함없이 오래도록 우정을 지속

---

164) 『論語』「季氏」篇 '三友'章에 대한 朱子의 集註. "尹氏曰, 自天子至於庶人, 未有不須友以成者.'

하는 '우도'를 보여주는 대목이라고 하겠으며, 또한 동시에 붕우는 '이의합자(以義合者)'라서 혈연관계가 아니면서도 뜻이 같고 길이 같을 경우에는 그 우정을 오래 지속할 수 있다는 논리 곧 '우도론'을 은근히 나타내서 문학적으로 형상화한 것이라고 하겠다.

위의 시조 중장에 나타난 뜻은, 친구 간에 만나서는 아름다운 장래를 기약하면서, 권선징악하는 마음으로 서로 착한 점을 칭송하여 미담을 나누기도 하고, 또는 '충고이선도지(忠告而善道之)'[165]하는 마음으로 진실되게 일러주기도 하고 힐책(詰責)하면서 바른 길로 인도하는 가운데 결국은 의리로 화합됨으로써 헤어지게 되면 다시 만날 날을 안타깝게 기다리면서 그리워한다는 뜻이다. 친구 간에 서로 충고하고 힐책하거나 참된 길을 의논하기 위해서 힐난할 때에는 얼굴을 붉히기도 하고 찌푸리기도 할 것이다. 그러다가 바른 길을 찾아 의기가 투합될 때에는 마침내 정겨운 담소를 나누게 될 것이다. 그와 같은 구체적인 상황들을 '정담'이라는 시어로 줄여서 형상화한 것이 위의 작품 중장이 보여주는 묘미의 하나라고 하겠다. 그리고 '못 만나면 그리도다'라는 표현에서도 우리는 또한 하나의 묘미를 느낄 수 있다. 사마천의 『사기』「노중련추양렬전(魯仲連鄒陽列傳)」 중 '추양렬전(鄒陽列傳)'에 기록된 속담 "白頭如新백두여신, 傾蓋如故경개여고."[166]라는 말이 있다. 서로 의리의 길을 같이하지 않는다면, 그와 같은 사람끼리는 전혀 뜻이 통하지 않아서 답답한 마음을 금할 수 없기에, 상대방이 비록 검은머리가 파뿌리가 되도록 오랜 날을 같이 지내 온 사이라고 하더라도, 생전에 처음 만나보는 낯선 사람과 같으며, 그와 반대로 길을 가다가

---

165) 앞의 각주 20)에 대한 본문 참조.
166) 司馬遷, 『史記』 卷八十三 「魯仲連鄒陽列傳」 참조.

우연히 처음 만나서 서로 수레 덮개를 기울이면서 겨우 한두 마디의 말을 주고받은 사이라고 하더라도, 헤어진 후에 그 참된 인품과 깊은 정을 오래도록 사귀어 온 사람처럼 두고두고 잊지 못한다는 뜻의 말이다. 위의 중장의 그 '못 만나면 그리도다'라는 표현은, 바로『사기』에 있는 그 구절의 뒷부분에서와 같이, 처음 보는 사람끼리도 그와 같은 정을 느낄 수 있거늘, 하물며 오래 사귀고 공경해 온 진정한 친구 사이에야 오죽하겠는가 하는 뜻을 형상화한 것이라고 하겠다.

위의 시조 종장에 나타난 뜻은, 친구 간에 진실되게 일러주면서 착한 길로 인도하고 의리의 길을 같이할 경우에는 한(恨) 없는 정(情)을 느낄 수 있으나, 이익을 따지거나 협세(挾勢)하거나 충고하는 말도 받아들여지지 않을 경우에는 진정한 친구가 되지 못하여 아무 정을 느낄 수 없는 사이가 되기 때문에, 그 모두가 스스로 참된 벗사귐의 도리를 다할 수 있는가 아닌가의 여부에 달려 있다는 의미를 나타낸 것이다. 따라서 위의 종장은 그와 같은 의미의 '우도론'을 설의법(設疑法)으로 함축되게 형상화한 것이라고 하겠다.

이와 같이 역대의 시조 작가들은 '우도'와 '우도론'을 형상화한 작품을 수없이 창작하였다. 그런데 그 형상화 방법은, 앞에서 논의한 퇴계·하서와 황종해의 한시 작품은 물론이요, 시조를 통해서도 그 모두가 역대 유가의 경전 등 고전에 나타난 '우도'와 '우도론'의 의미를 작자의 심경을 표출하는 시어를 곁들여서 함축되게 표현하고 작품 전체의 구조적인 완결성을 갖추는 작법으로 형상화하는 것이었다.

4) 민요

(1) 忠告而善道/ 의리의 벗사귐: 「어화 벗님네들이여」

어화 벗님네들이여/ 이내 말씀 들어 보소./

혼자 있기 적료하여/ 문 밖에 잠깐 나아가/

사면을 살펴보니/ 상종할 이 누구든고./

행화촌에 가는 사람/ 오라기는 하건마는/

이 사람을 상종하면/ 흉험지주 되오리라./

청루에 노는 소년들/ 함께 가자 하건마는/

이 소년들 상종하면/ 방탕하기 쉬우리라./

장기 바둑 두는 사람/ 한가한 듯하건마는/

허송세월 맹랑하다./ 그도 상종 못하리라./

다시금 살펴보아도/ 상종할 이 전혀 없네./

세월광풍 좋은 때에/ 삼척단금 옆에 끼고/

벌목시를 외우면서/ 어진 벗을 찾아가니/

형가 소리 나는 곳에/ 늑칠 관동 모두 있어/

읍향하고 맞아들여/ 은근히 하는 말이/

심덕으로 사귄 벗은/ 절절시시 일을 삼아/

모진 행실 경계하며/ 선한 일로 인도하고/

아첨하고 교만하면/ 할 것부터 멀리하고/

세상에 좋은 벗은/ 의벗밖에 다시 없네./

재물로 사귄 벗은/ 빈하면 절교되고/

권세로 사귄 벗은/ 미약하면 배반하되/

의의 친구 사귄 후론/ 가도록 친밀하여/

옳은 도리 점점 알고/ 어진 이름 돌아오니/
세상에 좋은 벗은/ 의벗밖에 다시 없네.

[博川 地方 民謠]

위의 민요는 46구 23행으로 된, '우도'와 '우도론'을 주제로 한 시가
이다. 이 민요는, '벗사귐'에 관한 성현의 가르침을 적절히 환기시키면
서 백성들이 기본적으로 알아야 할 '벗사귐'의 도리를 일깨우는 내용
의 훈민요(訓民歌) 형식으로 되어 있다.

위의 민요 1행은, 작품 전체를 통괄하는 서두가 되며, 지금부터 작
중화자인 '내'가 말하는 말을 주의 깊게 듣고 마음에 새겨 참된 벗사귐
을 행하도록 하라는 뜻에서 비롯된 청유와 존칭 명령의 호소이다.

위의 민요 2~7구에서는, '벗사귐'이 흔히 외롭고 쓸쓸한 마음을 달래
기 위하여 행해지는 것임을 나타내 주고, '행화촌(杏花村)에 가는 사람'
과 '청루(靑樓)에 노는 소년들'이라는 구절을 통해서 알 수 있듯이, '술집'
곧 '주가(酒家)'나 '유녀(遊女)'들이 노는 '기루(妓樓)'에 가서 놀자고 유혹
하는 방탕한 젊은이들과 사귀지 않는 것이 바람직하다는 뜻을 나타내
준다. 당나라 시인 두목지(杜牧之)의 「청명(淸明)」이라는 시에 "借問酒家
何處有차문주가하처유, 牧童遙指杏花村목동요지행화촌." 곧 "잠간 묻노니 술집이 어
느 곳에 있는고? 목동이 멀리 행화촌을 가리키네."라고 한 데서 '杏花村
(살구꽃 피는 마을)'이 주가나 기루를 뜻하는 말로 쓰여 왔다. 이 2~7구는
그와 같이 방탕하게 노는 사람을 가까이하면 내 자신도 바로 방탕한
사람이 된다는 뜻을 나타낸 것으로, "近朱者赤근주자적, 近墨者黑근묵자흑."의
의미를 던져준다.

위의 민요 8~10구는, 장기나 바둑이라도 두는 일이 그저 아무 일도
하지 않는 것보다는 낫다고 하지만, 그 또한 허송세월하여 생산적이

지 못하다는 점에서 무언가 쓸모 있는 사람 곧 지향하는 바 목표가 있는 사람을 찾아 벗사귐을 행하라는 뜻을 나타내주고 있다.

위의 민요 11~18구는 "忠告而善導之충고이선도지."[167]하여 진실되게 일러주면서 내 자신을 참된 길로 인도할 수 있는 의로운 벗을 사귀고, 아첨하거나 교만부리는 벗을 사귀지 말라는 뜻을 나타내 주고 있다. 이 11~18구에는, 『시경』'소아'「벌목」장에서는 새와 같은 미물들도 벗을 찾는 소리를 내거늘 하물며 인간 사회의 삶에서 참된 '우도'가 행해지지 않을 수 있겠는가 하는 뜻을 나타냈는데, 세월광풍 좋은 계절에 그런 의미를 담은 「벌목」 시를 외면서 어진 벗을 찾아갈 때 진실로 뜻이 충실하면 얼마든지 좋은 벗은 만날 수 있다는 의미가 함축되어 있다.

위에서 '형가(亨嘉) 소리 나는 곳'이라고 한 것은, 하늘이 능히 만물을 통찰하고 형통하게 하여 사시사철의 자연의 변화에 따라 구 자연과 더불어 벗사귐을 행하는 아름다운 모임의 소리가 들리는 곳을 말한다. 『주역』『건(乾)』괘(卦) '문언(文言)'전에 이르기를, "형(亨)이란 아름다운 모임이다."[168]라고 한 것이 바로 그것이다. 그 아름다운 모임의 소리가 들리는 곳을 찾아가니, 육칠(六七) 관동(冠童)이 읍향(揖向)하고 반가이 맞아들이며 벗사귐의 도리를 일러준다. 여기서 말하는 '육칠 관동'은 『논어』「선진」편의 '욕기(浴沂)' 고사가 나오는 구절에서의 '관자오육 인(冠者五六人)'과 '동자육칠인(童子六七人)'을 줄여서 쓴 말이다.[169] 그리고 '절절시시(切切偲偲)'는 『논어』「자로」편에 나오는 공자의 말씀으로, 친구 간에 충고하는 태도를 설명한 말이다. 간곡하고도 절실하게 일러

---

167) 앞의 각주 20) 참조.
168) 『周易』「乾」卦 '文言傳'. "亨者, 嘉之會也.
169) 『論語』「先進」篇 '言志'章. 참조.

주고 자상하게 책선(責善)해준다는 뜻을 지닌 말이다. 심덕(心德)으로 사귀는 벗은 그와 같이 자기 자신을 참된 길로 인도하여 악한 행실을 경계해줄 수 있으니, 그런 의로운 벗을 사귀도록 하라는 뜻이 위의 민요 11~18구에 담겨 있다.

위의 민요 19~23구에 나타난 뜻은, 권세와 이익을 추구하여 마침내 배반하게 되는 벗을 멀리하고 자기 자신의 인(仁)을 보필해줄 만한 참된 벗을 사귈 때 자기 자신에게도 어질다는 이름이 돌아온다는 의미이다.

위의 민요에서도 처음에 그 노래를 만든 작자는 역대 유가의 경전과 역사서 등에 나타난 '우도'와 '우도론'을 망라하여 시적으로 형상화하되, 권장하고 경계하는 뜻을 아울러 함축되게 표출하면서 작품 전체의 구조적인 완결성을 갖추는 작법으로 형상화하였다.

2. 산문류

1) 소설

(1) 道義之交/ 신분·지위·빈부를 초월한 벗사귐: 「穢德先生傳」

고려조나 조선조를 산 우리 선인들의 경우, '소설'을 폭넓은 개념으로 인식·사용해 왔음을 알 수 있으며, 이러한 소설을 '옛소설' 혹은 '고소설'이라 할 수 있다. 일단 소설이란 허구적(혹은 서사적) 자아와 세계가 서로 팽팽한 대립관계·갈등관계·긴장관계를 유지한 채 지속적으로 널뛰기 경기를 벌이면서 인간의 삶의 방식을 드러내는 문학의

한 장르라 할 수 있다.170)

조선 후기 연암 박지원의 「예덕선생전」은 형태론적인 해석학의 입장으로 보아 서술형태 유형에 있어서 이른바 '액자소설(額字小說)'171)이라 할 수 있다. 일반적으로 액자소설[Rahmenerzahlung]이란 단일소설[Einzelerzahlung]과 함께 소설의 현저한 두 구성 유형의 하나로서, 외부의 이야기틀 속에 하나의 또는 여러 개의 내부의 이야기를 내포하는 소설의 형식을 일컫는 말이다. 마치 안에 들어가는 이야기, 즉 핵심적인 내부 이야기의 전후에 사진을 넣는 액자와도 같이 앞뒤에 틀을 짜서 이루고 있는 소설이다.

「예덕선생전」 전문을 소개하면 다음과 같다.

선귤자(蟬橘子)가 벗이 있으니, 이르기를 '예덕선생(穢德先生)'이라고 한다. 종본탑(宗本塔) 동쪽[동대문 밖]에 사는데, 날마다 마을의 거름을 져 나르는 것으로써 업(業)을 삼는지라, 마을 사람들이 모두 일컫기를 '엄항수(嚴行首)'라 하니, '항수(行首)'는 일꾼[役夫]들 중 연로자(年老者)에 대한 칭호요, '엄(嚴)'은 그 성(姓)이다.

자목(子牧)이 선귤자에게 여쭈어 말하기를, "옛적에 제가 선생님으로부터 벗[벗 사귐]에 대해서 들었더니, 말씀하시기를, '(같은 집에서 거처하는) 실(室, 아내)이 아닌데 아내와 같고, 동기간(同氣間)이 아닌데도 아우[兄弟]

170) 成賢慶, 『韓國옛小說論』, 새문社, 1995, 17쪽 참조.
171) 李在銑, 『韓國文學의 解釋』, 새문社, 1981, 7쪽 참조.
　　"액자소설이란 술어는 틀 속에 들어 있는 소설로서 [Rahmenerzahlung](독), [frame-story](영)와 일치되는 개념이다. 이를 전통적 개념에서 보면, '화중화(話中話)', 전달 체계면에 있어서는 '가탁적(假託的) 발화법(發話法)'의 형태를 지닌 소설형식이다. 말하자면 이는 소설형태의 원형으로서 서술자, 서술내용, 청중이 삼위일체를 이루는 서술의 근원상황과 밀접된 것이다. 이는 서술자의 이동이 자연스럽게 이루어지며 또 때로는 동기적 부가물이 제시되어 독자가 지는 현실관과 이야기가 자연스럽게 결합한다."

와 같다.' 하셨으니, 벗이 이다지도 그 소중하니, 세상의 이름난 사대부[士와 大夫]가 족하(足下, 貴下귀하와 같은 말. 선생님]를 따라서 아랫 그늘[下風]에서 노닐기를 원하는 자가 많거늘, 선생님께서는 그들 중에서 취하시는 바가 없으십니다. 무릇 엄항수라는 자는 마을 가운데 천한 사람이요 일꾼[役夫]으로서 하류(下流)에 처하면서 치욕이 (그리로) 흘러가는 처지인데, 선생님께서 자주 그 덕을 칭송하면서 말씀하시기를 '선생'이라 하시면서 마치 장차 교(交, 사귐)를 받아들이셔서 벗하기를 청하실 듯이 하시니, 제자가 심히 부끄러워하는지라, 청컨대 문하[門]에서 하직할까 하옵니다." 하였다.

선균자가 웃으면서 말하기를, "게 앉거라. 내가 너에게 벗 사귐[友]에 대해서 말해주리라. 마을 속담[里諺]에 있어 이르기를, '의원[醫]은 스스로를 위해서 약을 처방하는 일이 없고, 무당은 자기를 위해서 춤추지 않는다.'고 한다. 사람은 모두 자기가 스스로를 잘한다고[좋게] 여기는 바가 있으나 남이 알아주지 않고, 민망하게도 마치 자기 허물 듣기를 구하는 듯이 할 때에, 한갖 예찬만 하면 아첨에 가까워 맛이 없고[무미건조하고], 단점 지적만을 오로지 하면 곧이곧대로 들춰내는 데 가까워서 인정이 아니니, 이에 그 잘한다고 여기지 않는[훌륭하지 못한] 바에 범람하여 (언저리를 맴돌아) 거닐면서도[逍遙] 꼭 찔러 말하지 않는다면, 비록 크게 책망하는 것인데도 노여워하지 않는 것은, 그 꺼리는 바에 해당되지 않기 때문이다. (그러다가) 우연히도 (화제가) 그 스스로를 잘한다고 여기는 바에 미치게 되어 물(物, 다른 사물)에 견주어서 그 껍질을 쏘게 되면, 속마음이 감격하는 것이 마치 가려운 데를 긁어주는 것과 같다. 가려운 데 긁어주는 것이 도(道, 方道방도, 方法방법)가 있으니, 등을 문지를 때에는 겨드랑이에 가까이해서는 안 되고, 가슴을 쓰다듬을 때에는 목을 침노하지 말아야 하는지라, (부담 없이 들을 수 있도록) 공허한 데에 말을 이루어서 (찬미하는) 아름다움이 절로 돌아오게 되면, 뛸 듯이 기뻐하면서 말하기를 '알아준다'

고 하리니, 이와 같이 벗하는 것이 좋을 것인저." 하였다.

자목(子牧)이 귀를 가리고 물러나 달아나면서 말하기를, "이는 선생님께서 저를 가르치시기를 시정배(市井輩)들의 일과 종[傔僕]들의 일로써 하시는 것일 따름입니다." 하였다.

선귤자가 말하기를, "그렇다면 그대가 부끄러워하는 것이 과연 이쪽[겉보기]에 있는 것이지, 저쪽[진정한 友道]에 있는 것이 아니니, 무릇 시정배들의 사귐[市交]은 이익으로써 하고, 얼굴로만 교제하는 것[面交]은 아첨으로써 한다. 그러므로 비록 기꺼워하는 사이인데도 세 번 달라고 요구하면 성글어지지 않는 법이 없고, 비록 묵은 원한[宿怨]이 있더라도 세 번 주면 친해지지 않는 법이 없으니, 그러므로 이익으로써 하면 (사귐이) 계속되기 어렵고, 아첨으로써 하면 오래 가지 못하나니, 무릇 큰 사귐[大交]은 얼굴로써만 하지 않고, 대단한 사귐[盛友]은 겉으로만 친한 척하지 않아서, 다만 사귀기를 마음으로써 하고 벗하기를 덕으로써 하나니, 이것이 바로 도의의 사귐[道義之交]인지라, 위로는 천고의 옛 사람[千古]을 벗하면서도 먼 것이 되지 않고, 서로 거처하기를 만 리 밖에 떨어져 있더라도 소원함이 되지 않거늘, 저 엄항수라는 자는 일찍이 나에게 알아주기를 구한 적이 없으나, 나는 항상 기리고자 하면서도 싫증나지 않는다. 그 밥을 먹는 모습은 (무엇을 줍듯이) 머리를 조아리는 듯하고, 그 걸어가는 모습은 두려워하는 듯하며, 그 조는 모습은 조속조속 졸고, 그 웃는 모습은 껄껄 웃으며, 그 거처하는 것은 마치 어리석은 사람 같아서, 흙을 쌓아서 짚을 덮고서 구멍 속에 항아리를 묻어 규문(圭門)을 내고서, 드나들 때에는 새우 등처럼 허리를 구부리고, 잠잘 때면 개 부리[개 주둥이] 모양을 하여, 아침 날이면 근심 없이 밝은 낯으로 일어나서 삼태기를 짊어지고 마을 속으로 들어가서 오물을 치되, 해는 (음력) 9월달 하늘이 서리 내릴 때와 10월 살얼음 얼 때에 뒷간의 사람이 남긴 인분(人糞) 마른 것[圊人餘乾]과 마굿간의 말똥

[皂馬通]과 외양간의 소똥[閑牛下]과 횃대·우리의 닭·개·거위 똥[塒落鷄狗鵝矢]과 돼지우리의 버섯 모양의 돼지똥[笠猪䔾]과 비둘기똥[左盤龍], 토끼똥[翫月砂], 새똥[白丁香]에 대해서 취하기를 마치 주옥같이 하지만, 청렴함에 해(害)가 되지 않고, 홀로 이익을 독차지하되 의로운 데에 해가 되지 않으며, 많은 것을 탐해서 얻기를 힘쓰지만, 남들이 그 사양할 줄 모른다고 이르지 않으며, 손바닥에 침을 뱉어 가래[괭이의 일종] 자루를 휘두르되, 허리를 구부리기를 곱사등이같이 하여 마치 새들이 모이 쪼듯이 하니, 비록 문채(文采)나는 구경거리라고 하더라도 그의 뜻이 아니요[그에 연연해하지 않고], 비록 종(鐘)이나 북과 같은 (장엄하고 아름다운) 음악의 즐거움이라 하더라도 돌아보지 않으니, 무릇 부귀라는 것은 사람이 다 같이 원하는 바이지만, 사모한다고 해서 얻을 수 있는 것은 아닌지라, 그러므로 부러워하지 않는다. (그를) 기리더라도[예찬해도] 더 영화로울 것이 없고, 헐뜯는다고 해서 더 욕될 것도 없다. 왕십리(枉十里)의 무[蘿蔔]와 살곶이[箭串]의 순무·우[菁]와 석교(石郊)에서 나는 가지[茄蔽], 수박[水瓟」, 호박[胡瓟]과 연회궁(延禧宮)의 고추[苦椒], 마늘[蒜], 부추[韭], 파[葱], 상추[蕹]와 청파동「靑坡」 미나리[水芹]와 이태원[利泰仁]의 토란(土卵)에 밭마다 상품(上品) 중 상품의 거름을 쓰되, 모두 엄씨(嚴氏)의 거름을 취해 써서 기름지고 비옥(肥沃)하고 (作況이) 넉넉하고 풍요(豐饒)로우니, 해마다 육천 냥의 돈을 벌어들이지만, 아침이면 한 사발의 밥으로 의기(意氣)가 가득가득차고, 날이 저녁때가 되면 또 한 사발의 밥으로 그만이다. 남들이 고기 반찬을 권하면 사양해서 말하기를, '목구멍에 내려 삼키면 채소와 고기가 배부르기는 마찬가지이니, 어찌 맛으로써 하리오[따지리오]?' 하고, 옷을 권하면 사양해서 말하기를, '옷이 소매가 넓으면 몸에 익숙하지 못하고, 옷이 새것이면 진흙을 짊어질 수 없다.'고 한다. 해가 정월 초하룻날[元日] 아침이 되면, 비로소 갓[笠]을 쓰고 허리띠 매고 옷을 입고 신발을 신고

그 이웃 마을에 두루 세배(歲拜)하여 인사를 차리고, 돌아와서는 곧 낡은 옷으로 갈아입고 다시 삼태기를 들러메고 마을 속으로 들어가니, 이를테면 엄항수(嚴行首)와 같은 자는 어찌 이른바 제 덕을 (감추기 위해 일부러) 더럽게 해서 세상에 크게 숨는 자가 아니겠는가? 전하는 글[傳: 이 글에서는 『중용』을 가리키는 말]에 이 르기를, '부귀를 바탕으로 해서는[부귀한 처지에 처해서는] 부귀에 맞게 행하고, 빈천을 바탕으로 해서는 빈천에 맞게 행한다.'고 하였으니, 무릇 '소(素)'[바탕]라는 것은 '정해졌다'는 뜻이요, 『시경』에 이르기를, '밤낮으로 (나 홀로 공무(公務)에 바빠) 공소(公所)에 있으니, 진실로 천명(天命)이 같지 않구나!' 하였으니, 명(命)이라는 것은 분수[分]이다. 무릇 하늘이 만민(萬民)을 내심에 각각 정해진 분수가 있으니, 분수가 정해짐[命之素矣: 명(命)이 타고난 바탕이 됨]에 무엇을 원망할 것이 있으리오? (사람의 욕심이라는 것이 限이 없어서) 새우젓을 먹게 되면 계란을 생각하고, 칡베옷을 입게 되면 (韓山 모시 같은) 세모시[細紵]를 부러워하게 되어, 천하가 이로부터 크게 어지러워지는 법이다. 검은 머리 백성이 땅을 떨쳐 일어남에 밭과 밭이랑이 황폐해지니, (한때 농민·농가의 잘난 사람들이었던) 진승(陳勝)·오광(吳廣)·항적(項籍, 項羽는 그의 字자임) 같은 무리가 그 뜻이 어찌 호미질 하고 김매는 일에 편안한 자들이었겠는가? 『주역(周易)』에 이르기를, '짊어지고서도 또 수레를 타게 되면[수레를 탄 채로 짊어지기까지 하면], 도적이 오는 것을 불러들인다.'고 한 것은 그 바로 이런 경우를 두고 이른 말이니, 그러므로 진실로 그 의(義)가 아닐진댄 비록 만종(萬鍾, 6만 4천 섬)의 녹(祿)이 주어진다 하더라도 깨끗이 여기지 않는 점이 있을 따름이요, 힘들이지 않고서 재산을 모은다면 비록 부유하기가 벼슬 안한 영주(領主) 신세의 부자와 비등(比等)해진다[富埒素封: 글 원문의 '부부소봉(富埒素封)'은 자순(字順)이 바뀌어야 할 듯] 하더라도 그 이름에 냄새나는 점이 있을 것이다. 그러므로 사람이 아주 갈 때[大往]에 구슬을 마시고 옥(玉)을 먹는 것은 그 깨끗함을 밝히자는 것이로되, 무릇 엄항수는 똥거름을 지고 오물을 져 날라서 스스로 먹고 사니, 가히 지극히 깨끗하지 못하다고 이를 만하나, 그러나 그 먹을 것을 취하는 방법은 지극히 향내나고 향기로우며, 그 처신하는 것은 지극히 촌스럽고 더러우나, 그 의(義)를 지키는 것은 지극히 높고 높으니, 그 뜻을 미루어 생각할진댄 비록 만종(萬鍾)이라도 (의가 아니면 취하지 않는다는 것을) 가히 알 만하리니, 이로 말미암아 살펴보건댄 깨끗한 자[깨끗한 척하는 자]가 깨끗하지 않은 점이 있고, 더러운 자[겉으로는 더럽게 보이는 자]가 더럽지 않을 따름이다. 그러므로 내가 입과 몸뚱이를 기르는 데[口體之養] 있어서 지극히 견디지 못할 지경이 있으면[되면], 일찍이 그 나만 못한 자를 생각하지 않을 수 없어서, (생각이) 엄항수에 이르게 되면, (내가 훨씬 형편이 좋기에) 견디지 못할 것이 없고, 진실로 그 마음이 줌방 밑(담 구멍)을 뚫고 들어가려는 좀도둑과 같은 뜻[穿窬之志]이 조금도 없을 경우에는 일찍이 엄항수를 생각하지 않은 적이 없으니, (그 엄항수 같은 분을) 미루어서 키워 나간다면, 가히 성인(聖人)의 경지에 이를 수 있으리라. 그러므로 무릇 선비[士]는 곤궁하게 거처함에 얼굴과 눈에 나타내는 것도 부끄러운 일이요, 이미 뜻을 얻음[得志: 세상이 그 뜻을 알아주어 출세한 경우]에 사지(四肢)의 몸뚱이[四體]에 나타내는 것[거만한 태도 등]도 부끄러운 일이다. (그런 자들이) 그 엄항수와 비교하면 부끄럽지 않을 자가 거의 드문지라, 그러므로 내가 엄항수에 대해서는 스승삼는다고 이를지언정, 어찌 감히 벗삼는다고 이르겠는가? 그러므로 내가 엄항수에 대해서는 감히 이름 부르지 못하고 호(號)를 일컬어 '예덕선생(穢德先生)'이라 하노라." 하였다.172)

---

172) 朴趾源, 『燕巖集』 卷之八 別集 『放璚閣外傳』 「穢德先生傳」. "蟬橘子有友 曰穢德先生 在宗本

위의 작품에서 스승인 선귤자는 제자인 자목에게 '붕우(朋友)'에 대하여 이르기를, 같은 집에서 거처하지 않지만 아내와 같고, 동기간이 아닌데도 아우[兄弟]와 같은 것이라고 하여 '벗'[벗사귐]의 소중함을 역설했다. 또한 선귤자는, 세상의 이름난 사대부들이 자기를 따라서 아랫 그늘에서 노닐기를 원하는 자가 많았지만, 그들 중에서는 '벗'[벗사귐]으로 취하지 않았으며, 오로지 마을 가운데 천한 사람이요 일꾼[役

塔東 日負里中糞以爲業 里中皆稱嚴行首 行首者 役 夫老者之稱也 嚴其姓也. 子牧門乎蟬橘子曰 昔者吾聞友於夫子曰 不室而妻 匪氣之弟 友如此其重也 世之名士大夫 願從足下 遊於下風者 多矣 夫子 無所取焉 夫嚴行首者 里中之賤人役夫, 下流之處而恥辱之行也 夫子 亟稱其德曰 先生 若將納交而請友焉 弟子 甚羞之 請辭於門.

蟬橘子笑曰 居 吾語若友 里諺有之曰 醫無自藥 巫不己舞 人皆有己所自善 而人不知 慇然求求 聞通 徒譽則近諂而無味 專短則近訐而非情 於是 泛濫乎其所未善 逍遙而不中 雖大責不怒 不當其所忌也 偶然及其所自善 比物而射其覆 中心感之 若爬癢焉 爬癢有道 捫背無近腋 摩膺毋侵項 成說於空而美自歸 躍然曰知 如是而友可乎.

子牧, 掩耳郤走曰 此夫子教我以市井之事 僮僕之役耳.

蟬橘子曰 然則子之所羞者 果在此而不在彼也 夫市交 以利 面交 以諂 故雖有至懽 三求則無不疎 雖有宿怨 三與則無不親 故以利則難繼 以諂則不久 夫大交不面 盛友不親 但交以心而友之以德 是爲道義之交 上友千古而不爲遙 居萬里而不爲疎 彼嚴行首者 未嘗求知於吾 常常欲譽之而不厭也 其飯也頓頓 其行也伈伈 其睡也昏昏 其笑也訶訶 其居也若愚 築土覆藁而圭其竇 入則蝦脊 眠則狗啄 朝日熙熙然起 荷畚入里中 除溷 歲九月天雨霜 十月薄永圍人餘乾 皂馬通閑友下 埤落鷄狗鵝矢 笠豨苓 左盤龍 翫川砂 白丁香 取之如珠玉 不傷於廉 獨專其利而不害於義 貪多而務得 人不謂其不讓 唾掌揮鍬 磬腰傴僂 若禽鳥啄也 雖文章之觀 非其志也 雖鐘鼓之樂 不顧也 夫富貴者 人之所同願也 非慕而可得 故不羨也 譽之而不加榮 毀之而不加辱 杜十里蘿蔔 箭串菁 石郊茄蔬 水瓟 胡瓠 延禧宮苦椒 蒜韭葱薤 靑坡水芹 利泰仁土卵 田用上上 皆取嚴氏糞 膏沃衍饒 歲致錢六千 朝而一盂飯 意氣充充然 及日之夕 又一盂矣 人勸之肉則辭曰 下咽則蔬肉而飽矣 奚以味爲 勸之衣則辭曰 衣廣袖 不閑於體 衣新 不能負塗矣 歲元日朝 始笠帶衣履 遍拜其隣里 還乃衣故衣 復荷畚入里中 如嚴行首者 豈非所謂穢其德而大隱於世者耶 傳曰 素富貴 行乎富貴 素貧賤 行乎貧賤 夫素也者思鷄子 衣葛 羨衣紵 天下 從此大亂 黔首地奮 田畝荒矣 陳勝吳廣項籍之徒 其志 豈安於鋤耰耶 易曰 負且乘 致寇至 其此之謂也 故苟非其義 雖萬鍾之祿 有不潔者耳 不力而致財雖坪素封 有臭其名矣 故人之大往 飮珠飯玉 明其潔也 夫嚴行首 負糞擔溷以自食 可謂至不潔矣 然而其所以取食者 至馨香 其處身也 至鄙汚 而其守義也 至抗高 推其志也 雖萬鍾可知也 繇是觀之 潔者 有不潔 而穢者 不穢耳 故吾於口體之養 有至不堪者 未嘗不思其不如我者 至於嚴行首 無不堪矣.

苟其心無穿窬之志 未嘗不思嚴行首 推以大之 可以至聖人矣 故夫士也 窮居 達於面目 恥也 旣得志 施於四體 恥也 其視嚴行首 有不忸怩者 幾希矣 故吾於嚴行首 師之云乎 豈敢友之云乎 故吾於嚴行首 不敢名之 而號曰穢德先生."

처]으로서 하류(下流)에 처한 엄항수라는 자의 인품을 고상히 여겨, '예덕선생'이라 칭하면서 적극적인 교분을 지속하려고 하였다.

또한 선귤자는 위의 작품에서 진정한 '우도'에 대해 다음과 같이 언급하고 있다.

선귤자가 말하기를, "그렇다면 그대가 부끄러워하는 것이 과연 이쪽[겉보기]에 있는 것이지, 저쪽[진정한 友道]에 있는 것이 아니니, 무릇 시정배들의 사귐[市交]은 이익으로써 하고, 얼굴로만 교제하는 것[面交]은 아첨으로써 한다. 그러므로 비록 기꺼워하는 사인데도 세 번 달라고 요구하면 성글어지지 않는 법이 없고, 비록 묵은 원한[宿怨]이 있더라도 세 번 주면 친해지지 않는 법이 없으니, 그러므로 이익으로써 하면 (사귐이) 계속되기 어렵고, 아첨으로써 하면 오래 가지 못하나니, 무릇 큰 사귐[大交]은 얼굴로써만 하지 않고, 대단한 사귐[盛友]은 겉으로만 친한 척하지 않아서, 다만 사귀기를 마음으로써 하고 벗하기를 덕으로써 하나니, 이것이 바로 도의의 사귐[道義之交]인지라, 위로는 천고의 옛 사람[千古]을 벗하면서도 먼 것이 되지 않고, 서로 거처하기를 만리밖에 떨어져 있더라도 소원함이 되지 않거늘, 저 엄항수라는 자는 일찍이 나에게 알아주기를 구한 적이 없으나, 나는 항상 기리고자 하면서도 싫증나지 않는다."

여기서 작자는 작중인물 선귤자와 자목의 대화를 통하여 자목으로 하여금 주장하게 하는바, '우도'는, 똥거름을 치는 일 같은 더러운 일을 하는 자와 스승께서 벗사귐을 행하는 것을 마땅치 않게 생각하는 것이었다. 그러나 주인공 선귤자는 가장 비천하다고 여길 만한 직업을 가진 예덕선생과의 아무 거리낌 없이 친밀한 '우도'를 주고받는다. 이것은 『맹자』「만장」장에 있는 맹자의 "나이 많은 것을 협세하지 않으며, 존귀한 것을 협세하지 않으며, 형제 많은 것을 협세하지 않나니, 벗사귐이라는 것은 그 덕을 벗삼는 것이니, 협세하는 일이 있어서는 안 되느니라."173)는 말씀에서 보여준 벗사귐의 도리 곧 진정한 '우도'란 상대방의 지위 고하나 빈부 등을 떠나 그 사귀고자 하는 사람의 덕을 벗삼는다는 사상에 바탕을 둔 것으로 판단된다.

이 작품에서 진정한 '우도'가 무엇인가를 터득하여 깨우쳐 주고자 하는 스승 선귤자의 논리는, "군자는 의리의 길을 같이하는 군자끼리 어울려서 벗을 사귀고, 소인은 소인끼리 어울려서 이익을 추구하느라고 일시적으로 거짓되게 벗을 사귀다가 이해관계에 맞지 않으면 서로 등을 돌리고 신의를 저버리므로 군자들 사이에서는 죽기를 맹세코 변치 않는 진실된 벗사귐이 가능하지만, 소인들 사이에서는 그와 같은 참된 벗사귐은 있을 수 없고 오직 거짓된 벗사귐만이 있을 따름"174)이라는 뜻에서, 구양수의 「붕당론」의 '우도론'에서 논의된 바와 같이, 세속적인 시정배들의 거짓된 벗사귐을 뜻하는 것이 아니었다. 진정한 '벗사귐'은 이익으로써 하거나 아첨하는 면교로써 하는 것이 아니며, 마음으로써 하고 덕으로써 하는 '도의지교(道義之交)'를 뜻한다는 것이다. 덕을 벗삼고자 하는 그 '도의지교'는 천고의 옛 사람을 벗하면서도 먼 것이 되지 않고 만 리 밖의 인물을 벗하면서도 소원(疏遠)한 것이 되지 않는다.

스승인 선귤자와 제자 자목의 대화는 소설의 문체 형태 중에서 가장 극적이다. 소설이 인간의 행동에 대한 모방이라 할 때, 대화는 가장 순수한 행위의 모방이며, 대화 이상의 객관적 모방 형태는 없다.175)

---

173) 『孟子』「萬章」章. "不挾長, 不挾貴, 不挾兄弟而友, 友也者, 友其德也, 不可以有挾也." 앞의 각주 5) 참조.
174) 앞의 각주 41) 참조.

「예덕선생전」에서 작중인물 선귤자가 나타내고자 하는 '우도'의 의미는, 『맹자』 「만장」장에서의 맹자 말씀 "友也者우야자, 友其德也우기덕야."라는 구절에 나타난 뜻과 『맹자』 「만장」장에서의 맹자 말씀 곧 지리적인 공간과 고금의 시대를 초월하여 벗사귐을 행할 수 있다는 말씀176)에 나타난 뜻을 이어받은 것이다. 이 작품에서 작자인 연암 박지원은, 독특한 문체형태(文體形態, Stylistic form)177)를 통하여 주인공인 예덕선생의 꾸밈없이 소박하고 성실한 행동과 모든 사람이 가장 더럽다고 생각하는 온갖 똥을 마치 '주옥'같이 소중하게 다루는 본연의 직업에 충실한 모습을 다음과 같이 생생하고 샘솟는 문체로 우려내고 있다.

"그 밥을 먹는 모습은 (무엇을 줍듯이) 머리를 조아리는 듯하고, 그 걸어가는 모습은 두려워하는 듯하며, 그 조는 모습은 조속조속 졸고, 그 웃는 모습은 껄껄 웃으며, 그 거처하는 것은 마치 어리석은 사람 같아서, 흙을 쌓아서 짚을 덮고서 구멍 속에 항아리를 묻어 규문(圭門)을 내고서, 드나들 때에는 새우등처럼 허리를 구부리고, 잠잘 때면 개 부리[개 주둥이] 모양을 하여, 아침 날이면 근심 없이 밝은 낯으로 일어나서 삼태기를 짊어지고 마을 속으로 들어가서 오물을 치되, 해는 (음력) 9월달 하늘이 서리 내릴

175) Tzavetan Todorov, *Qu'est-ce que le Structurealisme?*; 郭光秀 譯, 문학과지성사, 1978, 62쪽 참조.

176) 앞의 각주 27)에 대한 본문 참조.

177) 文體形態(Stylistic form)란 작가들에 의해 선택되는 慣習的·傳統的인 表現形態이다. 즉 對話, 描寫, 敍述, 등은 文體形態로 문학적 전통에서 이루어진 기존의 表現方式이며, 각기 다른 언어적 특징을 갖고 있다. 한편의 소설은 이러한 문체형태들의 연속적 집합으로 이루어지며, 이 文體形態들이 곧 문체장치(Stylistic device)들로써 관계(Context)를 통한 文體效果를 발생시킨다.

   M. Riffaterre, "Critical for Style analysis", ed., S. Chatman and S. R. Levin, *Essays on the Language of Litterature*, Boston: Houghton Mifflin Co., 1967, pp. 418~423.

때와 10월 살얼음 얼 때에 뒷간의 사람이 남긴 인분(人糞) 마른 것[圃人餘乾]과 마굿간의 말똥[皁馬通]과 외양간의 소똥[閑牛下]과 횃대·우리의 닭·개·거위 똥[塒落鷄狗鵝矢]과 돼지우리의 버섯 모양의 돼지똥[笠猁笭]과 비둘기똥[左盤龍], 토끼똥[翫月砂], 새똥[白丁香]에 대해서 취하기를 마치 주옥같이 하지만, 청렴함에 害가 되지 않고, 홀로 이익을 독차지하되 의로운 데에 해가 되지 않으며, 많은 것을 탐해서 얻기를 힘쓰지만, 남들이 그 사양할 줄 모른다고 이르지 않으며, 손바닥에 침을 뱉어 가래[괭이의 일종] 자루를 휘두르되, 허리를 구부리기를 곱사등이같이 하여 마치 새들이 모이 쪼듯이 하니,"

위의 인용문에서 밑줄 친 부분을 주목하여 논의하자면, 연암 박지원은 주인공 예덕선생이 일에 몰두하는 모습을 서술·대화·묘사 등의 방법에 의해 사실적으로 생생하게 묘사하고 있다. 이와 같은 서술·대화·심리묘사 등의 문체 형태는 작가들에 의해 관습적으로 사용되어 왔다. 작가가 서술자를 통하여 허구적 세계를 나타내는 표현 방식이 문체 형태라는 점에서 그 형태가 다양하다. S. Chatman은 문체 형태를 회화·외적 독백·내적 독백·의식의 흐름 등 4개의 형태로 분류한[178] 바, 즉 대화와 외적 독백은, 인물의 말을 모방함에 있어서 실제 언어생활에서 사용되는 사실적인 말의 재현이며, 내적 독백과 의식의 흐름은, 정신적인 내면세계의 언어활동을 재현했다는 점에서 사실적인 대화와 외적 독백에 비해 추상적인 성질을 지니고 있다.[179]

---

178) S. Chatman, *Story and Discourse: Narrative Structure in Fiction and Film*, Ithaca and London: Cornell univ. press, 1978, pp. 173~195.

179) P. Hernadi, "Verbal Worlds Between Action and vision: a Theory of the Modes of Poetic Discourse", *Collage English*, vol. XXXⅢ, 1971, p. 20.

작자 연암 박지원은 작품 속에서 주인공 예덕선생[엄항수]의 진솔하게 있는 그대로의 삶의 모습과 인간 됨됨이를 다음과 같이 평하고 있다.

무릇 엄항수는 똥거름을 지고 오물을 져 날라서 스스로 먹고사니, 가히 지극히 깨끗하지 못하다고 이를 만하나, 그러나 그 먹을 것을 취하는 방법은 지극히 향내나고 향기로우며, 그 처신하는 것은 지극히 촌스럽고 더러우나, 그 義를 지키는 것은 지극히 높고 높으니, 그 뜻을 미루어 생각할진댄 비록 만종(萬鍾)이라도 (의가 아니면 취하지 않는다는 것을) 가히 알 만하리니, 이로 말미암아 살펴보건댄 깨끗한 자[깨끗한 척하는 자]가 깨끗하지 않은 점이 있고, 더러운 자[겉으로는 더럽게 보이는 자]가 더럽지 않을 따름이다. 그러므로 내가 입과 몸뚱이를 기르는 데[口體之養] 있어서 지극히 견디지 못할 지경이 있으면[되면], 일찍이 그 나만 못한 자를 생각하지 않을 수 없어서, (생각이) 엄항수에 이르게 되면, (내가 훨씬 형편이 좋기에) 견디지 못할 것이 없고, 진실로 그 마음이 줌방밑(담 구멍)을 뚫고 들어가려는 좀도둑과 같은 뜻[穿窬之志]이 조금도 없을 경우에는 일찍이 엄항수를 생각하지 않은 적이 없으니, (그 엄항수 같은 분을) 미루어서 키워 나간다면, 가히 성인(聖人)의 경지에 이를 수 있으리라. 그러므로 무릇 선비[士]는 곤궁하게 거처함에 얼굴과 눈에 나타내는 것도 부끄러운 일이요, 이미 뜻을 얻음[得志: 세상이 그 뜻을 알아주어 출세한 경우]에 사지(四肢)의 몸뚱이[四體]에 나타내는 것[거만한 태도 등]도 부끄러운 일이다. (그런 자들이) 그 엄항수와 비교하면 부끄럽지 않을 자가 거의 드문지라. 그러므로 내가 엄항수에 대해서는 스승삼는다고 이를지언정, 어찌 감히 벗삼는다고 이르겠는가? 그러므로 내가 엄항수에 대해서는 감히 이름을 부르지 못하고 호를 일컬어 '예덕선생'이라 하노라." 하였다.

여기서 작자 연암은, 당시 양반들의 허세와 아울러 가식적인 사회 구조를 작중 인물 예덕선생의 인간 됨됨이에 대한 평가를 통하여 암시적으로 비판하고 '풍자'[180]한다. 곧 양반들의 깨끗한 척하는 외양과 의식 세계는 예덕선생이 다루는 온갖 똥보다도 더럽다. 이재선 교수는 「예덕선생전」에 나오는 똥의 의미에 대해 "연암 박지원의 한문소설에서 나오는 이런 똥[人糞] 또는 똥구덩이란 물질, 하층적인 신체의 이미지를 나타낸 것은, 그의 문학적인 미학이 그로테스크 리얼리즘과 연결되는 중요한 근거가 된다. 똥은 배변 행위에 의해서 낮은 수준의 땅으로 떨어진다. 그 똥은 다시 지상에서 흙과 섞이어 생식과 풍요를 위한 거름이 된다. 이런 그로테스크한 강등이 권위와 공식적인 문화의 파괴인 동시에 생산적인 갱신력을 갖고 있다는 점을 확인시켜 준다."[181]고 정의를 내리고 있다. 주인공인 똥 푸는 엄항수(嚴行首)의 행위를 예찬한 것도 우연한 것이 아니다. 한국 고전 문학에 있어서의 그로테스크 현상은, 인물의 관상학에서 엄청난 과장의 수법으로 희화화시키는 점과 상황의 강등화(降等化) 등에서 현저하게 나타나고 있는 것이다.[182] 그러므로 작자는, 정작 온갖 궂은일을 마다하지 않고 열성적으로 일에 몰두하고 있는 예덕선생을 은연중 당시 사회의 가식적인 지식인들과 암시적으로 대비시켜 깨끗하고 참다운 인물이 누구인지를 판단할 수 있도록 작품의 효과를 극대화하고 있는 것이다. 작자 연암은 생산 활동에 참여하는 서민 생활을 묘사하고 새로운 시대의

---

180) 李在銑, 『韓國文學의 解釋』, 새문社, 1981, 172쪽 참조.
　　"흔히 諷刺(satire)라고 하면 일반적으로 嘲笑, 非難, 攻擊을 내포한 것으로서 인간이나 사회 혹은 시대의 결함 不合理를 적발하여 이를 교정함을 목적으로 하는 것이라고들 한다."
181) 李在銑, 『우리 문학은 어디에서 왔는가』, 小說文學社, 1984, 45쪽 참조.
182) 李在銑, 위의 책, 46쪽 참조.

인간형을 형상화하였다. 천하게만 여겨지던 서민에게서 고귀한 인간성을 발견한 것이다. 즉 분(糞)을 수거하는 것을 업(業)으로 하는 엄항수라는 천한 인물의 분수 있는 진실한 삶의 모습에서 참다운 삶의 자세가 어떤 것인가를 현실적으로 보여주고 있다. 또한 양반 사회의 탐욕과 분수없는 생활 태도를 비판하고 참다운 우도를 선귤자라는 선비의 입을 빌어 예시하고 있다. "평등 윤리인 우정으로 엄격한 신분의 장애를 넘어서 서민 계층과의 동지적 결속을 도모한 것이었다."고도 할 수 있다.

조선시대 소설의 전통이 소설사의 내면적 요구에서 온 변화와 함께 소설외적 요인에 의해 이루어진 것이다.[183] 곧 「예덕선생전」의 작자 연암은 작중인물 선귤자의 말과 예덕선생[엄항수]에 대한 묘사를 통하여 작중인물 자목(子牧)의 편견과 같은 왜곡된 유교의 이념에 대한 비판에 기초하여 지위의 고하와 빈부를 초월한 진정한 '우도'의 의미를 형상화하고 있는 것이다.

(2) 忠告而善道/ 以友輔仁/ 信義의 人倫之交: 박지원, 「마장전」

말 거간꾼과 집 중도위 따위들이 손바닥을 치면서 옛날 관중(管仲)·소진 (蘇秦)을 시늉하여 닭·개·말·소 등의 피를 마시고 맹세한다더니, 과연 그렇도다. 대체 이별이 다가온다는 말을 듣자 가락지를 팽개치며, 수건을 찢어버리고는 등불을 등진 채 바람벽을 향하여 머리를 숙이고 슬픈 목소리를 머금은 것이야말로 믿음성 있는 첩이었고, 간을 토할 듯이 쓸개를 녹일 듯이 손목을 잡고 마음을 맹세하는 것이야말로 믿음직한 벗이었다. 그러

---

183) 李在銑, 『韓國現代小說史』, 弘盛社, 1979, 57~58쪽.

나 콧마루에다가 부채를 가린 채 양쪽 눈을 껌벅이는 것은 장쾌(駔儈)의 요술이었고, 위험한 말로 움직여 보기도 하려니와 아름다운 말로 핥아 들이기도 하고, 그의 꺼리는 곳을 꼬집어 내기도 하고, 강한 놈은 위협으로, 약한 놈은 억압으로, 같은 놈은 흩음으로, 헤어진 놈이 합치는 것은 패자(覇者)나 변사(辯士)들의 열락 닫을락하는 임시(臨時)의 응변(應辯)이었다.

옛날에 염통을 앓는 한 사람이 있었다. 아내를 시켜서 약을 달였는데, 많았다가 적었다가 해서 그 분량이 알맞지 않았다. 그는 노하여 다음에는 사랑하는 첩을 시켜서 달였다. 그의 약 달이는 분량은 늘 한결같았다. 그는 첩의 영리함을 기특히 여겨서 창구멍을 뚫고 엿보았다. 약물이 많으면 땅에 따르고, 적으면 물을 더 타고는 한다. 이것이 곧 알맞게 하는 유일한 방법이었다. 그러므로 귀에 입을 대고 속삭이는 소리는 지극히 친밀한 말이 아니었으며, 비밀을 흘리지 말라고 부탁함은 깊은 사귐이 아니었고, 정의 얕고 깊음을 나타내려고 애쓰는 것은 참다운 벗이 아니었다.

송욱(宋旭)·조탑타(趙闒拖)·장덕홍(張德弘) 세 사람이 광통교(廣通橋) 위에서 서로 벗 사귀는 방법을 논하였다. 탑타(闒拖)는 "내가 아침나절에 바가지를 두드리면서 밥을 빌러 가다가 어떤 점포에 들지 않았겠어. 때마침 점포 2층에 올라 포목을 흥정하는 자가 있어서 그는 포목을 골라 혀로 핥고는 공중을 쳐다보며 햇빛에다 가리어서 그 두터운 정도를 따지더군. 그러나 그 값의 고하(高下)는 입에 달렸다. 서로 먼저 부르기를 사양하더군. 얼마 안 되어서 그들 둘은 포목에 대한 일은 잊어 버렸어. 그래서 점포 주인은 별안간 먼 산을 바라보며 노래를 부르되 소리가 구름 위에 솟고, 손은 뒷짐을 지고 설렁이며 벽 위에 걸린 그림을 보데 그려."했다. 송욱은 "이건, 너의 벗 사귀는 태도는 그럴 법하나, 참된 도리야말로 그런 것은 아니야." 했다. 덕홍(德弘)은 "비록 허수아비라도 포장(布帳)을 드리울 수 있으니, 그것은 당기는 노끈이 있는 까닭이란 말일세." 했다. 송욱은 또

"넌, 얼굴로 사귀는 것만 알았군. 그러나 그 참된 방법이란 알지 못했거든. 대체 군자의 벗 사귐이 세 가지에 그 방법은 다섯 가지란 말이야. 그 중에서 나는 아직까지 한 가지도 능하지 못했으므로 나이가 서른이 된 오늘에도 참된 벗 하나 없는 거야. 그러나 난 그에 대한 참된 방법이야말로 들은 지 벌써 오래 되었네 그려. 팔이 바깥으로 뻗지 않는 것은 무슨 까닭인가. 술잔을 잡기에 가장 편하게 하느라고 그렇다지." 했다. 덕홍은 "그렇구 말구. 옛 시에 이르기를 '저 숲에 학이 울 제, 그 새끼가 따라 우네. 벼슬이 아름다우니, 너와 함께 하여 보세.' 하였으니, 이를 두고 이름이야." 했다. 송욱은 "너야말로 비로소 벗을 논할 수 있겠구나. 내 아까 그 중 하나를 가르쳤더니, 너는 벌써 그 중 둘을 아는구나. 대체 온 천하 사람들이 쫓아가는 것은 오로지 세(勢)요, 서로 다투어 가면서 얻으려 하는 것은 명(名)과 이(利)가 있을 따름이야. 그러니까, 술잔은 애당초 입과 더불어 꾀하려 한 것은 아니로되 팔이 저절로 굽어듦은 자연스럽게도 세(勢)이기 때문이요, 저 학이 소리를 맞추어 우는 것은 명예를 위해서가 아니겠는가. 대체 아름 다운 벼슬이란 역시 이(利)를 말하는 거야. 그러나 쫓아오는 자가 많으면 세(勢)가 나뉘어지고, 얻으려는 자가 많으면 명과 이도 공이 없는 법이란 말야. 그러므로 군자는 이 세(勢)·명(名)·리(利) 등의 세 가지에 대하여 말 하기를 싫어한 지가 오래되었다는 거야. 내 그러므로 짐짓 은어(隱語)로써 너에게 가르쳤더니, 너는 곧 이를 쉽게 알아채는구나. 너는 아예 남들과 사귈 적에 앞으로 더 잘할 것을 칭도(稱道)하지 않고, 다만 앞서 잘한 것들 에만 칭도한다면 그는 아무런 아름다움을 느끼지 않을 거야. 그리고 그의 미처 생각하지 못한 점을 깨우쳐주지 말 것이니, 왜냐하면 그가 앞으로 그 일을 행해서 안다면 그는 반드시 무색할 수 있기 때문이야. 또 여러 친구들 이나 많은 대중들이 모인 자리에서 어떤 한 사람을 '제일가는 인물이라'고 칭도하지 말아야 하네. 왜냐하면 '제일'이라는 말은 보다 더 위가 없음을 이르는 만큼 한 자리에 가득히 찬 사람들이 모두 삭연(索然)히 기운이 저상(沮喪)되는 법이야. 그러므로 벗을 사귐에 있어서 다섯 가지의 방법이 있으니, 장차 그를 기리고자할 때면 먼저 잘못을 드러내서 책망할 것이며, 장차 기쁨을 보여주려면 먼저 노여움으로써 밝혀야 할 것이며, 장차 친절히 지내기로 한다면 먼저 내 뜻을 꼿꼿이 세우고 몸을 수줍은 듯이 가질 것이며, 남들로 하여금 나를 믿게 하려면 짐짓 의심스러운 듯이 기다려야 하는 것이며, 대체 열사(烈士)는 슬픔이 많고, 미인은 눈물이 많으므로, 영웅이 잘 우는 것은 남의 마음을 움직이려는 것이야. 대체 이 다섯 가지의 방법은 군자의 비밀 계획인 동시에 처세하는 데 쓰는 아름다운 방법이야." 했다. 탑타는 그 말을 듣고 나서 덕홍에게, "대체 송군(宋君)의 말이란 그 뜻이 너무나 어려워, 이는 은어인 만큼 나는 알지 못하겠네." 하고 물었다. 덕홍은 "네가 어떻게 이걸 안단 말야. 대체 그의 잘하는 것을 일부러 반대로 소리쳐 가며 책망하고 보면, 그의 명예는 이보다 더 높을 수 없을 것이며, 또 노여움은 사랑에서 나고, 인정(人情)은 견책(譴責)에서 나는 법이었으므로, 한 집안 사람 사이에는 아무리 종알거려도 싫어하지 않는 법이며, 그리고 이미 더 친할 나위 없이 친하면서도 더욱 성긴 듯이 한다면 그 친함이 이에서 더할 수 없는 법이며, 이미 더 믿을 나위 없이 믿으면서도 오히려 의심스러운 듯이 한다면 그 믿음이 이에서 더할 수 없는 법이며, 술은 취하고 밤은 깊었는데 딴 사람들은 모두 쓰러져 자건만 친한 벗 두 사람만이 말없이 마주쳐다보며 앉아서 취한 나머지의 흥에 겨워 강개(慷慨)한 빛을 띠고 있으면 그 누가 자연히 감동하지 않을 자 있겠는가. 그러므로 벗사귐에는 서로 그 마음을 알아주는 것보다 더 고귀한 것이 없고, 기쁨엔 서로 그 마음을 감동시키는 것보다 더 지극한 것이 없는 거야. 그리고 성급한 자가 그의 노여움을 풀 수 있으며 사나운 자가 그의 원망을 풀 수 있음에는 울음보다 더 빠른 것이 없는 거야. 그러므로 나는 남과 사귈 적에 가끔 울고 싶지 않음이 아니로되, 다만 울려고 해도 눈물이 나지 않는 까닭에 이때까지 온 국내를 돌아다닌 지 서른한 해가 되었으나 아직 참된 친구 한 사람도 없단 말야." 했다. 탑타는, "그러면, 충성껏 벗을 사귀고, 정의로써 벗을 정한다면 어떻겠어." 했다. 덕홍은 탑타 그 말을 듣자 곧 탑타의 얼굴에 침을 뱉으며, "에이 더럽구나. 네 그것을 말이라고 한단 말이야? 너는 잠자코 내 말을 들어봐. 대체 가난한 사람은 무엇이고 바라는 것이 많은 까닭에, 제각기 정의(正義)를 한없이 그리워해서 저 하늘을 쳐다보매 다만 가물가물 할 뿐이건마는 그는 오히려 곡식이 쏟아져 내리길 생각하며, 남의 기침 소리만 들려도 목을 석 자나 뽑고는 한다. 그러나 재산을 모으는 자는 인색하다는 이름쯤이야 부끄러워하지 않는 법이니, 이는 남이 나에게 무엇을 바라는 생각조차 못 내게 하는 거야. 또 천한 사람은 아무런 아낄 것이 없으므로 그의 충성은 어떠한 어려운 일이라도 사양하지 않는 법이니, 이는 왜 그러냐 하면, 물을 건널 제 옷을 걷지 않음은 해진 고의(袴衣)를 입은 까닭이요, 수레를 타는 자로서도 가죽신 위에 덧버선을 신음은 진흙이 스며들까 저어함이니, 저 가죽신 밑창도 오히려 아끼거든, 하물며 제 몸뚱이야 오죽하겠느냐. 그런 까닭에 '충(忠)'이니 '의(義)'니 하고 부르짖음은 가난하고 천한 자의 상투적인 구호에 지나지 않는 일이요, 저 부귀를 누리는 자에게는 논할 바 아닌 거야." 하고 소리를 높여 꾸짖었다. 그제야 탑타는 초연히 낯빛을 붉히며, "에라, 나는 차라리 한 평생에 벗 하나를 사귀지 못할지언정, 자네의 말처럼 '군자의 사귐'은 할 수 없네." 하고는 그제야 세 사람이 서로 붙들고 갓과 옷을 모두 찢어버리고 때 묻은 얼굴, 다북처럼 흐트러진 머리, 그리고 새끼를 띠 삼아 허리통을 졸라매고 온 저자로 쏘다니며 노래를 불렀다.

골계(滑稽) 선생이 이 일을 듣고 '우정론'이라는 글을 지었으니, 그 글에 이르기를, "나무쪽을 맞대어 붙이는 데에는 부레풀이 제일이요, 쇠끝을 녹여 붙이는 데에는 붕사가 그만이요, 사귐에 이르러 사슴이나 말의 가죽을 잇대어 붙이는 데에는 찹쌀밥풀에 지나침이 없으리라. 그리고 벗을 사귀는 데에 '틈'이라는 것이 가장 중요하다. 연(燕)·월(越)이 비록 멀다 하나 그런 틈이 아니요, 산천이 그 사이에 막혔다 해도 그런 틈이 아니었고, 다만 거기에는 둘이서 무릎을 서로 맞대고 자리에 나란히 앉았다 해서 '서로 밀접했다'고 할 수 없겠고, 어깨를 치며 소매를 붙잡았다 해서 '서로 합쳤다'고 할 수 없을 만큼, 그 사이엔 틈이 있을 뿐이다. 옛날 위앙(衛鞅)이 이야기를 장황하게 늘어놓으매 진효공(秦孝公)은 못 들은 체 졸고 있었고, 응후(應侯)가 아무런 노여움을 겉으로 풍기지 않으매 채택(蔡澤)은 벙어리처럼 말을 못했다. 그러므로 마음에 있는 것을 겉으로 드러내서 남을 꾸짖음도 반드시 그럴 만한 처지의 사람이 있을 것이며, 큰 소리를 쳐가며 남을 배격하고 그로 하여금 노엽게 함도 반드시 그럴 만한 사람이 있을 것이다. 또 옛날 공자 조승(趙勝)이 소개했을뿐더러 성안후(成安侯)와 상산왕(常山王)도 틈 없는 사귐이었다. 그러므로 한 번 틈이 나면 누구라도 그 틈은 어떻게 할 수 없는 법이다. 그러므로 가히 사랑할 만한 것도 틈이 아니겠으며, 가히 두려워할 만한 것도 틈이 아니겠는가? 아첨이란 그 틈을 타서 결합되며, 고자질이란 그의 틈을 이용하여 결별케 하는 것이다. 그러므로 남을 잘 사귀는 자는 먼저 그 틈을 잘 타야 할 것이며, 남을 잘 사귀지 못하는 자는 틈내는 것을 일삼지 않는 법이다. 대체 곧은 이는 샛길로 갈지언정 굽은 길로 나아가거나 또는 돌아가면서 하려고 하지 않는 법이다. 그리하여 한마디 말에 서로 의견이 합하지 않는 것은, 남이 그를 이간시켜서가 아니라, 제 스스로 앞길을 막는 까닭이다. 그러므로 상말에 이르기를 '열 번 찍어서 넘어가지 않는 나무가 없다.' 하고, 또 '성주님을 위하려면 주왕님께 먼저 지성을 들이라.' 하였으니, 그 바로 이를 두고 이른 말일 것이다. 그러므로 아첨을 부리는 데에는 세 가지의 방법이 있으니, 첫째

제 몸을 바로잡고 얼굴을 꾸민 뒤에 말씨도 얌전히 할뿐더러 명리에 담박하며 다른 사람들과 교제하는 것을 싫어하는 체해서 자기의 아름다움을 자랑하는 것이 상첨(上諂)이요, 그 다음은 곧은 말을 간곡히 해서 자기의 참된 심정을 나타내되 그 틈을 잘 타서 이쪽의 뜻을 이해시키는 것이 중첨(中諂)이요, 심지어는 말굽이 닳도록 자리가 해지도록 자주 찾아가서 그의 입술을 쳐다보며 얼굴빛을 잘 살펴서, 그가 말하면 덮어놓고 '좋다' 하며 그의 행동은 무조건 아름답게 여긴다면, 저쪽에서 처음 들을 때에는 기뻐하나 오래 되면 도리어 싫어하는 법이요, 싫어하면 더럽게 여길 뿐더러 그제야 그가 자기를 놀리는 것이 아닌가 하고 의심하는 법이니, 이는 하첨(下諂)이다. 대체 관중(管仲)은 아홉 번이나 제후(諸侯)를 규합했고, 소진(蘇秦)은 나뉘어졌던 육국(六國)을 연맹하였으니, 그야말로 '천하에 가장 큰 사귐'이라고 이를 수 있겠다. 그러나 송욱·탑타는 길에서 빌어먹고, 덕홍은 저자에서 미친 노래를 부를지언정, 말 거간꾼의 나쁜 술법을 쓰지 않거든, 하물며 글 읽는 군자로서 어찌 그런 짓을 할까 보냐!" 하였다.[184]

---

184) 朴趾源, 『燕巖集』卷之八 別集 『放璚閣外傳』「馬駔傳」. "馬駔舍儈, 擊掌擬指管仲蘇秦, 雞狗馬牛之血, 信矣, 微聞別離, 拋弦裂帨, 回燈向壁, 垂頭吞聲, 信妾矣. 吐肝瀝膽, 握手證心, 信友矣. 然而界準隔扇, 左右瞬目, 駔儈之術也. 動蕩危辭, 餂情, 投忌, 脅强制弱, 散同合異, 覇者說士, 捭闔之權也.

昔者有病心而使妻煎藥, 多寡不適, 怒而使妾, 多寡恒適, 甚宜其妾, 穴牖窺之, 多則損地 寡則添水, 此其所以取適之道也, 故附耳低聲, 非至言也, 戒囑勿洩, 非深交也, 訟情淺深, 非盛友也. 宋旭·趙闒拖·張德弘, 相與論交於廣通橋上, 闒拖曰 吾朝日, 豈皮飄然丐. 入于市廛, 有登樓而貿布者, 擇布而舐之, 暎空而視之, 價則在口, 讓其先呼, 旣而兩相忘布, 布人忽然望遠山謠其出雲, 其人負手逍遙, 壁上觀畵. 宋旭曰, 汝得交態, 而於道則未也. 德弘曰, 傀儡垂帷爲引繩也. 宋旭曰, 汝得交面, 而於道則未也. 夫君子之交三, 所以處之者五, 而吾未能一焉. 故行年三十, 無一友焉, 雖然, 其道則吾昔者竊聞之矣. 臂不外信, 把酒盃也. 德弘曰, 然詩固有之鳴鶴在陰, 其子和之, 我有好爵, 吾與爾縻之, 其斯之謂歟. 宋旭曰, 爾可與言友矣. 吾向者告其一, 爾知其二者矣. 天下之所趨者, 勢也, 所共謀者, 名與利也. 盃不與口謀, 而臂之屈者, 應至之勢也, 相和以鳴, 非名乎, 夫好爵, 利也. 然而趨之者多則勢分, 謀之者衆則名利無功, 故君子諱言此三者, 久矣, 吾故隱而告汝, 汝則知之, 汝與人交, 無譽其善, 譽其成善, 倦然不靈矣. 毋醒其所未及, 將行而及之, 憮然失矣. 稠人廣衆, 無稱人第一 第一則無上, 一座索然沮矣.

故處交有術, 將欲譽之莫如顯責, 將欲示歡, 怒而明之, 將欲親之, 注意若植, 回身若羞, 使人欲

연암은 위의 「마장전」에서 당시 최하층 인물들의 진실한 삶의 모습을 관찰하고 그들에게서 참다운 인간성을 발견함과 아울러 양반 계층의 부정적이고 위선적인 삶의 모습을 비판하였으며, 특히 인간 윤리에 큰 관심을 보이고 있다.

「마장전」은 송욱·조탑타·장덕홍이라는 세 광인이 광통교 위에서 우도를 논한 내용이다. 그들은 비록 거리에서 걸식하며 저자에서 노래하고 돌아다니는 처지였으나 친구가 없으면 없었지 군자들의 신의 없는 사교술은 부리지 않겠다고 선언한다. 이 글이 양반의 세속화된 우도를 풍자하고 있지만 궁극적인 주제는 진실한 인간 윤리의 모색에 있었다고 할 수 있다.185)

吾信也. 設疑而待之, 夫烈士多悲, 美人多淚, 故英雄善泣者, 所以動人, 夫此五術者, 君子之微權, 而處世之達道也. 闈拖問於德弘曰, 夫宋子之言, 陳義褻牙廋辭也. 吾不知也. 德弘曰, 汝奚足以知之, 夫聲其善而責之, 譽莫揚焉, 夫怒生於愛, 情出於譴, 家人不厭時嘀嘀也. 夫已親而逾踈, 親孰踰之, 已信而尙疑, 信孰密焉. 酒闌夜深, 衆人皆睡, 黙然相視倚其餘醉, 動其悲思, 未有不悽然而感者矣. 故交莫貴乎相知, 樂莫極乎相感, 狷者解其愠, 忮者平其怨, 莫疾乎泣, 吾與人交, 未嘗不欲泣, 泣而淚不下, 故行于國中, 三十有一年矣. 未有友焉. 闈拖曰, 然則忠而處交, 義而得友, 何如, 德弘, 唾面而罵之曰, 鄙鄙哉 爾之言之也. 此亦言乎哉, 汝聽之, 夫者多所望, 故慕義無窮, 何則, 視天莫莫, 猶思其雨粟, 聞人咳聲延頸三尺, 夫積財者, 不耻其吝名, 所以絶人之望我也. 夫賤者無所惜, 故忠不辭難, 何則, 水涉不褰, 衣襞袴也. 乘車者, 靴加韋垈, 猶恐沾泥, 履底尙愛, 而況於身乎. 故忠義者, 貧賤者之常事, 而非所論於富貴耳, 闈拖, 愀然變乎色曰, 吾寧無友於世, 不能爲君子之交, 於是, 相與毁冠裂衣, 垢面蓬髮, 帶索而歌於市.

滑稽先生友情論曰, 繢木, 吾知其膠魚肺也. 接鐵, 吾知其鎔鵬砂也. 附鹿馬之皮, 莫緻乎糊, 粳飯, 至於交也. 介然有間, 燕越之遠也, 非間也, 山川間之, 非間也, 促膝聯席, 非接也, 拍肩摻袂, 非合也. 有間於其間, 衛鞅張皇, 孝公時睡, 應侯不怒, 蔡澤噤暗, 故出而讓之, 必有其人也. 宣言, 怒之, 必有其人也. 趙勝公子, 爲之侶介, 夫成安侯常山王, 其交無間, 故一有間焉. 莫能爲之間焉, 故可愛非間, 可畏非間, 詭由間合, 讒由間離, 故善交人者, 先事其間不善交人者, 無所事間, 夫直則遄矣. 不委曲而就之, 不宛轉而爲之, 一言而不合, 非人離之, 己自阻也. 故鄙諺有之曰, 伐樹伐樹, 十斫無蹶, 與其媚於奧寧媚於竈. 其此之謂歟, 故導諛有術. 飭躬修容, 發言愷悌, 澹泊名利, 無意交遊, 以自獻媚, 此上諂也. 其次讜言款款, 以顯其情, 善事其間, 以通其意, 此中諂也. 穿馬蹄, 弊薦席, 仰脣吻, 俟顔色, 所言則善之, 所行則美之, 初聞則喜, 久則反厭, 厭則鄙之, 乃疑其玩己也, 此下諂也. 夫管仲九合諸侯, 蘇秦從約六國, 可謂天下之大交矣. 然而宋旭闈拖, 乞食於道, 德弘, 狂歌於市. 猶不爲馬駔之術, 而況君子而讀書者乎."

185) 朴箕錫, 「燕巖小說論」, 『韓國古典小說論』, 새문社, 1997, 379쪽 참조.

위 소설의 첫머리에서 믿음성 있는 여인과 믿음성 있는 벗사귐에 대비하여 이익을 좇아 변하기 쉬운 장사치들의 벗사귐을 제시하고 있다.

"옛날에 염통을 앓는 한 사람이 아내를 시켜서 약을 달였는데, 많았다가 적었다가 해서 그 분량이 알맞지 않았다. 그는 노하여 사랑하는 첩을 시켜서 달였는데, 약 달이는 분량은 늘 한결같았다. 그는 기특히 여겨서 창구멍을 뚫고 엿보았는데, 약물이 많으면 땅에 따르고, 적으면 물을 더 타고는 한다. 이것이 곧 알맞게 하는 유일한 방법이었다."

진실된 아내와 영리하고 교활한 첩의 태도를 겉으로는 알 수 없었는데 양심의 상징인 창구멍을 통하여 확연히 보여주고 있다. 곧 진실된 벗사귐은 숨김없이 공명정대하며, 지나치게 친압(親狎)하지도 않은 것이다. 귀에 입을 대고 속삭이는 소리는 진실된 말이 아니고, 정(情)의 얕고 깊음을 나타내려고 애쓰는 것도 진실된 벗사귐이 아니었다.

송욱·조탑타·장덕홍 세 사람이 광통교 위에서 서로 벗 사귀는 방법으로 은미한 도리와 다섯 가지의 방법을 논하였는데, 장차 그를 기리고자 할 때면 먼저 잘못을 드러내서 책망할 것이며, 장차 기쁨을 보여주려면 먼저 노여움으로써 밝혀야 할 것이며, 장차 친절히 지내기로 한다면 먼저 내 뜻을 꼿꼿이 세우고 몸을 수줍은 듯이 가질 것이며, 남들로 하여금 나를 믿게 하려면 짐짓 의심스러운 듯이 기다려야 하는 것이며, 대체 열사(烈士)는 슬픔이 많고, 미인은 눈물이 많으므로, 영웅이 잘 우는 것은 남의 마음을 움직이려는 것이야. 대체 이 다섯 가지의 방법은 군자의 비밀 계획인 동시에 처세하는 데 쓰는 아름다운 방법이라고 설파하고 있다.

탑타는 벗사귐의 도리를 "故交莫貴乎相知고교막귀호상지, 樂莫極乎相感낙막 극호상감, 狷者解其慍견자해기온."라고 했는데, 벗사귐에는 서로 그 마음을 알 아주는 것보다 더 고귀한 것이 없고, 기쁨엔 서로 그 마음을 감동시키 는 것보다 더 지극한 것이 없는 것이라고 했다.

골계선생이 '우정론'이라는 글을 지었는데, 벗을 사귀는 데에는 '틈' 이라는 것이 가장 중요하며, 남을 잘 사귀는 자는 먼저 그 틈을 잘 타야 할 것이며, 남을 잘 사귀지 못하는 자는 틈내는 것을 일삼지 않는 법이라는 내용이다. 또한 아첨을 부리는 데에는 세 가지의 방법 이 있으니, 첫째 제 몸을 바로잡고 얼굴을 꾸민 뒤에 말씨도 얌전히 할 뿐더러 명리에 담박하며 다른 사람들과 교제하는 것을 싫어하는 체해서 자기의 아름다움을 자랑하는 것이 상첨(上諂)이요, 그 다음은 곧은 말을 간곡히 해서 자기의 참된 심정을 나타내되 그 틈을 잘 타서 이쪽의 뜻을 이해시키는 것이 중첨(中諂)이요, 심지어는 말굽이 닳도록 자리가 해지도록 자주 찾아가서 그의 입술을 쳐다보며 얼굴빛을 잘 살펴서, 그가 말하면 덮어놓고 '좋다' 하며 그의 행동은 무조건 아름답 게 여긴다면, 저쪽에서 처음 들을 때에는 기뻐하나 오래 되면 도리어 싫어하는 법이요, 싫어하면 더럽게 여길뿐더러 그제야 그가 자기를 놀리는 것이 아닌가 하고 의심하는 법이니, 이는 하첨(下諂)이다. 대체 관중은 아홉 번이나 제후를 규합했고, 소진은 나뉘어졌던 육국을 연 맹하였으니, 그야말로 '천하에 가장 큰사귐'이라고 이를 수 있겠다는 내용이다. 이는 참된 벗사귐이 못되는 아첨하는 도를 써서 사귀는 방법을 풍자적으로 말한 내용인 것이다.

「마장전」을 통하여 연암은 '인간성 긍정과 윤리 의식'과 '양반 사대 부 계층에 대한 현실적 비판'을 연암이 살았던 조선 후기 사회의 전 계층의 삶의 모습에서 작품의 소재를 취하여 작품화함으로써 참된 삶의 모습을 실증적으로 제시하고자 했다. 서민 사회에서도 양반 사회 못지않은 건실하고 윤리적인 삶이 영위되고 있음을 보임으로써 당시의 위정자, 지식인 등 양반 사회 일반의 각성을 촉구하였다. 궁극적으로는 당시의 지식인 '사(士)' 계층이 그가 사는 사회를 위해 지녀야 할 자세와 임무를 간접적으로 시사한 것이다.186) 연암은 양반의 허식에 대해서는 통렬하게 비판하면서도 평민에 대해서는 화해적인 태도를 갖고 있다. 「마장전」에 등장되는 인물은 모두 신분적으로 평민이거나 천민이다. 그는 이들에게 인간적인 미덕과 깊이를 부여하고 있다. 그러나 이들의 일상적인 삶의 모습의 현실성을 객관적으로 투시하고 있다고는 볼 수 없다.

그의 풍자 방법은 주로 우화적 설정으로 동물에 의한 인물의 비속화 및 동음이어의 어희(語戲) 구사의 기지적인 예리성에 있다. 또한 연암은 매우 심미적인 작가라기보다는 비판적 작가다. 그것은 그의 작품세계가 사회에 대한 정관적 태도보다 비판적인 태도가 우세하기 때문이다. 그리고 이러한 비판이 주로 풍자와 희화에 의해서 제시된다. 진정한 풍자는 도덕성을 전제하듯이 그의 소설은 비록 번번이 양반을 희화화시켰다고 할지라도 양반의 존재 이유를 부정하려든 것 같지는 않다. 양반이나 선비사회의 비합리적 모순을 지적함으로써 합리적인 변혁을 의도한 것이다. 그가 평민에 대해서 화해적인 것은 사실이나 그들의 일상생활의 세속성보다는 주로 양반의 허세를 희롱하는 상대적 정수(正數)로 보고 있다.187)

이가원(李家源) 교수는 조선시대 한문소설을 교주(校注)하면서 이 작

---

186) 朴箕錫, 「燕巖小說論」, 389쪽 참조.
187) 李在銑, 『韓國文學의 解釋』, 새문社, 1981, 14쪽 참조.

품을 논평하여 다음과 같이 말했다. "이는 당시의 우도가 땅에 떨어졌음을 슬퍼하여 쓴 것이다. 그의 『방경각외전(放璚閣外傳)』 「자서(自序)」에 이르기를, "벗이 오륜의 끝에 자리를 잡은 것은 결코 낮은 위치에 둔 것이 아니라, 마치 흙이 오행 중에서 끝에 있으나, 실은 사시의 어느 것에 흙이 해당치 않음이 없는 것과 같을 뿐이다. 그러므로 아무리 부자가 친함이 있고, 군신이 정의를 지니고, 부부가 분별이 있고, 장유가 차례가 있다 하더라도 붕우의 믿음이 없다면 아니 될 것이다. 그리고 오륜(五倫)이 제 자리를 잃었을 때에는 오로지 벗이 있어서 그를 바로잡아줄 수 있는 것이다. 그러므로 벗의 위치가 비록 오륜의 끝에 있으나, 실은 그 넷을 통괄할 수 있는 것이다. 이제 송욱·조탑타·장덕홍 등의 세 광사(狂士)가 서로 벗을 삼아 속세에서 몸을 뽑아내어 떠돌이 생활을 하면서도 그들이 저 아첨으로써 교도(交道)를 삼는 무리들에 대한 논평을 참으로 곡진히 묘사하여 그들의 행동하는 꼴이 눈에 선하게 보이는 듯싶었다. 나는 이에 이 「마장전」을 쓰노라." 하였다. 그의 말을 음미해 본다면 당시 교도의 부패상은 소위 문인·학자들의 사귐이 저 말 거간꾼이나 집 중도위 따위만도 못함을 통탄하지 않을 수 없었던 것이다."[188] 이는 인간의 삶 가운데 참된 벗사귐의 도리 곧 '우도'가 매우 중요한 것임을 강조한 것이다.

---

188) 李家源 校注, 『李朝漢文小說選』, 敎文社, 1984, 192쪽 참조.

2) 인물전 및 기타

(1) 흠모의 정/ 私淑: 이이, 「김시습전」[189]

　김시습(金時習)의 자는 열경(悅卿)이요, 본관은 강릉(江陵)입니다. 신라 알지왕(閼智王)의 후예(後裔)에 왕자 주원(周元)이란 이가 있었는데, 강릉에 살았기 때문에 그의 자손들이 그 곳에 본적(本籍)을 두게 되었습니다. (···중략···) 스스로 명성(名聲)이 너무 일찍 성하다고 하여 하루아침에 갑자기 세상을 도피하여 마음은 유(儒)에 있고 자취는 불(佛)이 되어, 시속(時俗) 사람들에게 해괴하게 뵈었으니 일부러 광태(狂態)를 부려, 그 실상을 감추었던 것입니다. 학자로서 학문을 배우겠다고 하는 이가 있으면, 나무 토막이나 돌멩이로 때려 보기도 하고, 또는 활을 당겨 쏘아 보려고도 하여 그의 정성(精誠)을 시험하였던 것입니다. 그렇기 때문에 수업(受業)하는 이가 드물었고, 또는 산전(山田)의 개척(開拓)을 좋아하여 부귀한 집 자식일지라도 김을 매고 거둬들이는 노역(勞役)을 몹시 시키기 때문에, 처음부터 끝까지 전업(傳業)하는 사람은 더욱 드물었습니다.

　산에 가면 즐겨 나무를 깎아 시를 써 놓고 한참 읊조리다가 문득 곡하고는 깎아 버리기도 하고, 어떤 때에는 종이에다 써서 남에게 보이지 않고 물에나 불에다 던져 버리기도 하였습니다. 또 어떤 때에는 나무를 조각(彫刻)하여 농부가 밭갈이하는 형상을 만들어 책상 옆에다 두고 종일토록 자세히 들여다보다가 역시 울면서 태워 버리기도 하였습니다. 때로는 심은 벼가 이삭이 패어 나와 탐스럽게 되었을 때에 취중에 낫을 휘둘러 모조리 쓸어 눕히고, 그리고는 방성통곡하기도 하였습니다. 그 행동거지(行動

---

189) 李珥, 『栗谷全書』 卷之十四 雜著 「金時習傳」 참조.

擧止)가 헤아릴 수 없어 크게 속세의 웃음거리가 되었습니다. (…중략…)

신이 삼가 살피건대, 사람이 천지의 기운을 타고 나자, 청탁(淸濁)과 후박(厚薄)의 차이가 있으므로 생지(生知, 날 때부터 아는 것)와 학지(學知, 배워서 아는 것)의 구별이 있으니, 이것은 의리(義理)로써 하는 말입니다. 시습 같은 이는 문장에 있어서는 천득(天得)이라 할 만하니, 문장에도 생지(生知)가 있는 모양입니다. 거짓 미치광이로 세상을 도피하였으니, 그 미의(微意)는 가상하나 반드시 명교(名敎)를 저버리고, 탕연(蕩然)히 제 마름대로 놀아난 것은 어쩐 까닭이겠습니까. 비록 빛과 그림자를 감추어 후세 사람들로 하여금 김시습이 있었던 줄 모르게 하였던들 이렇게 답답하지는 않았을 것입니다.

그 사람을 생각할 때 재주가 그릇 밖으로 넘쳐흘러서 스스로 수습할 수 없으리만큼 되었으니, 그가 받은 기운이 경청(輕淸)은 지나치고 후중(厚重)은 모자라게 마련된 것이 아니었는가 합니다. 그러나 그는 의(義)를 세우고 윤기(倫紀)를 붙들어서 그의 뜻은 일월과 그 빛을 다투게 되고, 그의 풍성(風聲)을 듣는 이는 겁쟁이도 용동하게 되니, 백세의 스승 되기에 넉넉하다 하여도 지나친 말이 아닐 것입니다.

오직 애석한 것은 시습의 예리하고 영특한 자질로써 학문의 공과 실천을 쌓았더라면, 그가 이룬 것은 한량없었을 것이 아닙니까.

그의 위언(危言)과 준의(峻義)는 시휘(時諱)에 범촉되는 것이 많았고, 공경(公卿)을 꾸짖고 매도하며 눈 흘긴 점이 수없이 많았으나, 당시에는 그를 붙들고 시비를 건 자가 있었다는 말을 들어보지 못하였으니, 우리 선왕(先王)의 성덕(聖德)과 석보(碩輔, 뛰어난 재상)의 넓은 아량은 선비의 언론이 공손하지 않을 수 없게 만든 계세(季世)의 그것과 비할 때에, 그 득실이 과연 어떠합니까. 아아, 거룩하도다.190)

위의 「김시습전」은 율곡 이이(1536~1584)[191] 선생의 작으로, 임금[宣祖로 推定됨]께 올린 글이다. 윗글은 그 전기문(傳記文)의 일부를 인용한 것으로, 김시습의 영매한 자질과 세조(世祖) 정변 후 거짓 미치광이로 숨어 살면서 여생을 마친 그 빼어난 자질을 안타까워하는 뜻을 드러낸 것이다.

매월당 김시습은 신라 왕손의 후예이다. 그가 갑자기 불승(佛僧)의 자취로써 세상을 도피하여 세상을 밝히고 세상을 바로잡고자 하는 속뜻을 감춘 것은 세상이 자기 자신의 뜻과 어긋나기 때문이었다. 비록 이상한 행동거지로 속세의 웃음거리가 되었을지라도 유교의 가르침 곧 명교(名敎, 人倫의 道)를 저버리고자 하는 것이 그의 본심은 아니었다. 그의 미치광이 행세를 작자가 "그 미의(微意)는 가상하다"고 한 것이나, "빛과 그림자를 감추어 후세 사람들로 하여금 김시습이 있었

---

190) 李珥, 「金時習傳」, 『栗谷集』 I , 경인문화사, 1976, 335~342쪽 참조. "金時習字悅卿, 江陵人, 新羅閼智王之裔, 有王子周元, 邑于江陵, 子孫仍籍焉. (…中略…) 自以聲名早盛而一朝逃世, 心儒迹佛, 取怪於時, 乃故作狂易之態, 以掩其實, 士子有欲受學者, 則逆擊以木石, 或彎弓將射, 以試其誠, 故處門者旣罕, 且喜開山田, 雖綺紈家兒, 必役以耘穫甚苦, 終始傳業者尤鮮矣, 山行好白樹題詩, 諷詠良久, 輒哭而削之, 或題于紙, 亦不示人, 多投水火, 或刻木爲農夫耕耘之形, 列置案側, 熟視終日, 亦哭而焚之, 有時所種禾甚盛, 穎粟可玩, 乘醉揮鎌, 盡頃委地, 因放聲而哭, 行止叵測, 大被流俗所嗤點. (…中略…) 臣謹按人體天地之塞, 以淸濁厚薄之不齊, 有生知學知之別, 此以義理言也, 若如時習者, 於文天得, 則文字亦有生知矣, 佯狂避世微意可尙, 而必抛棄名敎, 蕩然自恣者, 何歟, 雖藏光匿影, 使後世不知有金時習, 抑何憫焉, 想見其人, 才溢器外, 不能自持, 無乃受氣豊於輕淸, 嗇於厚重者歟, 雖然標節義扶倫紀, 究其志, 可與日月爭光, 聞其風, 懦夫亦立, 則雖謂之百世之師, 亦近之矣, 惜乎以時習英銳之資, 礱磨以學問踐履之功, 則其所成就豈可量乎, 噫危言峻議犯忌觸諱, 訶公詈卿, 略無顧藉, 而當時不聞有擧其非者, 我先王之盛德, 碩輔之宏量, 其視季世使士言遜者, 得失何如耶, 嗚呼韙哉."

191) 조선조 5백년을 통틀어 가장 뛰어난 사상가, 교육자, 정치가로 호는 율곡(栗谷)이고 본관은 덕수이다. 아버지는 사헌부감찰 원수이며, 어머니는 우리 역사상 가장 훌륭한 여류시인으로, 화가로 또한 현모양처로 이름난 사임당 신씨이다. 율곡은 철학·교육·정치 등 각 방면에 공적을 남겼는데, 특히, 철학과 교육학에 관한 그의 사고는 매우 진보적이었다. 탐관오리가 득세를 부렸다는 그때에도 죽는 순간까지 깨끗한 지조를 지켜 언제나 국가와 겨레의 운명을 근심하고 백성의 생활을 염려한 나머지 사생활을 희생하면서까지 청렴결백한 태도를 변치 않았다.

던 줄 모르게 하였던들 이렇게 답답하지는 않았을 것"이라고 한 것으로 보아, 작자는 위의 글에서 학자로서 대성할 수도 있었을 김시습의 영특한 자질을 무척 아까워하는 뜻을 나타내고자 한 것임을 알 수 있다.

작자는 특히 김시습의 문장가로서의 천부적인 자질을 '생지(生知)'라고 높이 평가하고, 그가 타고난 기상을 '경청(輕淸)'이라고 하기에는 넉넉하고 '후중(厚重)'하다고 하기에는 인색한 점이 있다고 하였다. 그러나 후중하지 못하게 보일 수밖에 없었던 것이 김시습의 본색은 아니었을 것이다. 그럼에도 작자가 그와 같이 평할 수밖에 없었던 것 또한 시속과 군신의 의를 저버린 주인공을 예찬할 수 없는 현실을 외면하기 어려운 작자의 속사정이 있었기 때문이다. 그와 같은 작자의 속사정은 "그의 뜻을 깊이 파고들자면, 일월과 빛을 다툴 만하다(究其志, 可與日月爭光)."고 하고 "그의 풍성(風聲)을 듣는 이는 겁쟁이라도 굳센 뜻을 세울 수 있다(聞其風, 懦夫亦立)."고 한 것, 그리고 "그러한즉 비록 백세의 스승이라고 일러도 또한 가까운 말일 것입니다(~則雖謂之 百世之師, 亦近之矣)."라고 한 표현 등을 통해서도 충분히 짐작할 만하다.

그리고 "그의 '위언(危言)'과 '준의(峻義)'는 세상에서 '기휘(忌諱)'하는 점에 범촉(犯觸)되는 점이 많았다."고 하면서 슬퍼한 것 또한, 작자가 주인공 김시습을 높이 평가하고자 하는 뜻을 드러낸 것임을 알 수 있다. '위언'은 '위태로운 말'이며, '준의'는 험준하다 할 만큼 '높은 의론'이다.

따라서 위의 글은 작자가 비록 '명교(名敎, 인륜의 도)'를 저버린 김시습의 생애를 안타까워하는 것이면서도 속뜻을 드러내지 않으려 거짓 미치광이 행세를 한 '미의'를 고상하게 여겨 그 영특한 자질을 아까워하면서 세상에 뜻을 펴지 못한 그의 덕을 흠모한 것이라 할 수 있다.

(2) 桃園結義/ 흠모의 정: 남효온, 「육신전」192)

박팽년(朴彭年)

박팽년(朴彭年)의 자는 인수(仁叟)이다. 세종(世宗)때에 과거에 급제하였다. 세종(世宗) 14년(1432)에 생원시(生員試)에 합격하였고, 세종 16년에 친시(親試)에 합격하였고, 세종 29년(1447)에 중시(重試)에 합격하였다. 성삼문(成三問) 등과 더불어 늘 집현전(集賢殿)에서 복무하면서 세종에게 신임을 받았다.

단종 3년(1455)에 세조(世祖)가 단종의 선위(禪位)를 받으니, 박팽년은 나라 일(王事왕사)이 끝내 구제되지 못할 것임을 알고는 경회루(慶會樓) 연못을 내려다보고 스스로 빠져 죽으려고 하니, 성삼문이 굳이 이를 말리면서 말하였다.

"지금 신기(神器)는 비록 옮겨갔지만, 아직 상왕(上王)께서 생존해 계시니 우리들이 죽지만 않는다면 오히려 뒷일을 도모할 수 있을 것이며, 뒷일을 도모하다가 이루지 못한다면 그때 죽더라도 또한 늦지 않을 것이오. 오늘의 죽음은 국가에 아무런 도움이 없을 것이오."

박팽년이 그대로 따랐다. 얼마 안 되어 외직(外職)으로 나가 충청도관찰사(忠淸道觀察使)가 되었는데, 조정에 소관 사무를 장계(狀啓)할 때는 신(臣)이라 일컫지 않고 다만 '아무 관직 아무'라고만 썼는데도 조정에서는 이 사실을 알지 못하였다.

이듬해에 내직(內職)으로 들어와서 형조참판(刑曹參判)이 되었는데, 성삼문과 성삼문의 아버지 성승(成勝)과 유응부(兪應孚)·하위지(河緯地)·이개(李塏)·柳誠源(류성원)·김질(金礩)·권자신(權自愼) 등과 더불어 상왕(上

---

192) 南孝溫, 『秋江先生文集』 卷之八 「六臣傳」, 89쪽 참조.

王)을 복위시킬 일을 도모하였다.

그때, 명나라 사신이 우리나라에 왔는데, 세조는 상왕과 함께 사신을 청하여 창덕궁(昌德宮)에서 잔치를 베풀고자 하였다.

박팽년 등이 모의하여 말했다.

"성승과 유응부로서 별운검(別雲劍)이 되게 하여, 잔칫날에 일을 일으켜 성문을 닫고 세조의 우익(羽翼)을 제거한 다음 상왕을 다시 세우기로 하자."

계획은 이미 정해졌으나, 마침 잔치하는 그날 임금[世祖]은 운검을 제폐(除廢)하도록 명령하였고, 세자도 또한 질병 때문에 왕을 따라 나오지 않았다.

유응부가 그래도 거사(擧事)하려고 하니 박팽년과 성삼문은 굳이 말리면서 말하였다.

"지금 세자가 본관(本宮)에 있습니다. 공의 운검이 쓰이지 못하게 된 것은 하늘의 뜻입니다. 만약 여기[창덕궁]서 거사를 한다 하더라도, 혹시 세자가 변고를 듣고서 경복궁에서 군사를 동원하여 온다면 일의 성패가 어찌될지 알 수 없으니, 뒷날을 기다리는 것만 같지 못할 것입니다."

유응부는 말하였다.

"이런 일은 신속히 하는 것이 좋은데, 만약 늦춘다면 누설될까 염려가 되오. 지금 세자는 비록 오지 않았지만, 왕의 우익은 모두 이곳에 있으니, 오늘 이들을 다 주살(誅殺)하고는 상왕을 호위하고서 호령한다면 천재일시(千載一時)의 좋은 기회가 될 것이오. 이런 기회를 놓쳐서는 안 되오."

박팽년과 성삼문은 굳이 옳지 않다고 하면서 말하였다.

"만전(萬全)의 계책이 아닙니다."

일이 마침내 중지되고 말았다.

김질이 일이 성공되지 못함을 알고, 급히 달려가 그 처부(妻父) 정창손(鄭昌孫)과 모의하여 말하였다.

"지금 세자가 임금을 따라오지 아니했고, 운검을 특별히 제폐한 것은 하늘의 뜻입니다. 먼저 이 사실을 고발하여, 우리들만이 요행히 살게 되는 것만 같지 못합니다."

정창손은 즉시 김질과 함께 대궐에 빨리 나아가 반역을 고발하였다.

"신은 실로 알지 못하였고, 김질이 홀로 참여한 것입니다. 김질의 죄는 만 번 죽어도 마땅합니다."

임금은 김질과 정창손의 죄는 특별히 용서하였다.

박팽년 등을 체포하니, 공초(供招)에 승복하였다. 임금이 그 재주를 아껴서 비밀히 타일렀다.

"그대가 나에게 귀복(歸服)하여 이번 계획을 공언(公言)하지 않는다면 살게 될 것이다."

박팽년이 비웃으면서 대답하지 않고는, 임금[세조]을 일컬을 때 반드시 나으리[進士]라고 하였다.

임금이 그 입을 다물게 하고는, "그대가 이미 나에게 신(臣)이라고 일컬었으니 지금 비록 신이라 일컫지 않더라도 소용이 없다."고 하니, 박팽년은 대답하여 말하였다.

"나는 상왕의 신하인데, 어찌 나으리의 신하가 되겠소? 전일에 충청감사(忠淸監司)로 1년 동안 있을 적에도 장계한 문서에 일찍이 신이라 일컬은 일은 없소."

세조가 사람을 시켜 그 계목(啓目)을 조사해 보게 하였더니, 과연 한 글자도 신이라는 글자는 없었다. 그 아우 박대년(朴大年)과 아들 박헌(朴憲)도 모두 죽음을 당하였고, 그 아내는 관비(官婢)가 되었으나 수절하면서 한평생을 마쳤다. 박헌은 생원시에 합격하였는데, 또한 정직하였다. 사형을 당하게 될 때 사람들을 돌아보면서, "나를 난신(亂臣)으로 여기지 말라." 하였다. 김명중(金命重)이 이때 금부낭관(禁府郞官)이었는데, 박팽년에게 사사로이 이르러 "공은 어찌해서 이런 화난(禍難)을 불러들였습니까?" 하니, 팽년은 탄식하면서 말하였다.

"마음속이 편안하지 못하니, 이렇게 하지 않을 수가 없었다."

박팽년은 성품이 침착하고 말이 적었으며, 『소학(小學)』으로 몸을 단속하여, 종일토록 단정히 앉아 있으면서 의관을 벗지 않으니, 다른 사람에게 존경하는 마음을 일어나게 하였다. 그의 문장은 부드럽고 깨끗했으며, 필법은 종유와 왕희지(王羲之)를 본받았다고 한다.

세조가 영의정이 되어 부중(府中)에서 잔치를 베풀었을 때에, 박팽년이 시를 지었는데 그 시는 이러했다.

묘당 깊은 곳에 거문고 소리 이는구나.
세상만사가 이렇게 될 줄은 아무도 알지 못하였네.
푸른 버들잎엔 봄바람이 나부끼고
활짝 핀 꽃가지엔 봄날만이 길구나.
선왕의 큰 사업은 금궤 속에 들어 있고
성주의 큰 은혜는 옥잔을 비우게 하네.
즐기지 않겠는가? 어찌 길이 즐기지 않겠는가?
경사로서 태평 시대에 실컷 마셔보세나.

세조는 이 시를 좋아하여 칭찬하고는 명하여 목판에 새겨 의정부 안의 벽에 걸어두게 했다고 한다.

성삼문(成三問)

성삼문의 자는 근보(謹甫)이다. 세종 때에 과거에 급제하였다. 세종 17년(1435)에 생원시에 합격하였고, 세종 20년에 식년문과(式年文科)에 합격하였으며, 세종 29년의 중시에 장원하였다. 경연(經筵)에서 항상 임금을 모시고서 선도(善道)를 진술하여 임금의 마음을 인도한 일이 매우 많았었다.

세종이 만년에 오래된 병환이 있어 여러 차례 온천에 거동하였는데, 언제나 성삼문과 박팽년·신숙주(申叔舟)·이개 등으로 하여금 편복(便服) 차림으로 어가(御駕) 앞에 따르게 하여 임금의 고문(顧問)에 대비하게 하였으니, 그 시대 사람들이 이를 영광으로 여겼다. 단종 원년(1453)에 세조가 김종서(金宗瑞)를 죽이고, 집현전의 여러 신하들까지도 정난공신(靖難功臣)의 칭호를 내려주었으나, 성삼문은 이를 받기를 부끄럽게 여겼으며, 여러 공신들이 번갈아 축하의 잔치를 베풀었으나, 성삼문만은 홀로 연회를 베풀지 않았다.

단종 3년에 세조가 단종의 선위를 받았을 때, 성삼문이 예방승지(禮房承旨)로서 국새(國璽)를 끌어안고 통곡하니, 세조가 이때 고개를 숙이고 엎드려 겸손히 사양하더니, 머리를 들고서 이 광경을 자세히 살펴보고 있었다.

그 이듬해에 그의 아버지 성승 및 박팽년 등과 함께 상왕을 복위시킬 것을 모의하고는, 명(明)나라 사신을 초청하여 잔치를 베푸는 날에 거사하기로 기약하고, 집현전에서 모여 의논하였다.

성삼문이 말하였다.

"신숙주는 나의 친한 친구이지만, 죄가 무거우니 죽이지 아니할 수가 없다."

모두가 말하였다.

"그렇다."

무사들에게 각기 죽일 사람을 맡게 하였는데, 형조정랑(刑曹正郎) 윤영손(尹鈴孫)이 신숙주를 맡았다. 마침 그날 운검을 제폐했기 때문에 계획이 중지되었는데도, 윤영손은 이 사실을 알지 못하였다. 이때 신숙주가 편방(便房)에 나아가서 머리를 감고 있으니, 윤영손이 칼자루에 손을 대고서 앞으로 나갔으나, 성삼문이 눈짓으로 이를 말렸다.

일이 발각되어 성삼문이 잡혀갔는데, 세조가 친히 국문하면서 꾸짖었다.

"그대들은 무엇 때문에 나를 배반하느냐."

성삼문이 큰 소리로 대항하여 말했다.

"옛 임금[단종]을 복위시키려는 것일 뿐이오. 세상에 누가 자기의 임금을 사랑하지 않는 사람이 있겠소? 내 마음은 온 나라 사람들이 다 알고 있는데, 어째서 배반한다고 말하오? 나으리는 평일에 걸핏하면 주공(周公)을 끌어서 증거를 댔는데, 주공도 또한 이런 일을 하는 적이 있었소? 성삼문이 이런 일을 하는 것은 하늘에는 해가 둘이 있을 수 없고, 백성에게는 임금이 둘이 있을 수 없기 때문이오."

세조가 발을 구르면서 말하였다.

"내가 선위 받던 당초에는 어찌 말리지 않고서 나에게 의부(依附)해 있더니, 지금에 와서 나를 배반하는가?"

성삼문이 말하였다.

"사세(事勢)가 그렇게 할 수 없었기 때문이었소. 내 진실로 나아가 말리지 못했으니, 물러나 한번 죽는 일만이 있음을 알고 있었소. 그러나 헛된 죽음이 무익한 일이므로 참고 견디면서 지금에 이르게 된 것은 뒷날의 보효(報效)를 도모하려고 했을 뿐이오."

세조가 말하였다.

"너는 내 녹(祿)을 먹지 않았느냐? 녹을 먹고도 배반하였으니 믿을 수 없는 사람이다. 명분은 상왕을 복위시킨다고 하지만, 실상은 네가 임금이 되려고 한 짓이지."

성삼문이 말하였다.

"상왕이 계신데 나으리가 어찌 나를 신하라고 하오? 또 나으리의 녹은 먹지 않았으니, 만약 믿지 못하겠다면 내 가산을 몰수하여 세어 보오."

세조가 몹시 노하여 무사를 시켜 쇠를 불에 달구어 그 다리를 뚫고 그 팔을 자르게 했으나, 얼굴빛이 변하지 않았다.

성삼문은 천천히 말하였다.

"나으리의 형벌이 너무 참혹하오."

이때 신숙주가 세조의 앞에 있었는데, 성삼문이 그를 꾸짖어 말하였다.

"너와 내가 집현전에 있을 때, 세종께서 날마다 왕손[단종]을 안으시고 거닐고 돌아다니시다가, 여러 유신(儒臣)들에게 '내가 세상을 떠난 후에 그대들은 꼭 이 아이를 잘 보살펴 다오' 하시던 말씀이 아직도 귀에 남아 있는데, 너만이 혼자 이 말을 잊었느냐? 너의 나쁜 짓이 이 지경까지 이르게 될 줄은 생각조차 못했다."

제학(提學) 강희안(姜希顔)이 공사(供辭)에 관련되어 고문을 당했으나 승복하지 않으니, 임금이 물었다.

"강희안도 모의에 참여했는가?"

성삼문이 말하였다.

"강희안은 실상 이 사실을 알지 못하오. 나으리는 명성이 높은 선비를 모조리 죽이려 하는데, 마땅히 이 사람만은 남겨 두었다가 쓰도록 하오."

강희안은 이 때문에 죽음을 면하게 되었다.

성삼문은 수레에 실려 문을 나오면서 얼굴빛이 침착하여 조금도 움직이지 않았으며, 옆에 있는 사람을 돌아보면서 말하였다.

"너희들은 어진 임금[세조]을 도와 태평한 세상을 이루도록 해라. 삼문은 죽어 지하에 가서 옛 임금[단종]을 뵙겠다."

또, 감형관(監刑官) 김명중에게 웃으면서 말하였다.

"이것이 어찌된 일인고?"

그가 죽은 후에 그 가산을 적몰(籍沒)해보니 세조 원년 이후부터 받은 녹봉은 따로 한 방에 쌓아두고는 '어느 달의 녹'이라고 써 두었으며, 집안에는 남은 것이 없었고, 침방에는 거적자리만 있을 뿐이었다.

아들이 다섯 명이나 있었는데, 맏아들이 성원(成元)이었다. 그의 아내는 관비가 되었으나 평생 동안 절개를 지켰다.

세조가 단종의 선위를 받으려 할 때, 성승이 도총관(都摠管)으로서 대궐에 입직(入直)하였다가 단종께서 선위한다는 말을 듣고는, 승정원(承政院)으로 종을 보내어 성삼문에게 여러 차례 그 사실을 물어보았으나 대답하지 않더니, 조금 있다가 성삼문이 일어나 뒷간으로 가다가 하늘을 쳐다보고 한숨을 지으면서 말하였다.

"일은 다 끝났다."

종이 이런 사실을 성승에게 아뢰니, 성승도 또한 한숨을 짓고는 말을 재촉하여 집으로 돌아가는데, 종이 슬그머니 성승을 쳐다보니, 눈물이 마치 샘솟듯이 세차게 흘러내렸다.

그는 즉시 병이 났다고 고하고는 독방에 누워서 일어나지 않으니, 집안 사람들 또한 그 얼굴을 볼 수가 없었는데, 다만 성삼문이 오면 옆의 사람을 물리치고 같이 이야기를 하였다.

성삼문은 사람 된 품이 익살스럽고 말이 거침이 없어서 남과 이야기와 농담하기를 좋아했으며, 앉고 눕는 일도 절도가 없었으므로, 겉으로는 지조를 지킴이 없는 듯 하였지만, 마음속은 지조가 굳세어서 남이 빼앗을 수 없는 뜻을 지니고 있었다고 한다.

그가 지은 시가 있는데, 그 시는 이러하다.

임금의 은덕으로 생활을 영위하게 되니
본디 뜻을 한평생 어기지 않기를 원하였네.
한번 죽어야만 진실로 충의가 있음을 알 것이니
현릉의 송백이 꿈속에서 무성하구나.

이개(李塏)

이개의 자는 청포(淸甫)이니―또는 백고(伯高)라고도 한다―목은(牧隱)
이색(李穡)의 증손이고, 이종선(李種善)의손자이다. 태어나면서부터 글을
잘 지으니 조부의 유풍(遺風)이 있었다.―세종 18년(1436)에 친시에 합격
하였고, 세종 29년에 중시에 합격하였다.

세조 2년(1456), 단종을 복위시키는 모의에 참여했다가 일이 발각되어
국문을 받았는데, 이때 박팽년과 성삼문을 대궐 뜰에 묶어서 작형(灼刑)을
가하니, 이개가 천천히 말하였다.

"이것은 어떤 형벌이냐?"

그는 사람 된 품이 몸은 파리하고 허약했으나, 혹독한 형벌에도 얼굴빛
이 조금도 변하지 않으니, 사람들이 모두 그를 장하게 여겼다.

성삼문과 함께 같은 날에 죽었는데, 수레에 실려 갈 때 시를 지었으니,
그 시는 이러했다.

우정처럼 중하게 여길 때는 사는 것도 또한 소중하지만
홍모처럼 가벼이 여겨지는 곳엔 죽는 것이 오히려 영광이네.
새벽녘까지 잠자지 못하다가 궁문 밖을 나서니
현릉의 송백이 꿈속에 푸르고나.

하위지(河緯地)

하위지의 자는 천장(天章)이다―또는 중장(仲章)이라고도 한다. 세종 때
에 과거에 급제하였다―세종 17에 생원시에 합격하였고, 세종 20년에 식년
문과에 장원하였다. 그는 사람됨이 침착하고 조용하여 말이 적었으므로,
하는 말을 가려서 버릴 말이 없었다. 공손하고 예절이 있어서 대궐을 지나
갈 때는 반드시 말에서 내렸으며, 비록 비가 와서 길바닥에 물이 고였더라

도 일찍이 길을 피해 통행이 금지된 길로 다니지 않았다. 늘 집현전에 있으면서 경연에서 시강(侍講)하여 임금을 보좌하고 정치의 잘못을 바로 잡은 바가 많았다. 노산군(魯山君) 단종이 어린 나이로 왕위를 계승하였는데, 팔공자(八公子) 세력이 강성하니, 인심이 이를 의심하여 불안해하였다.

박팽년이 일찍이 하위지에게 도롱이를 빌려주었더니 하위지가 시를 지어 답하여 보냈는데, 그 시는 이러하였다.

남아의 득실은 옛날이나 지금이 같은데
머리 위엔 분명히 밝은 해가 비치고 있네.
도롱이를 보낸 것은 응당 뜻이 있을 테니
오호(五湖)의 이슬비 속에 서로 찾는 일일세.

이 시는 대개 시사(時事)를 근심한 것이었다.

그 후에 김종서를 죽이고 세조가 수상(首相)이 되니, 하위지는 조복(朝服)을 다 팔아버리고 전(前) 사간(司諫)으로서 선산(善山)에 물러가 살고 있었다. 세조가 임금[단종]에게 아뢰어 좌사간(左司諫)의 벼슬로서 하위지를 불렀으나, 글을 올려 사양하고 나오지 않았다.

단종 3년에 세조가 단종의 선위를 받고는 교서를 내려, 초청함이 매우 관곡했으므로, 하위지는 일단 부름에 응하여 나와 예조 참판에 임명되었으나, 세조의 녹을 먹는 것을 부끄럽게 여겨, 세조 원년 이후부터의 녹은 따로 한 방에 쌓아두고는 먹지 않았다.

세조 2년의 단종 복위의 일로 성삼문 등에게 작형을 가하고 다음 차례가 하위지에 미치니, 하위지가 말하였다.

"이미 나에게 반역의 죄명을 씌웠으니, 그 죄는 마땅히 주살해야 할 터인데 다시 무엇을 묻겠다는 말이오?"

임금은 노여움을 풀고서 작형을 시행하지 않았고, 성삼문 등과 함께 같이 죽었다.

세종이 양성한 인재가 문종 때에 이르러 한창 많았는데, 그 당시의 인물을 논할 적엔 하위지를 높여 우두머리로 삼게 된다.

유성원(柳誠源)

유성원의 자는 태초(太初)이다. 세종 때에 과거에 합격하였다―세종 26년(1444)에 식년문과에 합격하였고, 세종 29년에 중시에 합격하였다. 단종 원년에 백관들이 임금에게 세조의 공을 주공에 비하여 포상하기를 청하니, 집현전에 명령하여 조서를 기초하도록 하였다. 여러 학사들이 모두 도망갔으나 유성원이 혼자 남아 있다가 협박을 당하여 기초했는데, 집현전에서 나와 집에 돌아와서는 통곡을 하니 집안 사람들은 그 까닭을 알지 못하였다.

후에 노산군은 상왕이 되고 세조가 즉위하자, 성균관사예(成均館司藝)로 임명되었다. 세조 2년의 모의에 참여하였는데, 일이 발각되자 성삼문을 잡아갔다. 유성원은 이때 성균관에 있었는데, 여러 유생들이 성삼문이 당한 일을 알리니, 그는 수레를 타고 집으로 돌아와서 아내와 더불어 술을 따라 마시고는 이별을 고하고 사당에 올라가더니, 오랫동안 내려오지 아니하였다. 집안 사람이 가서 보니 관대(冠帶)도 벗지 않고서 패도(佩刀)를 뽑아 스스로 목을 찔렀는데, 이를 구제하려고 했으나 이미 시기가 늦었다. 집안사람이 그 까닭을 알지 못하고 있었는데, 조금 후에 형리(刑吏)가 와서 시체를 가져가서 능지처참(陵遲處斬)하였다.

유응부(兪應孚)

유응부는 무인(武人)이다. 씩씩하고 용감하며 활을 잘 쏘니 세종과 문종께서 모두 그를 사랑하고 소중히 여겼으므로 벼슬이 2품에 이르렀다. 세조 2년에 단종 복위의 일이 발각되어 잡혀서 대궐 뜰에 끌려왔는데, 세조가 물었다.

"너는 무슨 일을 하려고 했느냐?"

유응부는 대답하였다.

"연회하는 날에 일척검(一尺劍)으로써 족하(足下)를 죽여 폐위시키고 옛 임금을 복위시키려고 했으나, 불행히 간사한 사람에게 고발을 당했으니, 유응부는 다시 무슨 일을 하겠소. 족하는 빨리 나를 죽여주오."

세조는 노하여 꾸짖었다.

"너는 상왕을 복위시킨다는 명분을 핑계하고서, 사직을 도모하려고 한 짓이지."

무사를 시켜 살가죽을 벗기게 하고서 그 정상(情狀)을 신문(訊問)했으나 자복하지 아니하며, 성삼문 등을 돌아보고서, "사람들이 '서생과는 함께 일을 모의할 수 없다'고 하더니, 과연 그렇구나. 지난번 사신을 초청하여 잔치를 베풀던 날, 내가 칼을 사용하려고 했는데, 그대들이 굳이 말리면서 '만전의 계책이 아니오'라고 하더니, 오늘의 화를 초래하고야 말았구나. 그대들처럼 꾀와 수단이 없으면 짐승과 무엇이 다르겠는가?" 하고는, 다시 세조에게 말하였다.

"만약 이 사실[단종 복위의 일] 밖의 일을 묻고자 한다면 저 수유(竪儒)들에게 물어보오."

그는 입을 닫고 대답하지 않았다. 세조는 더욱 성이 나서 달군 쇠를 가져와서 배 밑을 지지게 하니, 기름과 불이 함께 이글이글 타 올랐으나 얼굴빛이 변하지 않고서, 천천히 달군 쇠가 식기를 기다려 그 쇠를 집어 땅에 던지면서, "이 쇠가 식었으니 다시 달구어 오라." 하고는 끝내 굴복하지 않고 죽었다.

유응부는 나면서부터 지극한 효성이 있어 어머니의 마음을 위안할 수 있는 일은 무엇이든지 안한 것이 없었다. 그 아우 유응신(俞應信)과 함께 사렵(射獵)으로써 세상에 이름이 났는데, 짐승을 만나서 활을 쏘면 맞히지 못한 적이 없었다. 집이 가난하여 한두 섬의 저축도 없었지만, 어머니를 봉양하는 준비는 언제나 넉넉지 아니한 적이 없었다.

어머니가 일찍이 포천(抱川)의 전장(田庄)에 간 일이 있었는데, 유응부·유응신 형제가 따라가다가 말 위에서 몸을 뒤쳐 하늘을 쳐다보고 기러기를 쏘니, 활시위 소리가 나자마자 기러기가 땅바닥에 떨어졌으므로, 어머니가 매우 기뻐하였다.

그는 키가 남보다 컸으며 얼굴 모양은 엄숙하고 씩씩하였다. 청렴하기가 오릉중자(五陵仲子)와 같았으므로, 재상이 되어서도 거적자리로 방문을 가렸고 고기 없이 밥을 먹었다. 때로는 양식이 떨어지기도 하니, 처자가 이를 원망하고 있었으나, 그가 죽던 날엔 울면서 길가는 사람들에게 말하였다.

"살아서도 남에게 의지함이 없었는데, 죽을 때도 큰 화를 입었구나."

처음 거사를 모의할 때, 여러 사람이 있는 자리에서 주먹을 불끈 쥐고 휘두르면서, "권람(權擥)과 한명회(韓明澮)를 죽이는 데는 이 주먹이면 충분할 것인데, 어찌 큰 칼까지 쓸 필요가 있겠는가." 하였다.

일찍이 함길도(咸吉道) 절제사(節制使)가 되었을 때, 시를 지었는데, 그 시는 이러했다.

장군이 절월(節鉞)을 가지고 변방 오랑캐를 진압하니
변방은 평온해지고 사졸은 편안히 잠잘 수 있네.
준마 5천 필은 버드나무 밑에서 울고 있고
억센 매 3백 마리는 수루(戍樓) 앞에 앉아 있구나.

이 시에서도 또한 그 늠름한 기상을 볼 수 있다고 한다. 아들은 없고 딸 둘만이 있었다.

태사씨(太史氏)는 이렇게 논평하였다.

"누군들 신하가 되지 않았을까마는, 지극하구나 육신(六臣)의 신하다움이여, 누군들 죽음이 있지 않을까마는, 거룩하구나 육신의 죽음이여. 살아서는 임금을 사랑하여 신하의 도리를 다하였고, 죽어서는 임금에게 충성하여 신하의 절개를 세웠다. 충분(忠憤)은 밝은 햇빛을 꿰뚫었고, 의기(意氣)는 가을 서릿발처럼 늠름하여, 백세(百世)의 신하 된 사람들에게 한마음으로써 임금을 섬기는 의리를 알게 하여, 천금(千金)처럼 소중한 몸을 일모(一毛)처럼 가볍게 여겨서, 살신성인(殺身成仁)하고 사생취의(捨生取義)하도록 하였구나."

군자는 '은(殷)나라의 삼인(三仁)과 동국(東國)의 육신은 자취는 달라도 도리는 같았으니 훌륭하다'고 하였다.

혜장대왕(惠莊大王)[세조]이 황각(黃閣)에 있을 때는 공이 주공에게 견줄 만하였고, 화의(畫扆)를 치고 있을 때는 덕이 우순(虞舜)과 같아서, 높고 넓은 공덕은 백성들이 지칭할 수가 없었으니, 육신이 굴복하지 않는다고 해서 무슨 하자될 일이 있었겠는가.

백이(伯夷)가 서산(西山)에서 고사리를 캐 먹고 있어도, 주나라 무왕의 덕은 추락되지 않았으며, 엄광(嚴光)이 동강(桐江)에서 물고기를 낚고 있어도, 한(漢)나라 광무제(光武帝)의 공은 손상이 없었으니, 아아, 육신으로 하여금 금석(金石)에 단심(丹心)을 기탁시키고, 강호에 백수(白首)를 보전하도록 했더라면 상왕의 수명도 연장시킬 수 있었을 것이고, 세조의 치화(治化)도 더욱 융성했을 터인데, 불행히도 마음속이 격분하여 마침내 초열

(焦熱)의 구원(九原, 황천)에 떨어지게 되었으니, 슬픈 일이다.

삼가 조사(弔辭)를 지으니, 조사는 이러하다.

여기(厲氣)가 처음 그치니, 중규가 꽉 막히게 되었다.

서릿발 눈발이 하얗게 쏟아지는데 소나무만이 홀로 짙푸르게 섰다.

신하의 머리털은 임금을 사랑하다가 허옇게 세었는데

머리는 잘릴지라도 절개만은 굽힐 수 없었고

다른 사람의 곡식은 차라리 죽을지라도 먹을 수 없었다.

고죽국의 맑은 바람과 시상촌의 밝은 달이네.

귀신이 있으니 원통한 피 한 움큼이네.193)

위의 글에서 "지금 신기(神器)는 비록 옮겨갔지만, 아직 상왕께서 생존해 계시니 우리들이 죽지만 않는다면 오히려 뒷일을 도모할 수 있을 것이며, 뒷일을 도모하다가 이루지 못한다면 그때 죽더라도 또한 늦지 않을 것이오. 오늘의 죽음은 국가에 아무런 도움이 없을 것이오."라고 하였는데, 이 구절은 왕위가 바뀌었으나 보다 큰 뜻의 실현을 위해 쉽사리 죽음을 택하는 자세를 자제하도록 성삼문이 박팽년을 충고한 사실을 적은 것이다. 그래도 유응부가 거사하려고 하니 박팽년과 성삼문은 굳이 말리면서 다음과 같이 말하였다. "지금 세자가 본궁에 있습니다. 공의 운검이 쓰이지 못하게 된 것은 하늘의 뜻입니다. 만약 여기[창덕궁]서 거사를 한다 하더라도, 혹시 세자가 변고를 듣고서 경복궁에서 군사를 동원하여 온다면 일의 성패가 어찌될지 알 수 없으니, 뒷날을 기다리는 것만 같지 못할 것입니다." 이는 박팽

---

193) 金時習 外, 이재호 譯, 『金鰲新話 外』, 솔출판사, 1998.

년 등이 유응부에게 때를 기다리는 것이 서툰 행동보다 낫다는 뜻을 전해 충고한 것이다. "단종 원년(1453)에 세조가 김종서를 죽이고, 집현전의 여러 신하들까지도 정난공신(靖難功臣)의 칭호를 내려주었으나, 성삼문은 이를 받기를 부끄럽게 여겼으며, 여러 공신들이 번갈아 축하의 잔치를 베풀었으나, 성삼문만은 홀로 연회를 베풀지 않았다."라는 구절은, 불의에 영합하지 않은 성삼문의 선비다운 뜻을 드러내고자 한 것이다. 또한 "너와 내가 집현전에 있을 때, 세종께서 날마다 왕손[단종]을 안으시고 거닐고 돌아다니시다가, 여러 유신들에게 '내가 세상을 떠난 후에는 그대들은 꼭 이 아이를 잘 보살펴 다오' 하시던 말씀이 아직도 귀에 남아 있는데, 너만이 혼자 이 말을 잊었느냐? 너의 나쁜 짓이 이 지경까지 이르게 될 줄은 생각조차 못했다."라고 질책하였는데, 이 구절은 성삼문이 신숙주에게 지조를 지키는 것이 선비라는 뜻으로 신숙주를 질책한 것을 적은 것이다.

"그가 죽은 후에 그 가산을 적몰(籍沒)해보니 세조 원년 이후부터 받은 녹봉은 따로 한 방에 쌓아두고는 '어느 달의 녹'이라고 써 두었으며, 집안에는 남은 것이 없었고, 침방에는 거적자리만 있을 뿐이었다."라는 구절은, 성삼문이 떳떳하지 못한 불의(不義)의 녹(祿)을 전혀 먹지 않았다는 일화를 적은 것이다. "임금의 은덕으로 생활을 영위하게 되니 본디 뜻을 한평생 어기지 않기를 원하였네. 한번 죽어야만 진실로 충의가 있음을 알 것이니 현릉의 송백(松柏)이 꿈속에서 무성하구나."라는 구절은 선비의 참된 뜻을 지키고자 한 성삼문의 지조를 그의 한시를 통해서 대변해주고 있다. 그의 시에서 '송백'을 노래한 것 또한 그의 지조를 반영해준다.

"남아의 득실은 옛날이나 지금이 같은데, 머리 위엔 분명히 밝은 해가 비치고 있네. 도롱이를 보낸 것은 응당 뜻이 있을 테니 오호(五湖)

의 이슬비 속에 서로 찾는 일일세."라는 한시는, 불의의 녹을 거부하고 또한 그 불의와 영합할 수 없었던 하위지의 뜻을 반영한 것이다.

"후에 노산군은 상왕이 되고 세조가 즉위하자, 성균관 사예(司藝)로 임명되었다. 세조 2년의 모의에 참여하였는데, 일이 발각되자 성삼문을 잡아갔다. 유성원은 이때 성균관에 있었는데, 여러 유생들이 성삼문이 당한 일을 알리니, 그는 수레를 타고 집으로 돌아와서 아내와 더불어 술을 따라 마시고는 이별을 고하고 사당에 올라가더니, 오랫동안 내려오지 아니하였다. 집안 사람이 가서 보니 관대(冠帶)도 벗지 않고서 패도(佩刀)를 뽑아 스스로 목을 찔렀는데, 이를 구제하려고 했으나 이미 시기가 늦었다. 집안사람이 그 까닭을 알지 못하고 있었는데, 조금 후에 형리(刑吏)가 와서 시체를 가져가서 능지처참하였다."라는 구절은, 유성원 또한 '충신불사이군(忠臣不事二君)'의 충정과 '불구대천지원수(不俱戴天之怨讐)'의 심정으로 스스로 자결의 길을 택한 것을 기록한 것이다.

"청렴하기가 오릉중자(五陵仲子)와 같았으므로, 재상이 되어서도 거적자리로 방문을 가렸고 고기 없이 밥을 먹었다."라는 구절은 유응부의 선비다운 기개와 청렴함을 기록한 것이다.

"누군들 신하가 되지 않았을까 마는, 지극하구나 육신의 신하다움이여. 누군들 죽음이 있지 않을까 마는, 거룩하구나 육신의 죽음이여. 살아서는 임금을 사랑하여 신하의 도리를 다하였고, 죽어서는 임금에게 충성하여 신하의 절개를 세웠다. 충분(忠憤)은 밝은 햇빛을 꿰뚫었고, 의기(義氣)는 가을 서릿발처럼 늠름하여, 백세(百世)의 신하 된 사람들에게 한마음으로써 임금을 섬기는 의리를 알게 하여, 천금(千金)처럼 소중한 몸을 일모(一毛)처럼 가볍게 여겨서, 살신성인(殺身成仁)하고 사생취의(捨生取義)하도록 하였구나."라고 하였는데, 이 구절들은 작자 또한 충절을 다한 생육신의 한 사람으로서 가의의 「조굴원부」에서와 같이, 살신성인하고 사생취의한 육신(六臣)의 선비정신을 흠모하는 정을 나타낸 것이다. 『논어』「자한」편의 공자 말씀에 "삼군(三軍)의 장수 노릇은 빼앗을 수 있거니와, 필부의 참된 뜻은 빼앗을 수 없다."[194]라고 하였는데, 세조는 위의 「육신전」에서 볼 수 있는 바와 같이 육신의 참된 뜻을 빼앗기 어려웠던 것이다. 또한 『논어』「태백」편의 증자 말씀에 "재목(材木)이 육척(六尺)의 나이 어린 외로운 임금을 맡길 만하며, 백리 땅 백성의 운명을 맡길 만하고, 생사의 죽을 고비에 임하여 그 절조(節操)를 빼앗을 수 없다면, 군자다운 사람이겠는가? 군자다운 사람이니라."[195]라고 하였는데, 윗글의 작자 남효온은 아비 없는 어린 임금 단종을 보위하려다가 죽음을 맞은 성삼문 등 육신을 그 증자의 말씀에 담긴 바 군자의 정신을 추앙하는 마음으로 흠모하였다.

(3) 尊賢/ 시대를 초월한 벗사귐: 김시습, 「제갈량전」

제갈량(諸葛亮)의 자는 공명(孔明)이다. 몸소 남양(南陽) 땅에서 밭갈이 하며 세상의 문달(聞達)을 구하지 아니하였다. 서서(徐庶)가 유비(劉備)에게 말하기를, "제갈공명은 누워 있는 용[臥龍]입니다." 하니, 유비가 제갈량의 초려(草廬)로 나아가 세 번이나 방문한 끝에 만나보게 되었다. 즉위하자 제갈량으로 승상(丞相)을 삼아 의논하지 않는 일이 없었더니, 소열(昭烈) 황제가 병이 위독해지자 제갈량을 불러 부탁하여 말하기를, "만일 사자(嗣子)를 보필할 만하거든 그를 보필하되, 보필할 만하지 못하다면 그대가

---

194) 『論語』「子罕」篇 '志師'章. "三軍, 可奪帥也, 匹夫, 不可奪志也."
195) 『論語』「泰伯」篇 '君子'章. "可以託六尺之孤, 可以寄百里之命, 臨大節而不可奪也, 君子人也."

임금이 되오. 그대의 재주는 조비(曺丕)보다도 십 배나 나으니, 반드시 국가를 편안케 할 것이오. 끝에 가서는 대사(大事)를 이룰 수 있을 것이오."하니, 제갈량이 사양하며 머리를 조아려 울면서 말하기를, "신이 어찌 감히 고굉(股肱)의 힘을 다하여 충정(忠貞)의 절개를 바치지 않겠습니까?" 하였다. 이 말이 끝나자 황제는 곧 숨을 거두었다. 후주(後主)가 황제의 위(位)를 이은 뒤 제갈량이 출사표(出師表)를 올렸는데, 그 말이 아주 정성스럽고 간절하였다. 건흥(建興) 5년에 제갈량이 여러 군대를 인솔하고 나아가 한중(漢中)에 주둔함으로써 중원의 땅이 평정할 것을 도모하였다. 12년에 10만의 대군을 모두 모아 사곡(斜谷)을 경유, 험한 곳을 넘어가 위(魏)나라를 치게 되었다. 이때 목우(木牛)와 유마(流馬)로 군량미를 운반하며 오장원(五丈原)에 의거하여 사마의(司馬懿)와 위수(渭水) 남쪽에서 대적, 서로 겨루기를 백여 일이나 하다가 8월에 제갈량은 병들어 군중(軍中)에서 죽었다. 중달(仲達)이 듣고 말하기를, "공명(孔明)이 음식을 먹는 것은 적고 일은 번거로우니 그가 오래 갈 수 있었겠는가?"고 하였다. 뒤에 시호(諡號)를 충무후(忠武侯)라 하였다. 아들 제갈첨(諸葛瞻)과 손자 제갈상(諸葛尙)도 또한 힘을 다하여 등애(鄧艾), 황호(黃皓)와 싸우다가 목숨을 바쳤다.[196]

위의 글에서 매월당은 촉한(蜀漢)의 선제 유비의 삼고초려를 받고서야 세상에 나와 국궁진췌(鞠躬盡瘁)하도록 최선을 다해 충절을 바친

---

196) 金時習, 『梅月堂文集』 卷之二十(韓國文集叢刊 13, 民族文化推進會, 1988, 375쪽). "諸葛亮字孔明. 躬耕南陽, 不求聞達. 徐庶謂劉備曰, 諸葛孔明臥龍也, 備詣亮草廬, 三顧乃見. 及卽位, 以亮爲丞相, 事無不議, 帝疾篤, 召亮屬曰, 若嗣子可輔, 輔之, 如不可輔, 君爲之. 君才十倍曺丕, 必能安國, 終定大事, 亮謝頓首泣曰, 臣敢不竭股肱之力, 效忠貞之節. 繼之以死. 及後主嗣位, 上出師表, 言甚誠切. 建興五年, 亮率諸軍, 出屯漢中, 以圖中原. 十二年, 悉集衆十萬, 由斜谷越險伐魏. 以木牛流馬運米, 據五丈原, 與司馬懿敵於渭南, 相持百餘日, 八月, 亮病卒于軍中. 仲達聞曰, 孔明食少軍煩, 其能久乎. 後諡曰忠武候. 子瞻, 孫尙, 亦盡力與鄧艾黃皓戰, 致死焉."

제갈공명의 선비정신과 덕을 흠모하는 뜻을 나타냈다. 매월당이 생육신으로 단종에게 충절을 다한 것은 또한, 제갈공명이 촉한의 후주 유선에게 충절을 다한 것과 같다. 따라서 작자 김시습은 위의 글에서, 가의가 「조굴원부」에서 굴원의 덕을 사모한 것과 같은 심정으로 제갈공명의 충절과 덕을 흠모하였다.

(4) 桃園結義: 박제가, 「송백영숙기린협서」197)

197) 朴齊家, 『貞蕤閣全集』文集 卷之一「送白永淑麒麟峽序」. "天下之至友曰窮交, 友道之至言曰論貧. 嗚呼. 靑雲之士, 或枉駕於蓬蓽, 韋布之流, 或曳裾于朱門, 何其相求之深而相合之難也. 夫所謂友者, 非必含杯酒, 接殷勤, 握手促膝而已也. 所欲言而不言, 與不欲言而自言, 斯二者, 其交之深淺, 可知己. 夫人莫不有惓, 故所私莫過於財, 亦莫不有求. 故所嫌莫甚於財, 論其私而不嫌, 而況於他乎.

詩云, 終窶且貧, 莫知我艱. 夫我之所艱, 人未必動其毫髮. 故天下之恩怨, 從此而起矣. 彼諱貧而不言者, 豈盡無求於人哉. 然而出門强笑語 寧能數擧今日之飯與粥乎. 歷陳平生, 而猶不敢問其咫尺之扃鐍, 則幾微之際, 而至難言者, 存焉耳. 必不得已而略試之, 善道而中其肯, 漠然不應於眉睫之間, 則向之所謂欲言而不言者, 今雖言之, 而其實與不言同. 故多財者, 患人之求, 則先稱其所無, 斷人之望, 則故有所不發, 則其所謂含杯酒, 接殷勤, 握手促膝者, 擧不勝其悲涼踧踖, 而不悵然失意而歸者, 幾稀矣. 吾於是乎知論貧之爲不可易得, 而向者之言, 蓋有激而云然也. 夫窮交之所謂至友者, 豈其瑣細鄙屑而然乎. 亦豈必僥倖可得而言哉. 所處同, 故無形迹之顧, 所患同, 故識艱難之狀而已. 握手勞苦, 必先其飢飽寒燠, 問訊其家人生産, 不欲言而自言者, 眞情之惻怛而感激之使然也. 何昔之至難言者, 今之信口直出而沛然, 莫之能禦也. 有時乎入, 門長揖, 竟日無言, 索枕一睡而去, 不猶愈於他人十年之言乎. 此無他, 交之不合, 則言之而與不言同, 其交之無間, 則雖黙然而兩相忘言, 可也. 語云, 白頭而新, 傾蓋而故. 是之謂乎.

吾友白君永叔, 負才氣, 遊於世三十年, 卒困無所遇, 今將携其二親, 就食深峽. 嗟乎. 其交也以窮, 其言也以貧, 余甚悲之. 雖然, 夫吾之於永叔, 豈特貧, 時之交而已哉. 其家未必有並日之煙, 而相逢猶能脫珮刀典酒而飮酒, 酣嗚嗚然歌呼嫚罵而嬉笑, 天地之悲歡, 世態之炎涼, 契潤之甘酸, 未嘗不在中也. 嗟乎. 永叔豈窮交之人歟. 何其數從我而不辭也. 永叔早知名於時, 結交遍國中, 上之爲卿相牧伯, 次之爲顯人名士, 亦往往相推許. 其親戚鄕黨婚姻之誼, 又不一而足, 而與夫馳馬習射擊劍拳勇之流, 書畵印章博奕琴瑟醫師地理方技之倫, 以至市井皁輿耕漁屠販之賤夫, 莫不日逢於路而致款焉. 又踵門而至者, 相接也. 永叔又能隨其人, 而顔色之, 各得其歡心. 又善言山川謠俗, 名物古蹟及吏治民隱軍政水利, 皆其所長. 以此而遊於諸所交之人之多, 則亦豈無追呼得意, 淋漓跌蕩之一人, 而獨時時叩余門, 問之則無他往. 永叔長余七歲, 憶與余同閈而居也, 余尙童子, 而今爲已鬒矣. 屈指十年之間, 容貌之盛衰若斯 而吾二人者, 猶一日也. 卽其交可知已.

嗟乎. 永叔平生重意氣, 嘗手散千金者數矣, 而卒困無所遇, 使不得糊其口於四方. 雖善射而登第, 其志又不肯碌碌浮沉取功名. 今又絜家屬, 入基麟峽中. 吾聞基麟古貊國, 險阻閔東海. 其地數百里, 皆大嶺深谷, 攀木杪以度, 其民火粟而板屋, 士大夫不居之, 消息歲僅得一至于京. 晝出

천하에서 가장 친밀한 벗은 곤궁할 때의 벗이라 하고, 벗의 도리를 가장 잘 말한 것으로는 가난을 상의한 것을 든다. 아아! 청운(靑雲)에 높이 오른 선비가 가난한 선비의 집을 수레 타고 찾기도 하고, 포의(布衣)의 선비가 고관대작의 집을 소매 자락 끌며 드나드는 일도 있으니 서로 그렇게 절실하게 찾는데도 불구하고 서로 마음 맞기가 그렇게도 어려운 것은 무슨 까닭인가?

대저 이른바 벗이라 하는 것은 꼭 술잔을 잡고 은근한 정으로 대회하며, 손을 마주 잡고 무릎을 가까이 하는 것만이 아니다. 말하고 싶은 것을 말하지 않는 벗이 있고, 말하지 않은 것을 저절로 말하게 되는 벗이 있는데, 이 두 부류에서 사귐의 깊고 얕음을 알 수 있다. 대저 사물보다 심한 것이 없다. 또한 사람은 누구나 추구하는 것이 없을 수 없기 때문에 부족하다고 생각하는 것에는 재물보다 심한 것은 없다. 재물을 따지면서 부족함을 느끼지 않는 사람도 그러하거늘 하물며 다른 사람은 어떠하랴!

『시경(詩經)』에 "내 아무리 구차하고 가난해도 내 어려움을 알아주는 이 없구나" 했다. 대저(大抵) 내가 간구하게 살아가도 털끝만큼도 자기 재물을 덜어 보태주는 자가 있는 것이 아니므로, 천하의 은덕과 원망이 이로부터 일어난다. 가난한 사정을 감추고 말을 꺼내지 않는 사람이라도 어찌 모두 남에게 요구할 것이 없을까 보냐? 그럼에도 불구하고 집문 밖을 나서면 애써 웃는 얼굴을 하고 대화를 나누나 어찌 오늘 먹을 밥이니 죽이니에 대해서 일일이 말을 꺼낼 수 있으랴? 평소에 하던 이야기를 두루

則惟禿指之樵夫, 鬖髮之炭戶, 相與圍爐而坐耳. 夜則松風謖謖繞屋而磨戛, 窮禽哀獸, 鳴號而響應. 披衣起立, 彷徨四顧, 其有不泣下沾襟, 悵然而念其京邑者乎. 嗟乎. 永叔又胡爲乎此哉. 歲暮而霰雪零, 山深而狐兎肥, 彎弓躍馬, 一發而獲之, 據鞍而笑, 亦足以快齷齪之志, 而忘寂寞之濱也歟. 又何必屑屑於去就之分, 而戚戚於離別之際也. 又何必覓殘飯於京裏, 逢他人之冷眼, 從使人不言之地, 而作欲言不言之狀也. 永叔行矣. 吾何者窮而得友道矣. 雖然, 夫吾之於永叔, 豈特窮時之交而已哉."

꺼내면서도 오히려 지척에 놓여 있는 쌀궤의 자물쇠에 대해서는 감히 묻지 못한다. 머뭇머뭇하는 사이에 대단히 꺼내기 힘든 말이 그 속에 숨어 있기 때문이다. 정말 부득이한 경우라면 조금 운을 떼기 시작하여 잘 이끌어가다 〈쌀이나 돈을 꾸어달라는〉 본론에 이야기가 미칠 때 상대방의 미간에서 막연히 반응이 좋지 않으면, 앞에서 이른바 말하고는 싶지만 말하지 못할 이야기를 지금 비록 꺼냈으나 실상에 있어선 말하지 않은 것과 똑같게 된 것이다. 그러므로 재물이 많은 사람들은 남이 무엇을 바래는 것이 싫으면 지레 그가 재물 없음을 말함으로써 남의 기대를 꺾어서 그로 하여금 말도 꺼내지 못하게 한다. 그렇다면 이른바 술잔을 잡고 은근한 정으로 대화하며 손을 마주잡고 무릎을 가까이하던 벗이라도, 그 서글픔에 떨어지지 않는 발걸음으로 비감하게 실의한 채 집으로 돌아오지 않을 사람이 드물 것이다. 나는 이를 통하여 벗을 말하며 가난을 상의한다고 한 말이 쉽게 얻어진 말이 아니며, 앞에서 한 말이 무언가에 격앙되어 그렇게 말할 것임을 깨달았다.

　대저 곤궁할 때의 벗이 제일 좋은 벗이라고 말하는 까닭이 어찌 자질구레하다고 경시해서 그렇다고 했겠는가? 또한 요행이 그렇게 할 수 있다고 말한 것이겠는가? 처한 사정이 같은 고로 지위·신분에 얽매일 필요가 없고, 근심하는 바가 같은 고로 서로의 딱한 처지를 이해해서 그럴 따름이다. 손을 맞잡고 수고로움을 물을 때엔 반드시 상대방이 한 끼니를 제대로 들었는지 안녕히 잘 지내는지를 먼저 묻고 그 뒤에야 집안사람의 살림살이를 묻는다. 말하고 싶지 않았던 것인데도 저절로 말이 나오는 까닭은, 상대의 처지를 안쓰러워하는 진실에서 우러나온 정(情) 때문이며 상대방의 정에 감격한 때문이다. 예전의 경우에는 말을 꺼내기가 지극히 어려웠던 이야기도 지금에는 망설임 없이 입에서 곧바로 쏟아져 나와 말문을 막을 길이 없다. 어떤 때는 벗의 문을 열고 들어가 인사는 나누고 난 뒤에 하루

종일 아무 말 없이 있다가 베개를 청하여 한 잠 길게 자고 떠나기도 한다. 그래도 다른 사람과 십년간 사귀며 나눈 마음보다도 낫지 않은가?

그 까닭은 다른 데 있지 않다. 벗을 사귐에 있어서 마음이 맞지 않으면 무슨 말을 나누어도 말을 꺼내지 않은 것과 똑같다. 벗을 사귐에 있어서 간격이 없다면 비록 서로가 묵묵히 할 말을 잊고 있다 해도 좋은 것이다. 속담에 '머리가 세도록 오래 사귀었어도 옛 친구와 같구나! 하고 한 말이 바로 위와 같은 경우를 두고 한 말이 아니겠는가?

나의 벗 백영숙(白英淑)은 재기를 자부하며 이 세상에서 살아온 지 30년이로되 여태껏 곤궁(困窮)하게 지내며 대우받지 못하였다. 그는 이제 양친을 모시고 깊은 골짜기에 들어가 생활을 꾸려가려 한다. 슬프다! 그와의 사귐은 곤궁함으로 맺어졌고, 그와의 대화는 가난함으로 채워졌으니, 나는 이를 몹시 슬퍼한다.

비록 그렇기는 하지만 나와 영숙의 사귐이 어찌 곤궁함의 사귐에만 그치겠는가? 그의 집안에 이틀의 양식이 구비된 것도 아닐 텐데 나를 만나면 오히려 차고 있던 칼을 끌러서 술을 받아 마셨다. 마신 술이 거나해지면 소리 높여 노래 부르면 남을 깔보듯 꾸짖고는 껄껄 웃어버린다. 천지간의 애환, 염량세태의 변화, 인생살이의 단맛 신맛이 그 속에 모두 담겨 있었다. 아, 아! 영숙이 곤궁할 때의 벗에 불과했다면 그렇게 자주 나를 따르기를 주저하지 않았으랴?

영숙은 일찍부터 세상에 이름이 알려졌다. 그와 우정을 맺은 사람은 나라 안에 두루 퍼져 있으니, 위로는 정승·판서와 목사·관찰사들이 그의 벗이고, 그 다음으로 현인(賢人) 명사(名士)들이 또한 그를 인정하고 허락하였다. 친척과 마을사람들 그리고 혼인의 의(義)를 맺은 사람들이 한둘이 아니다. 그리고 저 말 달리고, 활 쏘며, 검(劍)을 쓰며, 주먹을 뽐내는 부류와 서화(書畵)·인장(印章)·바둑·금슬(琴瑟)·의술(醫術)·지리(地理)·방기(放

技)의 무리로부터 시정의 교두군·농부·어부·푸줏간 주인·장사치 같은 천인에 이르기까지 길거리에서 만나서 도타운 정을 나누지 않는 날이 없다. 또 줄을 이어 문을 디밀고 찾아오는 사람들을 상대하여 영숙은 상대방이 누구냐에 따라 낯빛을 바꾸어 대우함으로써 그들의 환심을 얻었다. 또 각 지방의 산천과 풍속, 명물고적 뿐만 아니라 수령의 다스리는 정도와 백성의 숨은 불평, 군정과 수리의 일에 이르기까지 모두 그의 장기였다. 그러한 장기를 가지고 사귀고 있는 많은 사람들 사이에 노닌다면 뜻에 맞는 자를 불러 마음껏 질탕하게 즐길 만한 친구 하나쯤 어찌 없으랴? 그런데 유독 때때로 나의 문을 두드린다. 그 이유를 그에게 물으면 갈 곳이 없다고 한다.

영숙은 내 나이보다 일곱이 위이다. 나와 더불어 같은 마을에 살던 때를 회고해 보니 그때는 동자였던 내가 벌써 수염이 나 있다. 10년을 헤아리는 사이에 낯빛의 성쇠가 이와 같은데도 우리 두 사람은 하루와 같이 생각되니 그 사귐이 어떠한지를 알 수 있다.

슬프다! 영숙은 평생 의기(意氣)를 무겁게 여겼다. 천금(千金)을 손수 흩어서 남을 도운 적이 여러 번이었다. 그러나 끝내 우대 받지 못하여 사방 어디에서도 입에 풀칠조차 할 수 없게 되었다. 비록 활을 잘 쏘아 과거에 급제하였다 해도 그의 뜻이 또 녹록하게 세상의 비위나 맞추어 공명을 얻으려 하지 않았다. 이제는 또 집안 식구들을 거느리고 기린협으로 들어간다. 내가 듣기로는 기린협은 옛날에는 예맥(獩貊)의 땅이었는데 험준하기가 동해 부근에서 제일이라 한다. 그곳은 수백 리나 되는 땅이 모두 큰 산봉우리와 깊은 골짜기로서 나뭇가지를 부여잡고나 들어 갈 수 있다 한다. 그곳의 백성들은 화전(火田)으로 곡식을 가꾸며 판자(板子)로 집을 짓고 살 뿐 사대부는 살지 않는다 한다. 소식은 겨우 일 년에 한번 서울에 이를 것이다. 낮이 되어 문 밖을 나서면 손가락이 모두 헌 나무꾼이나 봉두난발(蓬頭亂髮)의 광부만이 서로 화로를 빙 둘러 앉아 있고, 밤이 되면 솔바람이 쏴르르 일어 집을 에워싼 뒤 스쳐가고, 외로운 산새, 슬픈 짐승이 울부짖어 그 소리가 골짜기에 울려 퍼진다. 옷을 떨쳐입고 일어나 사방을 휘둘러 볼 때 눈물이 흘러 옷깃을 적시며 서글프게 서울을 그리워하지 않을 수 있을까?

아! 영숙이여! 또 여기서 무슨 일을 하려는가? 한 해가 저물어 가면 싸라기눈이 흩뿌리고, 산중이 깊은지라 여우, 토끼가 살져 있으리니 활을 당기고 말 달려 한 발에 맞춰 잡고 안장에 비껴 한바탕 웃음을 터트린다면 또한 악착같던 의지도 속 시원히 풀 수 있고, 외로운 처지도 잊을만 하지나 않을까? 또 꼭 거취(去就)의 갈림길에 연연해하고 이별의 순간에 미련을 가질 필요 있으랴? 또 어찌하여 서울 안에서 먹다 남긴 밥이나 찾아다니며 남들의 싸늘한 눈치를 보아가면서 비록 남과 말 못할 처지에 있더라도 하고 싶은 말을 말하지 못하는 형상을 하며 지낼 필요 있겠소?

영숙이여! 떠나시오! 나는 지난날 궁핍한 속에서 벗의 도리를 깨달았소. 그렇지만 나와 영숙의 사이가 어찌 궁핍한 시절의 벗에 불과하겠소?"198)

윗글에서 "천하에서 가장 친밀한 벗은 곤궁할 때의 벗이라 하고, 벗의 도리를 가장 잘 말한 것으로는 가난을 상의한 것을 든다. 아아! 청운(靑雲)에 높이 오른 선비가 가난한 선비의 집을 수레 타고 찾기도 하고, 포의(布衣)의 선비가 고관대작의 집을 소매 자락 끌며 드나드는 일도 있으니 서로 그렇게 절실하게 찾는데도 서로 마음 맞기가 그렇게도 어려운 것은 무슨 까닭인가?"라는 구절은 『시경』 '소아' 「상체」 장에서 노래된 뜻 곧 곤궁할 때 의논하는 벗사귐의 도리를 말한 것이

---

198) 『홍재전서·영재집·금대집·정유집』(한국고전문학전집), 高麗大學校 民族文化研究所, 1996.

다. 아울러 "대저 이른바 벗이라 하는 것은 꼭 술잔을 잡고 은근한 정으로 대회하며, 손을 마주 잡고 무릎을 가까이 하는 것만이 아니다. 말하고 싶은 것을 말하지 않는 벗이 있고, 말하지 않은 것을 저절로 말하게 되는 벗이 있는데, 이 두 부류에서 사귐의 깊고 얕음을 알 수 있다. 대저 사물보다 심한 것이 없다. 또한 사람은 누구나 추구하는 것이 없을 수 없기 때문에 부족하다고 생각하는 것에는 재물보다 심한 것은 없다. 재물을 따지면서 부족함을 느끼지 않는 사람도 그러하거늘 하물며 다른 사람은 어떠하랴!"라고 하였는데, 이 구절 또한 군자의 벗사귐이 의리의 길을 같이하는 것이요, 이익에 따라 이합집산(離合集散)하지 않는 것이라는 뜻을 말한 것이다.

"머리가 세도록 오래 사귀었어도 옛 친구와 같구나! 하고 한 말이 바로 위와 같은 경우를 두고 한 말이 아니겠는가?"라는 구절은 사마천의 『사기』「노중련추양열전(魯仲連鄒陽列傳)」 중 '추양열전(鄒陽列傳)'에 기록된 속담 "白頭如新백두여신, 傾蓋如故경개여고."[199]라는 뜻을 취하여 친구 간에 의합(義合)되고 종신토록 변치 않는 지기(知己)로서의 정(情)을 나눈다는 뜻을 말한 것이다. 그리고 그 이하의 구절들에서는 곤궁할 때 사귀면서 의리의 길을 같이하던 친구가 멀리 벽지(僻地)로 떠나 다시 곤궁한 삶의 길을 찾아가는 것을 안타까워하는 정(情)을 술회하였다.

"슬프다! 영숙은 평생 의기를 무겁게 여겼다. 천금(千金)을 손수 흩어서 남을 도운 적이 여러 번이었다. 그러나 끝내 우대 받지 못하여 사방 어디에서도 입에 풀칠조차 할 수 없게 되었다. 비록 활을 잘 쏘아 과거에 급제하였다 해도 그의 뜻이 또 녹록하게 세상의 비위나 맞추어 공명을 얻으려 하지 않았다. 이제는 또 집안 식구들을 거느리

---

199) 司馬遷, 『史記』 卷八十三 「魯仲連鄒陽列傳」 참조.

고 기린협으로 들어간다. 내가 듣기로는 기린협은 옛날에는 예맥(獩貊)의 땅이었는데 험준하기가 동해 부근에서 제일이라 한다."고 하였는데, 이 구절은 세속의 인심과는 달리 부귀공명을 꾀하지 않고 오직 선비의 지조를 잃지 않는 청렴한 삶을 영위한 무사로서의 기개와 지조를 지닌 친구의 덕을 흠모하는 정을 나타낸 것이다.

「송백영숙기린협서」는 친구를 전송하면서 '도원결의형(桃園結義型)'의 우정을 나타낸 글로서 연령이나 지위의 고하를 떠나서 서로 덕을 벗삼자는 것이 진정한 우도임을 나타낸 것이다.

(5) 知己之交/ 以文會友: 이규보, 「전이지애사」

나의 벗 전탄부(全坦夫)의 자는 이지(履之)이니, 돈신(惇信)하고 명민(明敏)하며 글 잘하는 사람이다. 벼슬이 중군녹사(中軍錄事)에 이르렀는데, 나보다 먼저 벼슬에 나아갔으나 내가 이미 보유(補遺)에 오를 때까지 승진하지 못하다가 정우(貞祐, 金 宣宗의 연호) 모년(某年)에 원수 막부의 보좌가 되어 국경을 침범하는 거란을 토벌함으로써 비로소 8품에 올랐고, 드디어 전장에서 운명하였다. 나는 다음의 애사를 지어 그를 슬퍼한다.

옛날에 어떤 유장(儒將)이 삼군(三軍)을 통솔해서 오랑캐 제압하기를 어린애 다루듯 했다는데, 아마 그대도 그렇지 못할 이 아니거늘 막하의 관직이 낮은 데야 어찌하랴? 계획은 마음대로 단정하기 어려웠고, 용기는 미리 쌓은 것이 아니었으니, 이같이 목숨을 버림이 무리가 아니었네. 공자(孔子)도 말하지 않았던가. "군사의 일은 일찍 듣지 못했다."고. 어쩌다 예절을 배워 익힌 그대가 위태로운 칼날을 밟을 때를 만났던고. 소나무를 잡고 물을 가리키던 옛 맹약이 있어 두 줄기 눈물을 흘리면서 슬피 운다오, 그만일세. 이젠 다시 볼 수 없으니, 나 누구와 함께 시를 논할꼬? 어찌

그대처럼 시를 같이할 이가 없으리요마는, 유독 그대의 시는 간략하면서
도 할 말을 다 피력하기 때문이네.[200)

이 작품은 이규보(李奎報)가 선배이자 친구인 전이지(全履之)가 전장
에 나가 죽은 것을 애도한 것이다. 전이지는 이규보와 문장을 토론하
며 지내던 지기였다. 그와 함께 시문을 논하던 이규보가 '이문회우(以
文會友)'의 추억을 되살리며 도원결의의 신의를 지킨 변치 않는 우정을
위의 글에서 술회하였다.

---

200) 李奎報, 『東國李相國全集』 卷第三十七 「全履之哀詞」 참조.

제4장 우도와 우도론의 한국적 특색과 유형

　우리 인간의 삶에서 우도가 막중한 것임을 인식하여 참된 벗사귐의 도리를 논하고 우도의 개념과 방법을 논한 역대 성현의 가르침과 역대 학자들의 이론 등에 나타난 우도론은, 중국과 한국 등 동양에서 역대에 수없이 많았으며, 시대를 막론하고 끊임없이 이어져 왔다.

　그리하여 필자는 한국 고전문학에 나타난 우도와 우도론의 제(諸) 의미를 밝히기 위해 먼저 『논어』·『맹자』·『주역』·『예기』 등의 경서와 그 주석의 기록, 그리고 『사기』의 「관안열전」·「굴원가생열전」이나 『한서』의 「가의전」, 『조선왕조실록』 중 『성종실록』·『중종실록』 등 역사서의 기록, 그리고 중국 송대 구양수의 「붕당론」과 조선 후기 성호 이익의 『곽우록』에 수록된 「붕당론」 및 『성호사설』에 수록된 「붕당」, 지봉 이수광의 『지봉유설』에 수록된 「사우」와 같은 우도론 등을 통해서 살펴볼 수 있는 '우도와 우도론의 개념' 및 '우도와 우도론의 내력'을 논의하고, 아울러 중국 『시경』 시 '소아'의 「벌목」장·「상체」장이나

『고문진보』에 수록된 한대(漢代) 가의의 「조굴원부」와 촉한(蜀漢) 제갈공명의 「출사표」, 진대(晉代) 도연명의 시 「관포」와 당대(唐代) 두보의 시 「빈교행」, 그리고 한국의 문학 작품 중 조선시대 퇴계 이황과 하서 김인후·황종해·정약용 그리고 고려 후기 이제현의 한시 등 몇몇 한시와 「모죽지랑가」·「찬기파랑가」 등의 향가, 정철·황진이·임제·박인로·김상용·윤선도·이간·김창업·신정하·윤순·심두영·이정보·이세보·김천택·김득연 등의 시조, 박천지방의 민요 「어화 벗님네들이여」와 같은 시가 작품, 그리고 「예덕선생전」·「마장전」 등 연암 박지원의 한문소설, 이이의 「김시습전」, 남효온의 「육신전」, 김시습의 「제갈양전」 등의 인물전, 박제가의 「송백영숙기린협서」, 이규보의 「전이지애사」 등 기타 문학에 나타난 우도와 우도론을 살펴보았다. 이와 같이 참된 벗사귐의 도리 곧 '우도'와 그 우도를 논한 '우도론'은, 경서와 그 주석 그리고 『실록』 등의 역사서와 역대 선비들의 문집에 수록된 글이나 문학 작품 등 수많은 고전적 자료에서 얼마든지 그 내력을 찾아볼 수 있을 만큼, 중국과 한국 등 동양에서 역대에 끊임없이 계승되어 왔다. 그리고 개인과 사회와 국가의 발전을 도모하는 데 크게 기여하면서 정신적 지주가 되어 왔다. 이러한 '우도'와 '우도론'이 위에서 열거한 한국 고전문학을 통하여 어떻게 형상화되었는가를 살펴본 결과 크게 '신의와 도의에 의한 수평적 벗사귐'과 '신분과 지위를 초월한 수직적 벗사귐' 그리고 '자연물에 탁의한 심상과 상징성' 등으로 유형화하고, 이것들을 다시 세분하여 '관포지교형'·'도원결의형'·'지기 간의 붕우지도'·'사숙의 관계'·'이미지'·'상징성' 등으로 나누어 정리하면 다음과 같다.

1. 신의와 도의에 의한 수평적 벗사귐

1) 관포지교(管鮑之交)형

춘추시대에 중국 제나라의 관중(管仲)과 포숙(鮑叔)의 아름다운 사귐이 있었다. 그 사연은 다음과 같다. 관중이 곤궁할 때에 포숙과 장사를 할 때 관중이 차지함이 많았거늘, 포숙이 나를 탐욕스런 사람이라고 생각하지 않았으며, 포숙을 위해서 일을 도모하여 다시금 곤궁해졌거늘, 포숙이 나를 어리석은 사람이라고 생각하지 않았으며, 관중이 세번 벼슬길에 나아갔다가 임금에게서 세 번 쫓겨났거늘, 포숙이 나를 어질지 못한 사람이라고 생각하지 않았다 또한 관중이 세 번 싸움터에 나아가서 세 번 달아났거늘, 포숙이 나를 겁쟁이라고 생각하지 않았으며, 공자 규(糾)가 패하였을 때에 동료 소홀(召忽)은 따라 죽고 관중은 깊숙이 갇혀서 욕을 보고 있었어도 포숙이 염치없는 사람이라고 생각하지 않았다. 이러한 포숙에 대하여 관중은 나를 낳아준 분은 부모요, 나를 알아준 사람은 포숙이라 했다. 이와 같이 관포지교는 진정한 벗사귐인 것이다.

도연명의 시「관포」에서는 '지기'로서의 관중과 포숙의 사귐 곧 '관포지교'가 "君子之交군자지교, 淡如水담여수."의 의미로써 형상화되었다. 옛날 춘추시대의 아름다운 벗사귐 '관포지교'에서 관중은 포숙이 자기의 마음을 알아주었다고 하고 포숙은 또한 그런 자기의 마음을 알아주는 관중으로 인하여 마음이 편안할 수 있었던 것이며, 그러기에 그 두 사람은 서로 진정한 '지기'가 될 수 있었음을 노래한 것이다.

두보의 시「빈교행」에서는, 참된 '우도'가 행해지지 못하는 세태를 안타까워하는 뜻이 형상화되었다. 어지럽고 경박하기 그지없는 후세인들의 그릇된 벗사귐을 노래하여 '손을 뒤집는다' '손을 엎는다'고 한 것은 변덕스런 세상인심을 형상화한 것이며, '구름을 짓는다' '비를 오게 한다'고 한 것은 또한 이익을 따라 부화뇌동하는 소인배들의 변덕스런 벗사귐의 세태를 형상화하면서 '관포지교'와 같은 참된 '우도'의 회복을 갈망하는 작자의 심정을 나타낸 것이다.

낭원군 이간의 시조는 붕우유신을 바탕으로 신의 곧 믿음과 의리가 있어야 한다는 것을 강조한 것이다. 우정의 대표적인 말로 관중과 포숙아의 변함없는 우정의 고사를 인용한 관포지교(管鮑之交), 친구를 위해서는 목이 잘려도 좋다는 문경지교(刎頸之交), 물과 고기처럼 서로 떨어져 살 수 없다는 수어지교(水魚之交) 등의 옛말처럼 좋은 친구란 자기의 잘못을 솔직하게 충고해주는 정직한 벗의 형태를 형상화한 작품이다.

2) 도원결의(桃園結義)형

제갈공명(諸葛孔明)의 「출사표」에서는 군신 간의 예의와 신하의 변함없는 충정이 지위의 고하를 초월한 '우도'로써 형상화되었다. 지위 높은 분으로부터 예우를 받고 끝까지 신의를 다함으로써 답례하기를 맹세한 제갈공명과 같은 참된 선비에게 있어서는, 그와 같은 선비정신이 신분과 지위를 초월하여 벗하면서 신하의 도리를 21년이라는 긴 세월을 변함없이 신명을 바치면서 행한 '우도'의 진면목을 엿볼 수 있다.

제갈공명의 「후출사표」에서는, 몸이 닳도록 고달픔을 다해서 죽은 뒤에나 말 것이라는 선비정신을 드러낸 신하의 충정이 '우도'로 형상화되었다.

촉한의 선제 유비가 스스로 신분을 협세하지 않고 제갈공명을 삼고초려 하였다는 것은, 옛날 요 임금이 천자의 신분으로서 필부인 순 임금을 초빙하여 정사를 맡기면서 벗삼은 것과 같은 경우의 벗사귐이다.

박제가의 「송백영숙기린협서」는 세속의 인심과는 달리 부귀공명을 꾀하지 않고 오직 선비의 지조를 잃지 않는 청렴한 삶을 영위한 무사로서의 기개와 지조를 흠모하는 정을 나타낸 것이다. 친구를 전송하면서 '도원결의형'의 우정을 나타낸 글로서 연령이나 지위의 고하를 떠나서 서로 덕을 벗삼자는 것이 진정한 우도임을 나타낸 것이다.

이규보의 「전이지애사」에서 작자는 문장을 토론하며 지내던 지기인 전이지와의 '이문회우(以文會友)'의 추억을 되살리며 도원결의의 변치 않는 우정을 표현한 것이다.

3) 지기(知己) 간의 붕우지도(朋友之道)

『시경』 '소아' 「상체」장에는 '아가위꽃'을 노래하면서 동시에 형제 간의 우애와 친구 간의 우정을 노래한 한시로써, '아가위꽃' '언덕'과 '진털밭' '할미새' 등의 시어를 구사하여 '우애'나 '붕우지도'를 나타내었다.

이황의 시 「김신중읍청정」에서는 유가로부터 전수되어 온 군자의 '우도' 곧 이익을 따르는 무리들과는 달리 글공부로써 벗을 모으고 벗으로써 자기의 인(仁)을 보필해 나가는 벗사귐의 도리가 형상화되었다. 퇴계는 '군자의 벗사귐'은 소인들의 벗사귐과는 다르다는 의미를 표출하기 위하여 경전에 나타난 뜻을 인용하여 표현하고 있다.

김인후의 「증우인」은 역사와 현실을 노래하면서 '우도'와 '우도론'

을 표현한 작품으로, 벗이 손님 접대로 번거롭지 않게 하기 위해서 편지글로 대신하여 벗을 공경하고 그리워하는 뜻을 형상화하였다. 그리고 자잘한 문예의 겉꾸밈을 추구하여 벗을 사귀는 말단의 벗사귐이 아니라 인의의 왕도를 논하던 벗사귐을 고이 마음속에 간직한다는 뜻이 형상화하였다.

황종해의 한시「붕우」에서는 '붕우지도(朋友之道)'가 인륜에서 막중하다는 것, 그리고 공자와 증자와 맹자의 '우도'에 대한 가르침, 그리고 또『주역』·『예기』 등의 경서에 담긴 '우도론'의 의미 등을 형상화했다.

송강 정철의 시조는 혈연 관계가 아닌 친구 사이가 남남으로 태어난 사람들 가운데에서 서로 마음속에 간직한 정이 많다는 것을 스스로 깊이 감탄하며, 친구가 내 자신의 허물을 하나도 남김없이 지적하여 진실되게 충고하고 책망함으로써 나를 참된 길로 이끌어 준다는 점에서 그 우정의 소중함을 마음속에 깊이 느끼게 한다는 것으로, '충고이선도(忠告而善道)', '이문회우(以文會友), 이우보인(以友輔仁)'의 '우도'를 표현한 것이다.

김상용의 시조는 벗을 사귀되 자기 자신보다 나은 사람을 가려서 사귀어야 한다는 뜻을 나타낸 것이다. 벗사귐을 하되 오래 사귈수록 더욱 더 상대방을 공경할 줄 알아야 한다는 것이다. 사람은 사귀는 것이 오래면, 흔히 공경심이 쇠하기 마련이니, 오랠수록 능히 공경할 줄 안다는 것이 바로 사람을 잘 사귀는 '교우'의 방법임을 나타낸 것이다.

남파 김천택의 시조는『사기』에 토끼를 잡은 다음에는 사냥개가 필요 없으므로 개를 잡아서 삶아 먹는다는 말이 있는데, 작자는 이 말을 원용(援用)해서 벼슬하는 사람들에게 벼슬길이 언제 버림을 받을

지 모르는 환해풍파(宦海風波)임을 진정으로 일러주는 '충고이선도(忠告而善道)'를 형상화해서 보여준 것이다.

노가재 김창업의 시조에서는 기다리던 '반가운 벗'이 찾아온다는 표현을 하면서도 작자는 '시문(柴門)' '견폐성(犬吠聲)'의 시어를 구사했는데, 그와 같은 시어를 사용함으로써 '벗사귐'을 노래하는 작품 전체의 의미의 중압감을 떨쳐 밝은 느낌을 주며, 그 '사립문'과 '개 짖는 소리'의 시각적이고도 청각적인 시어를 통한 공감각의 표현으로써 한가하고도 아늑한 시골 마을의 자연스런 정경을 아울러 표현해낸 작자의 시적 형상화의 기법이 탁월하다. 기다리던 벗을 위해 부르는 소리 "아이야 점심도 하려니와 탁주 먼저 내어라."라고 한 것은, 두터운 인정과 후한 인심 그리고 향토색 물씬 풍기는 시골 마을의 정취를 흠뻑 느낄 수 있게 한다는 점에서 깊은 매력을 던져 준다. 오랜 친구와 세세하게 나눌 정담을 구태여 노골적으로 표현하지 않고 함축적으로 감추듯이 표현해낸 '언외지의(言外之意)'의 기법이 문학적인 형상화를 이끌어내고 있다.

삼주 이정보의 시조에서는 '익은 벗'과 '선 벗'이라는 시어를 통해서, 의리의 길을 같이 하는 절친한 벗과 다소 절친하지 못한 벗에, 깊이 사귀는 정도를 달리 할 수 있다는 의미를 찾을 수 있다. 역대 유가의 경전에 나타난 '우도'와 '우도론'을 시적 상징으로 표현했다.

작자미상인 「여보소 친구(親舊)드라」의 시조는 "붕우지도는 지극히 하지 못하면 인륜이 폐기되고 국가가 패망하고 천지가 멸망할 만큼 중차대하다."는 '우도론'의 일면목을 술회한 것으로, 교훈적이고 고답적인 타설적 성격이다.

좌포 이세보의 시조에서는 진정한 벗사귐은 이익으로써 하거나 면교(面交)로써 하는 것이 아니며, 마음으로써 하고 덕으로써 하는 도의지교(道義之交)를 뜻하는 것이라는 의미가 형상화되었다. 곧 위의 시조에서 작자는 '붕우'의 의미를 대비적인 상징을 통하여 형상화했다.

안창후의 시조는 진실한 벗을 사귈 수 없어 버려진 사람이 될지언정 이익을 좇아 이곳저곳을 기웃거리는 신의 없는 벗사귐으로써 모든 것을 잃지는 않겠다는 지은이의 의지를 나타낸 것이다. 위의 시조는 신의가 인륜의 도(道)를 바로 잡는 데 있어 근본이 되며, 진정한 벗사귐은 이익으로써 하거나 아첨하는 면교로써 하는 것이 아니며, 마음으로써 하고 덕으로써 하는 동의지교(道義之交)를 뜻하는 것이라는 의미를 표현하였다.

갈봉 김득연의 시조는 만권서(萬卷書)에 담겨 있는 유익한 사상과 이로운 지식을 터득하듯이 가슴속에 담아둘 수 있는 진실한 친구를 얻는 것은 그 이상의 벅찬 감동을 느낄 수 있음을 암시적으로 나타내면서 '붕우'를 의리의 길을 같이 하는 '지동도합자(志同道合者)'로 표현하였다.

심두영의 시조는 친구 간에 진실되게 일러주면서 착한 길로 인도하고 의리의 길을 같이할 경우에는 한(恨) 없는 정(情)을 느낄 수 있으나, 이익을 따지거나 협세하거나 충고하는 말도 받아들여지지 않을 경우에는 진정한 친구가 되지 못하여 아무 정을 느낄 수 없는 사이가 되기 때문에, 벗사귐은 그 모두가 스스로 참된 벗사귐의 도리를 다할 수 있는가 아닌가의 여부에 달려 있다는 의미를 나타낸 것이다.

민요「어화 벗님네들이여」는 '벗사귐'에 관한 성현의 가르침을 적절히 환기시키면서 백성들이 기본적으로 알아야 할 '벗사귐'의 도리를 일깨우는 내용의 훈민가 형식으로 되어 있다. 작자는 역대 유가의 경전과 역사서 등에 나타난 '우도'와 '우도론'을 망라하여 시적으로 형상화하되, 권장하고 경계하는 뜻을 아울러 함축되게 표출하면서 작품 전체의 구조적인 완결성을 갖추는 작법으로 형상화하였다.

연암 박지원의 「마장전」은 당시 최하층 인물들의 진실한 삶의 모습을 관찰하고 그들에게서 참다운 인간성을 발견함과 아울러 양반 계층의 부정적이고 위선적인 삶의 모습을 비판하였으며, 특히 인간 윤리에 큰 관심을 보이고 있다. 「마장전」은 송욱·조탑타·장덕홍이라는 세 광인(狂人)이 광통교 위에서 우도를 논한 내용이다. 그들은 비록 거리에서 걸식하며 저자에서 노래하고 돌아다니는 처지였으나, 친구가 없으면 없었지 군자들의 신의 없는 사교술은 부리지 않겠다고 선언한다. 이 글이 양반의 세속화된 우도를 풍자하고 있지만 궁극적인 주제는 진실한 인간 윤리 곧 참된 우도의 모색에 있었다고 할 수 있다. 「마장전」을 통하여 연암은 '인간성 긍정과 윤리 의식' 그리고 '양반 사대부 계층에 대한 현실적 비판'을 조선 후기 사회의 전 계층의 삶의 모습에서 작품의 소재를 취하여 작품화함으로써 참된 삶의 모습을 실증적으로 제시했다. 서민 사회에서도 양반 사회 못지않은 건실하고 윤리적인 삶이 영위되고 있음을 보임으로써 당시의 위정자·지식인 등 양반 사회 일반의 각성을 촉구하였다. 궁극적으로는 당시의 지식인 '사(士)' 계층에게는 그들이 사는 사회를 위해 지녀야 할 자세와 임무를 간접적으로 시사한 것이다. 양반의 허식에 대해서는 통렬하게 비판하면서도 평민에 대해서는 화해적인 태도를 갖고 있으며, 등장되는 인물은 모두 신분적으로 평민이거나 천민이다. 양반이나 선비사회의 비합리적 모순을 지적함으로써 합리적인 변혁을 의도한 것이다. 그가 평민에 대해서 화해적인 것은 사실이나 그들의 일상생활의 세속성보다는 주로 양반의 허세를 희롱화하는 것을 목표로 하고 있다.

2. 신분과 지위를 초월한 수직적 벗사귐

1) 존현(尊賢)의 관계: 요 임금과 순 임금·유비와 제갈공명

요(堯) 임금이 어진 이를 높이는 자세로써 순(舜) 임금을 가까이하여 천자로서 필부를 벗한 것과 촉한(蜀漢)의 선제 유비가 세 번이나 제갈공명의 초가집을 찾아가서 당세의 일을 물으셨기에, 감격하여 마침내 선제께 말 몰고 수레 달릴 것을 허락했던 삼고초려는 존현의 관계다.

연암 박지원의 「예덕선생전」은 진정한 '우도'란 상대방의 지위의 고하나 빈부 등을 떠나 그 사귀고자 하는 사람의 덕을 벗삼는다는 사상에 바탕을 둔 것으로 판단된다. 이 작품에서 진정한 '우도'가 무엇인가를 깨우쳐 주고자 하는 스승 선귤자의 논리는, "군자는 의리의 길을 같이하는 군자끼리 어울려서 벗을 사귀고, 소인은 소인끼리 어울려서 이익을 추구하느라고 일시적으로 거짓되게 벗을 사귀다가 이해관계에 맞지 않으면 서로 등을 돌리고 신의를 저버리므로 군자들 사이에서는 죽기를 맹세코 변치 않는 진실된 벗사귐이 가능하지만, 소인들 사이에서는 그와 같은 참된 벗사귐은 있을 수 없고 오직 거짓된 벗사귐만이 있을 따름"이라는 의미에서, 진정한 '벗사귐'은 이익으로써 하거나 아첨하는 면교로써 하는 것이 아니며, 마음으로써 하고 덕으로써 하는 '도의지교(道義之交)'를 뜻하는 것임을 나타냈다. 작중인물 선귤자가 나타내고자 하는 '우도'의 의미는, 『맹자』 「만장」장에서의 맹자 말씀 "友也者우야자, 友其德也우기덕야."라는 구절에 나타난 뜻과 『맹자』 「만장」장에서의 맹자 말씀 곧 지리적인 공간과 고금의 시대를 초월하여 벗사귐을 행할 수 있다는 말씀에 나타난 뜻을 이어받은 것이다. 당시 양반들의 허세와 아울러 가식적인 사회 구조를 작중 인물 예덕선생의 인간 됨됨이에 대한 평가를 통하여 암시적으로 비판하고 '풍자'한 것이다. 즉 양반들의 깨끗한 척하는 외양(外樣)과 의식 세계는 예덕선생이 다루는 온갖 똥보다도 더럽다. 소설에서 나오는 이런 똥[人糞] 또는 똥구덩이란 물질, 하층적인 신체의 이미지를 나타낸 것은, 그의 문학적인 미학이 그로테스크 리얼리즘과 연결되는 중요한 근거가 된다. 한국 고전 문학에 있어서의 그로테스크 현상은, 인물의 관상학에서 엄청난 과장의 수법으로 희화화시키는 점과 상황의 강등화 등에서 현저하게 나타나고 있는 것이다. 작자 연암은 작중인물 선귤자의 말과 예덕선생[엄항수]에 대한 묘사를 통하여 작중인물 자목의 편견과 같은 왜곡된 유교의 이념에 대한 비판에 기초하여, 지위의 고하와 빈부를 초월한 진정한 '우도'의 의미를 주인공 선귤자가 참인간의 유형인 예덕선생[엄항수]에 대하여 존현(尊賢)의 자세를 나타낸 것이다.

2) 귀귀(貴貴)의 관계: 제갈공명과 유선·득오와 죽지랑

제갈공명이 죽는 날까지 신의를 지키다가 후주(後主) 유선에게, 몸이 닳도록 고달픔을 다해서 죽은 뒤에나 말 것이라는 선비정신을 드러낸 신하의 충정을 드러낸 「출사표」·「후출사표」를 지어 올린 것 등은 귀귀의 관계다.

「모죽지랑가」는 득오가 부른 노래로서, 득조곡이 죽지랑을 사모해서 이 노래를 지은 것인데, 과거와 현재의 시제적 변이를 통해서 정적인 구조가 균형된 이동을 하고 있다. 랑(郎)에 대한 절대적인 생각, 랑(郎) 없는 현세의 생활이란 황폐한 쑥대밭에 지나지 않는다. 결국 랑(郎)에 대한 그리운 마음이 과거와 현재·미래를 통해 조화 있게 구성

되면서 질서 정연하게 변이하고 있는 점이 이 시가의 훌륭한 기법이라 생각된다. 「모죽지랑가」는 무너져 가는 것을 붙들고, 시대적인 상황 여하에 연연하지 않는, '신의'라 할 수 있는 득오의 뜻과 정신이 배어 있는 노래로서, 득오가 죽지랑에 대한 수직적인 귀귀(貴貴)의 관계를 노래한 것이다.

명월인 황진이의 시조는 산은 그 산이지만 물은 옛날 그대로의 물이 아니라는 의미에서 훌륭한 사람도 저 물과 같아서 한번 가고는 다시 돌아오지를 못한다는 것을 안타깝게 여기는 내용이다. 스승이었던 서경덕의 죽음을 애도하여 지은 것이라고 하는데, 뛰어난 님[徐敬德]에 대한 그리움 곧 귀귀의 관계로서 수직적인 벗사귐을 노래한 것이다.

3) 사숙(私淑)의 관계: 시간과 공간의 초월

가의의 「조굴원부」에서는 가의가 굴원을 공경스레 조문하면서 공경히 임금의 은혜를 받들다가 장사(長沙) 땅에 귀양 가서 죄를 기다리게 된 자기 자신의 처지를 선대의 초나라 충신 굴원의 경우에 견주어 그 굴원의 덕을 사모하는 마음을 표출해내되, 자기 자신을 낮추고 굴원의 덕을 높이는 겸양의 미덕을 보여준 작자의 형상화 방법이 탁월하다. 성현과 같은 참된 선비는 가의와 굴원을 지칭하면서 '난봉(鸞鳳)'에 비유하고, 가의와 굴원을 헐뜯고 아첨하는 못난 자들을 '치효(鴟鴞, 올빼미)'의 악조(惡鳥)로 비유한 시적 상징을 통하여 당시의 사회상을 표현하고 있다. 그리고 가의가 이미 세상을 떠난 굴원에 대한 그리움을 나타낸 것은 시간과 공간을 초월한 벗사귐으로 '사숙'에 해당된다.

이황의 시 「화도집음주」 20수 중 '기십육(其十六)'은 우리나라 앞 시대의 포은 정몽주 그리고 점필재 김종직과 그의 제자 김굉필·정여창의 덕(德)을 흠모하는 내용으로써 시간과 공간을 초월한 '벗사귐'의 도리를 표현한 것으로 '사숙'이라 할 수 있다.

고려 말 이제현의 한시 「비간묘」도 어진 임금인 주(周) 무왕과 당(唐) 태종이 다른 대(代)의 신하인 비간이 충성스런 말을 하다가 죽음을 당하게 된 것을 안타깝게 여기면서 그를 그리워하는 마음을 나타낸 것으로, 시대·신분을 초월한 '우도'를 형상화한 '사숙'이라고 할 수 있다.

충담사의 「찬기파랑가」는 자설미와 타설미를 합일하는 경지이며, 향가 가운데 가장 아름답고 감동적인 시의 하나로, 내적 경험을 통한 자기 발견에서 얻는 순수한 정서의 뭉치이다. 신라의 이상적인 남성 상인 기파랑의 인격과 그 화랑으로서 평소에 지녔던 고매한 인품을 추모하여 부른 노래로, 숭고미가 잘 표현되어 있으며, 이는 시간과 공간을 초월한 벗사귐으로써 '사숙'인 것이다.

황진이의 시조는, 황진이이가 항상 마음속에 흠모했던 스승인 서경덕에 대한 태도 곧 '신분·지위를 초월한 진정한 벗사귐이며, '사숙'이다. 한편 임제의 시조는, 임제가 평안도사로 부임하는 길에 송순의 잔치 자리에서 만난 일이 있는 황진이를 찾아갔으나, 그녀는 이미 이 세상 사람이 아니므로, 그가 황진이의 무덤을 찾아가서 술 한 잔을 따라 들고 지어 불렀던 것이다. 나중에 이 일로 양반의 체통을 떨어뜨렸다 하여 임제는 벼슬길에서 파직되었다. 임제의 황진이에 대한 절실한 그리움은 이승과 저승을 초월한 '벗사귐'으로 '사숙'인 것이다.

서암 신정하의 시조는 인현왕후 민비를 폐출하는 것을 옳지 않다고 숙종 임금께 간하다가 고문에 죽은 박태보(朴泰輔)의 강직한 충절을 찬양한 시조이다. 이는 「조굴원부」에서 작자 가의가 임금과 나라에 충성을 다하다가 귀양을 가서 멱라수에 빠져 죽은(弔屈原賦) 초나라 충신 굴원의 덕을 시대를 초월하여 사모하는 마음을 형상화한 것과 그 공통점을 찾아볼 수 있는 것으로, 시대를 초월한 '사숙'이라 할 수 있다.

율곡 이이의 작품 「김시습전」은 김시습의 영매한 자질과 세조 정변 후 거짓 미치광이로 여생을 숨어살면서 속뜻을 감춘 매월당의 그 빼어난 자질을 안타까워하는 뜻을 드러낸 것이다. 비록 '명교'를 저버린 김시습의 생애를 안타까워하는 것이면서도 속뜻을 드러내지 않으려 거짓 미치광이 행세를 한 '미의(微意)'를 고상하게 여겨 그 영특한 자질을 아까워하면서 세상에 뜻을 펴지 못한 그의 덕을 작자 이이가 진정으로 흠모한 것은 시간과 공간을 초월한 '사숙'이다.

남효온의 「육신전」은 아비 없는 어린 임금 단종을 보위하려다가 죽음을 맞은 성삼문 등 사육신을 증자의 말씀에 담긴 군자의 정신을 추앙하는 마음으로 흠모한 것이다. 백세(百世)의 신하 된 사람들에게 한마음으로써 임금을 섬기는 의리를 알게 하여, 가의의 「조굴원부」에서와 같이 살신성인하고 사생취의(捨生取義)한 육신(六臣)의 선비정신을 흠모하는 정을 나타낸 것이다. 위의 글의 작자 남효온은 어린 임금 단종을 보위하려다가 죽음을 맞은 성삼문 등 사육신의 정신을 추앙하는 마음으로 흠모한 것 또한 시간과 공간을 초월한 '사숙'이다.

김시습의 「제갈양전」은 촉한의 선제 유비의 삼고초려를 받고서야 세상에 나와 국궁진췌(鞠躬盡瘁, 마음과 몸을 다하여 나랏일에 이바지하는 것)하도록 최선을 다해 충절을 바친 제갈공명의 선비정신과 덕을 흠모하는 뜻을 나타냈다. 매월당이 생육신으로 단종에게 충절을 다한 것 또한 제갈공명이 촉한의 후주 유선에게 충절을 다한 것과 같다. 따라서 작자 김시습은 가의가 「조굴원부」에서 굴원의 덕을 사모한 것과 같은 심정으로 제갈공명의 충절과 덕을 흠모한 점에서 시간과 공간을 초월한 '사숙'이다.

고려시대 이규보의 「전이지애사」는 선배이자 친구인 전이지가 전쟁터에 나가 죽은 것을 애도한 것이다. 전이지는 이규보와 문장을 토론하며 지내던 지기였다. 그와 함께 시문을 논하던 이규보가 '이문회우(以文會友)'의 추억을 되살리며 도원결의의 변치 않는 우정을 술회한 것으로 시간과 공간을 초월한 '사숙'이라 할 수 있다.

3. 자연물에 탁의(託意)한 심상과 상징성

1) 이미지: 風·花·栢·月·水·石·松·竹

『시경』 '소아' 「벌목」장에는 새와 같은 미물들도 벗을 찾는 소리를 내거늘, 하물며 인간 사회의 삶에서 '우도'가 행해지지 않을 수 있겠는가 하는 뜻이 형상화되었다. 나무 베는 소리와 깊숙한 골짜기의 새 울음소리를 시어로 곁들임으로써, 작시자는 화평한 시적 분위기를 자아내면서 미물들의 다정함을 '우도'로 이미지화했다.

충담사의 「찬기파랑가」는 기파랑이 화랑으로서 평소에 지녔던 고매한 인품을 추모하여 부른 노래로 자연물인 달과의 문답의 형식을 취하고 있으며, 정신적인 의미가 자연물(냇물, 조약돌, 잣가지)을 통해 표상되고 있다 즉, 이 노래는 달과의 문답을 통하여 기파랑의 인품을 찬양한 작품이다. 흰색과 푸른색의 대조를 통하여 기파랑의 인품을 이미지화하고 있다.

'열치매/ 나타난 달이/

흰 구름 쫓아 떠가는 것 아닌가?'

'새파란 냇물에/ 기파랑의 모습이 있어라!/

이로부터 냇가 조약돌에/ 기파랑이 지니시던 '마음의 끝'을 쫓고파라'/

아, 잣 가지 드높아/ 서리를 모르올 화랑장이여!

　　새파란 내와 달과 조약돌의 흰색이 이루는 대조, 서리가 내린 땅과
푸른색의 잣나무가 그것이다. 공간적으로도 수평적인 것들인 구름,
시내, 냇가, 지상 등과 수직적인 달, 시내 속의 달, 마음의 끝, 잣나무
등 주술성이나 종교적 색채가 없는 순수한 서정시이다. 강물 속에
반사되어 나타난 기파랑의 모습은 흰구름을 헤치며 나타난 기파랑과
서로 짝지어진 것으로 '반사경(反射鏡)'의 구실을 하고 있다. '잣나무'는
불변하는 구원성을 표현한 것이며, 더욱 효과를 높이기 위해 '서리'라
는 매체를 등장시켜 그의 굳건하고 힘센 모습과 생명의 영원성을 암
시적으로 이미지화한 것이다.

　　고산 윤선도의 시조 「오우가」는 자연물 가운데 '수(水)·석(石)·송(松)·
죽(竹)·월(月)'은 서로 조금씩 다르기는 해도 변치 않는 모습을 보여주
는 사물이라는 의미의 일정한 이미지를 지닌 것들이다. 또한 이것은
'유교적 이(理)로 집약되었으며, 「그치지 않음·불단(不斷)」, 「변치 않음·
불변(不變)」, 「눈서리를 모름·불굴(不屈)」, 「속이 빔·불욕(不欲)」, 「말하지
않음·불신(不言)」 등의 추상명사로 나타나며, 곧 당시의 보편적 윤리관
의 반영'201)이며, '유교적 이(理)를 추구했던 주자학의 신봉자였던 유
학자들의 욕구'202)에 의하여 나타났던 것이다. '물'은 생동감 있는 동

---

201) 朴喆熙, 『文學槪論』, 螢雪出版社, 1986, 190쪽 참조.
202) 朴喆熙, 『韓國詩歌의 持續과 變化硏究』, 嶺南大學校大學院, 1979, 41쪽 참조.

적인 느낌과 '자강불식(自彊不息)'하는 자세, '돌'에서는 굳고 단단하며 변함없는 모습, '송죽(松竹)'에서도 변함없는 모습을 이미지화하고 있다. '대나무' 또한 '사군자'의 하나로 일컬어지는 변함없는 모습, 달은 차고 기울기는 해도, 또한 어둠을 밝혀주는 밝은 빛과 더불어 늘 변함없는 모습을 보여준다. 즐거운 시간에도 벗이 될 수 있고 외로울 때에도 벗이 될 수 있다. 따라서 선비들이 그 모습을 사랑하고 마음의 벗으로 삼는다. 작자는, 그와 같은 뜻을 마음속에 담고서, 그 다섯 가지 사물을 족히 마음의 벗을 삼을 만하다는 생각을 이미지화하고 있는 것이다.

> 내집이 백학산중 날 찾을이 뉘있으리
> 입아실자(入我室者) 청풍이오 대아음자(對我飮者) 명월이라
> 정반(庭畔)에 학(鶴)우 배회하니 그 벗인가 하노라.

위의 윤순의 시조는 맑은 바람, 밝은 달, 뜰, 학이 나의 벗이라는 자연과의 친화적인 내용이다. 청풍명월과 학을 벗삼아 은거하는 심경을 노래한 것으로서 당시 선비의 은둔생활의 전형적인 모습을 표현하고 있으며, 자연과의 친화적인 '우도'를 이미지화한 작품이다.

작자미상인「봉두(峰頭)에 소사난 다리」의 시조 또한 산봉우리의 두둥실 떠오른 달이 산 속의 유일한 벗이며, 자연물인 달과의 절실하고 진정어린 '우정'을 이미지화하고 있다.

2) 상징성: 절의(節義)의 불변성과 자강불식(自彊不息)의 태도

『시경』'소아'「상체」장에는 '아가위꽃'을 노래하면서 동시에 형제

간의 우애와 친구 간의 우정을 노래한 한시로 그 '우애'와 '우정'을 형상화하기 위하여 '아가위꽃' '언덕'과 '진털밭' '할미새' 등의 상징적 시어를 구사하여 '우애'나 '우정'과 같은 인생의 심각한 문제를 전달하고 있다.

충담사의 「찬기파랑가」는 자연물(냇물, 조약돌, 잣가지)을 통하여 기파랑의 인품을 찬양한 작품이다. 수평적인 시선과 수직적인 시선이 교차되고 있으며, 영원한 것과 찰나적인 것, 정신적인 것과 물질적인 것이 흰색과 푸른색의 대조를 통하여 잘 드러나고 있다. 이 시가 지니고 있는 상징성은 기파랑의 인물됨을 월(月)·강(江)·석(石)·백(栢)·화(花)로 견주어 기파랑의 인격과 됨됨이를 평가했으며, '달'은 모든 사람들이 우러러보는 존재로 '광명' 혹은 '염원'을 상징한다. 달은 서정적 자아가 바라보는 광명의 달이며, 그를 통하여 기파랑의 고결한 자태를 그려볼 수 있는 존재이다. 여기서 달은 지상과 천상의 인도자로서 영원성을 지니고 있으며, 흰구름을 헤치고 나타난 달은 조촐하고 청초한 기파랑의 품성을 나타낸 것이라고 하겠다. 또한 달을 기파랑, 구름은 기파랑을 따르는 무리로 상징화한 것이다. 달과 구름, 강물과 조약돌, 잣나무와 서리의 대립적 구조에 의해 기파랑의 기상과 성격의 불변성과 자강불식의 면모를 살펴볼 수 있는 것이다.

고산 윤선도의 시조 「오우가」는 자연물 가운데 '수(水)·석(石)·송(松)·죽(竹)·월(月)'은 서로 조금씩 다르기는 해도 변치 않는 모습을 보여주는 사물이라는 의미의 상징성을 지닌 것들이다.

　내 벗이 몇이냐 하니 수석(水石)과 송죽(松竹)이라.
　동산에 달 오르니 긔 더욱 반갑고야.
　두어라 이 다섯밖에 또 더하여 무엇하리.

'물'은 유동적이다. 따라서 생동감 있는 동적인 느낌을 준다. 그리고 그 주야로 그치지 않고 흐르는 모습에서 끊임없이 지칠 줄 모르고 스스로 힘써 해 나가는 삶과 학문의 자세 곧 '자강불식'하는 자세를 배울 수 있다. '돌'에서도 우리는 굳고 단단하며 변함없는 모습을 발견할 수 있다. 그리고 '송죽'을 통해서도 또한 변함없는 모습을 발견할 수 있다. 그와 같은 자연의 모습에서 우리는 고난과 시련을 통해 어지러운 세상이나 어려운 조건을 지켜본 연후에야 참된 선비의 절의와 지조를 알아 볼 수 있다는 교훈을 얻을 수 있는 것이다. '대나무' 또한 '사군자'의 하나로 일컬어지는 변함없는 초목이다. 곧고 늘 푸르며 속이 비어 있고 마디가 있다. 곧고 늘 푸른 것은 '지조'를 상징하며, 속이 비어 있는 것은 '허심탄회'하여 무엇이든지 용납할 만한 기개와 도량을 상징하며, 마디가 있는 것은 '한계(限界)'와 '분수(分數)'를 지킬 줄 안다는 것을 상징한다. 그와 같은 의미에서 선비들이 '사군자'의 하나인 대나무를 사랑하며 마음의 벗으로 삼는다.

'달'은, 차고 기울기는 해도, 또한 어둠을 밝혀주는 밝은 빛과 더불어 늘 변함없는 모습을 보여준다. 즐거운 시간에도 벗이 될 수 있고 외로울 때에도 벗이 될 수 있다. 따라서 선비들이 그 모습을 사랑하고 마음의 벗으로 삼는다. 작자는, 그와 같은 뜻을 마음속에 담고서, 그 다섯 가지 사물로써도 족히 마음의 벗을 삼을 만하다는 생각을 표현해내고자 한 것이다.

 혼 말도 업슨 바회 사괼 일도 업건만은
 고모(古貌) 진태(眞態)를 벗 숨마 안즈시니
 세상(世上)에 익자(益者) 삼우(三友)를 사괼 쭐 모릭노라.

위 노계 박인로의 시조는 오랜 세월과 모진 풍상을 헤치고 우뚝 서있는 바위의 고풍스런 참모습은 마치 성인군자로서의 풍모와 비슷하게 생각되어 가까이 앉아 있는 작자의 회포(懷抱)는 이 세상에 부러울 것이 없다는 포만감을 나타내고 있다. 곧고 진실된 사람이 바로 바위를 뜻하며, 이는 '비유적 진리이고 상징적 진리'203)의 언어다. 즉 상징은 논리적이거나 체계적인 형상이 아니라 정서의 산물이며, 위장되고 모호한 여러 요소들의 융합204)인 것이다. 이러한 바위 위에 앉아 있는 작자의 심경이 자연물인 바위에 대한 '우도'를 은유적인 수법으로 상징화하고 있는 것이다.

---

203) 朴喆熙, 『文學槪論』, 앞의 책, 49쪽 참조.
204) 朴喆熙, 『文學의 理論과 方法』, 앞의 책, 103쪽 참조.

제5장 맺음말

위와 같은 논의를 통해서 필자는, 중국과 한국 등 동양에서 전통적으로 계승되어 온 '우도'와 '우도론'의 개념과 내력을 살펴보았다. 그리고 그 '우도'와 '우도론'이 중국 문학 작품에서 문학적으로 형상화된 양상과 아울러 한국 고전문학 작품에서 문학적으로 형상화된 구체적인 양상을 살펴보았다.

그리하여 필자는 이 글에서 참된 벗사귐을 행하는 '군자'의 개념과 아울러 그 '군자'가 행하는 참된 벗사귐의 도리 곧 '우도'의 개념과 그 참된 벗사귐의 도리를 논한 '우도론'의 개념을 파악할 수 있었다. 그리고 또한 참된 벗사귐의 내력 곧 '우도'의 내력과 참된 벗사귐의 도리를 논한 역대 '우도론'의 내력을 살펴볼 수 있었다. 그런데 여기서는 앞에서 구체적으로 논의된 내용을 다시 세세히 정리하지 않고 개괄적으로 정리하고자 한다.

공(孔)·맹(孟)과 같은 성현의 도(道)를 배우는 '학도지인(學道之人)'으로서의 '군자'는 의를 추구하는 존재라는 의미에서 이익을 추구하는 '소인'과는 엄격히 구별되는 말이다. '군자'와 '소인'의 구분은 의리를 추구하느냐 이익을 추구하느냐에 달려 있다. 군자는 의리를 숭상하기 때문에 참된 벗사귐의 도리를 다할 수 있으나, 소인은 이익을 따르기 때문에 이해관계에 맞으면 부화뇌동하다가도 그렇지 않으면 서로 등을 돌리고 신의를 저버린다. 그러므로 역대의 치란과 흥망성쇠 등 정치의 득실은 물론이요, 친구나 이웃 간의 도리가 제대로 행해지고 어긋나는 것과 개인적인 삶의 잘잘못이 모두 다 그 참된 우도가 제대로 행해지는가 아닌가에 따라서 판가름 나기 마련이었다. 군신 간의 관계나 사제 간의 관계도 지위의 고하와 연령의 상하에 차이가 있을지는 모르겠으나, 그 모두가 넓은 의미에서의 우도를 지극히 하는가? 아닌가에 따라서 좌우되는 것이었다.

'군자'의 '우도' 곧 참된 '벗사귐의 도리'는, 서로 진실되게 일러주면서 착한 길로 인도하는 것이며, 남[벗]의 아름다운 점을 성취시켜 주되 남[벗]의 악한 점을 굳혀 주지 않는 것이며, 끝까지 신의를 저버리지 않는 것이며, 포용하는 자세로 널리 대중을 사랑하되 덕을 벗삼기 위해서 어진 이[仁人]를 가까이하는 것이며, 사양하는 마음으로써 자기 자신보다 훌륭한 현자를 사모하고 높이는 것이다. 그리고 시대와 연령의 차이를 초월하고 신분·지위의 고하를 초월하여 덕을 벗삼는 것이며, 진정으로 뜻이 통하는 참된 벗사귐이 될 수 있도록 하기 위하여 천하의 착한 선비와 같아지려고 부단히 자기 몸을 갈고 닦아 자기의 덕을 고양하는 것이라고 하겠다.

이와 같은 벗사귐의 도리를 밝힌 성현(聖賢)·명철(明哲) 등의 말씀이나 이론이 곧 '우도론'이 된다고 하겠다. 그런데 그 '우도론'은 중국과 한국 등 동양에서 개인과 사회와 국가의 발전을 도모하는 데 크게 기여하면서 참된 세상을 이루는 데 끊임없이 정신적인 지주가 되어 왔다. 따라서 그와 같은 '우도'와 '우도론'의 개념과 내력을 살펴보는 것은, 한국 문학 작품에서 그 '우도'와 '우도론'이 어떻게 형상화되어 나타났는가를 고찰하기 위해서도 무척 중요한 과제가 되지 않을 수 없었다.

참된 벗사귐의 도리를 다한 인물들의 '벗사귐'의 내력은 이루 다 거론하기 어려울 만큼 많다. 따라서 우리가 찾아보려고 한다면 역사를 통해서 얼마든지 찾아볼 수 있을 것이다. 『사기』의 「중니제자열전(仲尼弟子列傳)」에 공자의 제자들과 그 제자들의 '벗사귐'에 관한 기록이 있다. 『논어』를 살펴보더라도 공자의 제자들이 스승으로부터 배운 것을 강학하면서 서로 감싸주고 혹은 힐책하기도 하면서 충고하고 일깨워 주어 같은 의리의 길을 추구해 나간 것은 물론, 맹자·정자·주자·퇴계·남명·율곡 등 선현들의 제자 간이나 사우 간에 행한 '붕우지도(朋友之道)'에 관한 기록을 우리는 문헌을 통해서 얼마든지 실증할 수 있다.

춘추시대에 거문고를 잘 타던 백아(伯牙)의 거문고 소리를 종자기(鍾子期)가 잘 알아들었는데, 그 종자기가 죽자 백아가 거문고 줄을 끊고 세상에 '지음(知音)'[知己]이 없는 것을 애통해 한 것 또한 '우도'의 일면을 보여준 것이다. 그리고 촉한(蜀漢)의 선제 유비와 관우·장비 등 『삼국지연의』의 인물들이 도원결의를 한 것이라든가, 조선시대에 단종을 보위하던 사육신과 아울러 생육신이 의리의 길을 같이한 것, 야사(野史) 『대동야승(大東野乘)』에 수록된 남효온의 『사우명행록(師友名行錄)』에 점필재 김종직과 그 제자들의 행적을 기록한 것 등으로서도 '우도'의 내력을 찾아볼 수 있다. 또한 선조대(宣祖代)에 이이첨 등이 폐모론(廢母論)을 일으켰을 때 그 폐모론을 함께 반대하던 오성부원군(鰲城府院君)

백사 이항복과 한음 이덕형 두 인물의 벗사귐, 그리고 상해 임시정부의 애국지사들이나 기미 독립선언에 참여한 33인이 뜻을 같이한 것, 그리고 또한 박두진·박목월·조지훈과 같은 문인들이 문학의 길에 서로 뜻을 같이하던 것 등등이 모두 다 '우도'의 일면을 보여준 것이다.

'붕우지도(朋友之道)'는, 나이가 비슷한 벗들 사이에서만 이루어지는 것이 아니라, 뜻을 같이하는 사제 간에는 물론이요, 지위를 달리하는 군신 간에나 시대를 달리하는 고금의 인물 간에도 이루어질 수 있는 것이다. 맹자 스스로가 공자를 사숙한 자라고 한 것이 그 한 예가 될 것이며, 요 임금이 어진 이를 높이는 존현의 자세로써 순 임금을 가까이하여 천자로서 필부를 벗한 것이라든가, 앞에서 '우도와 우도론의 문학적 형상화'를 서술하면서 논의한 바와 같이, 한(漢)나라의 장사왕(長沙王) 태부(太傅)가 되어 가던 가의가 상수에서 전국시대 초나라 굴원의 덕을 사모하며 그 죽음을 애도하고 「조굴원부」를 지은 것, 그리고 촉한의 선제 유비가 제갈공명을 삼고초려한 것이라든가, 제갈공명이 죽는 날까지 신의를 지키다가 후주 유선에게 「출사표」·「후출사표」를 지어 올리면서 충신의 충정을 토로한 것 등이, 그 모두 시대 또는 지위의 고하를 초월하여 덕을 벗삼고자 한 '우도'의 진면목을 보여준 예가 된다고 하겠다.

그와 같은 '우도'를 논한 역대의 '우도론'으로는 『논어』·『맹자』·『예기』·『주역』 등의 경서와 그 주석에 나타난 이론, 그리고 송대 구양수의 「붕당론」, 『조선왕조실록』 중 『성종실록』·『중종실록』 등의 기록, 지봉 이수광의 『지봉유설』에 수록된 「사우」에 나타난 이론, 성호 이익의 『곽우록』에 수록된 「붕당론」 및 『성호사설』에 수록된 「붕당」의 이론, 연암 박지원의 소설 「예덕선생전」과 「마장전」에 나타난 이론 등이 주목될 만한 것이었다. 그와 같은 '우도론'에서는 개인과 사회의 발전을 위해서 개개인의 벗사귐의 도리와 국가가 참된 벗사귐을 행하는 군자들의 벗사귐 곧 참된 붕당을 옳게 쓰는 방도가 끊임없이 논의되어 왔다.

따라서 그와 같은 '우도'와 '우도론'의 개념 및 내력을 파악할 수 있는 역대의 기록에 나타난 뜻을 중시하고 그 뜻을 형상화한 문학 작품들의 의미를 추구하는 일은, 문학연구의 새롭고도 바람직한 방향 모색을 위해서 매우 중요한 과제가 된다.

이 글에서 필자는 한국 고전문학에 나타난 '우도'와 '우도론'을 살펴보기에 앞서 그 '우도'와 '우도론'을 형상화한 역대 중국 문학의 경우부터 살펴보았다.

『시경』'소아'「상체」장에서는 '아가위꽃'을 노래하면서 동시에 형제 간의 우애와 친구 간의 우정을 노래하였다. 급난시(急難時)에는 형제 간의 '우애'가 절실하게 나타나고 환난이 평정된 뒤에는 친구 간의 '우정'이 절실하게 나타난다는 뜻이 형상화되었다. 『시경』'소아'「벌목」장에서는 새와 같은 미물들도 벗을 찾는 소리를 내거늘 하물며 인간 사회의 삶에서 '우도'가 행해지지 않을 수 있겠는가 하는 뜻이 형상화되었다.

그리고 한대(漢代) 가의의 「조굴원부」에서는 굴원을 존경스런 마음으로 공경하면서, 덕이 있는 선비들이 쥐구멍을 찾아 숨어 엎드리고, 용렬하고 못난 자들 곧 악한 무리들이 헐뜯고 아첨하는 것을 일삼아 마침내 득세하여 활개치는 어두운 세상의 현실을 가슴 아파했다.

촉한시대 제갈공명의 「출사표」에서는, 군신 간의 예의와 신하의 변함없는 충정이 지위의 고하를 초월한 '우도'로써 형상화되었다. 그리고 「후출사표」에서는 "鞠躬盡瘁국궁진췌, 死而後己사이후이."라고 하여, 몸이 닳도록 고달픔을 다해서 죽은 뒤에나 말 것이라는 선비정신을 드러낸 신하의 충정이 '우도'로 형상화되었다.

도연명의 시 「관포」에서는 '지기'로서의 관중과 포숙의 사귐 곧 '관포지교(管鮑之交)'가 "君子之交군자지교, 淡如水담여수."의 의미로써 형상화되었다. 또한 두보의 시 「빈교행」에서는 후세인들의 그릇된 벗사귐을 노래하여 관중과 포숙의 '군자지교'와는 달리 부화뇌동하는 소인배들의 변덕스런 벗사귐의 세태를 풍자하는 뜻이 형상화되었다.

이와 같이 '우도'와 '우도론'을 형상화한 문학 작품은 중국과 한국 등 동양에서 수없이 많았으며, 따라서 그와 같은 '우도'와 '우도론'이 한국의 고전문학에서도 문학적 형상화의 전통이 계승되었음을 고찰할 수 있었다.

한국 고전문학에서는 먼저 한시에 나타난 '우도'와 '우도론'을 살펴보았다.

조선 전기에 연산군대로부터 선조대 초까지 생존했던 퇴계 이황의 시 「화도집음주」 20수 중 '기십육(其十六)'에서는, 작자가 포은 정몽주 그리고 점필재 김종직과 그의 제자 김굉필·정여창의 도덕을 시대를 초월하여 흠모하면서 마음으로 벗삼고자 하는 '우도'를 형상화하였다. 퇴계의 한시 중에서 「김신중읍청정」 중 '회우(會友)' 또한 '우도'와 관련된 시로서, 유가로부터 전수되어 온 군자의 '우도' 곧 이익을 따르는 무리들과는 달리 글공부로써 벗을 모으고 벗으로써 자기의 인(仁)을 보필해 나가는 벗사귐의 도리가 형상화되었다.

조선 전기에 중종대로부터 명종대에 생존했던 하서 김인후의 『하서선생전집』에 수록된 시 「증우인(贈友人)」은 역사와 현실을 노래하면서 아울러 '우도'와 '우도론'을 형상화한 작품으로, 친구를 찾아갈 경우에 벗이 손님 접대로 번거롭지 않게 하기 위해서 편지글로 벗을 공경하고 그리워하는 뜻이 형상화되었다. 그리고 자잘한 문예의 겉꾸밈을 추구하여 벗을 사귀는 말단의 벗사귐이 아니라 인의의 왕도를 논하던 벗사귐을 고이 마음속에 간직한다는 뜻이 형상화되었다. 하서 는 문장에도 뛰어난 인물이었으며, 도학·절의에 빼어나서 뒷날 정조 때에 문묘에 배향된 인물이다.

조선 중기의 선조대로부터 인조대에 생존했던 학자 황종해(黃宗海) 의 한시 「붕우」는 '붕우지도(朋友之道)'가 인륜에서 막중하다는 것, 그리 고 공자·증자·맹자의 '우도'에 대한 가르침, 그리고 또 『주역』·『예기』 등의 경서에 담긴 '우도론'의 의미 등을 형상화한 작품이다. 작자는 시의 첫 구에서 시 작품 전체의 제재가 되는 "五常必有信오상필유신(오륜 가운데에는 반드시 붕우유신이 있다)."이라는 뜻을 앞세우고 끝 구에서 "舍 利而取義사리이취의, 其交也君子기교야군자(이익을 버리고서 의를 취하는 것, 그 사귐이 바로 군자다운 사귐이다)."라는 말로써 시를 끝맺어, 그 시의 전편에 나타 난 뜻을 수미쌍괄의 기법으로 총 정리하여 마무리하였다. 그런데 그 시는 역대 유가의 경전 등 고전에 나타난 '우도'와 '우도론'을 거의 망라하여 시적으로 형상화한 것이며, '우도'와 '우도론'의 의미를 작자 의 심경을 표출하는 시어를 곁들여서 함축되게 표현하고 작품 전체의 구조적인 완결성을 갖추는 작법으로 형상화한 것이다.

한시에서는 경전 등 역대의 고전에서 찾아볼 수 있는 '우도'와 '우도 론'을 함축된 시어로써 형상화하되, 논리가 생경(生硬)하게 드러나지 않도록 정감 어린 부드러운 시어를 곁들여 표현하고 시 전체가 구조 적으로 하나의 통일성을 지닌 의미를 획득하도록 형상화한 것이 특징 으로 나타난다.

한국 고전문학에 나타난 '우도'와 '우도론'을 살펴보기 위해서 한시 다음으로는 향가·시조·민요 등의 시가를 살펴보았다. 향가 중에는 작품 「모죽지랑가」와 「찬기파랑가」를 살펴보고, 시조 가운데에는 정철·김상용··윤선도··김창업·이정보의 작품 등을 살펴보고, 민요 중에는 박천지방 민요 「어화 벗님네들이여」를 살펴보았다.

향가 「모죽지랑가」는 득오가 죽지랑의 덕을 흠모하여 지은 것이다. 그리고 「찬기파랑가」는 충담사가 기파랑의 높고 곧은 기상을 흠모하여 지은 것이다.

조선 전기에 중종대로부터 선조대에 생존했던 문인 송강 정철의 시조는 '우도'를 형상화한 작품이다.

조선 중기에 선조대로부터 현종대에 생존했던 문인 고산 윤선도의 시조 「오우가」는 자연물 가운데 '수(水)·석(石)·송(松)·죽(竹)·월(月)'의 다섯 가지 사물을 벗삼는다는 뜻을 나타냈다. 그 시조에서 노래된 자연물들은 서로 조금씩 다르기는 해도 변치 않는 모습을 보여주는 사물이라는 의미의 일정한 이미지와 상징성을 지닌 것들인데, 작자는 그 다섯 가지 사물로써도 족히 마음의 벗을 삼을 만하다는 생각을 표현해냈다.

조선 후기에 효종대로부터 경종대에 생존했던 문인 노가재 김창업의 시조는, 오랜 친구와 세세하게 나눌 정담을 구태여 노골적으로 표현하지 않고 함축적으로 감추듯이 표현해낸 '언외지의(言外之意)'의 기법이 돋보이는 작품이다.

조선시대 연대 미상의 시조 시인 심두영의 시조는, 뜻을 같이하고 의리의 길을 같이하는 붕우 간에 변함없이 오래도록 우정을 지속하는 '우도'를 보여주되, 역대 유가의 경전에 나타난 '우도'와 '우도론'을 거의 망라하여 시적으로 형상화한 작품이다.

조선 후기에 숙종대로부터 영조대에 생존했던 문인 삼주 이정보의 시조 또한, 역대 유가의 경전에 나타난 '우도'와 '우도론'을 시적으로 형상화한 작품이다.

그와 같이 역대의 시조 작가들은 '우도'와 '우도론'을 형상화한 작품을 수없이 창작하였는데, 그 형상화의 방법은, 앞에서 논의한 퇴계·하서와 황종해의 한시 작품에서와 같이, 그 모두가 역대 유가의 경전 등 고전에 나타난 '우도'와 '우도론'의 의미를 작자의 심경을 표출하는 시어를 곁들여서 함축되게 표현하고 작품 전체의 구조적인 완결성을 갖추는 작법이었다.

박천지방 민요 「어화 벗님네들이여」는, 46구 23행으로 된, '우도'와 '우도론'을 주제로 한 시가이다. 그 민요는, '벗사귐'에 관한 성현의 가르침을 적절히 환기시키면서 백성들이 기본적으로 알아야 할 '벗사귐'의 도리를 일깨우는 내용의 훈민가 형식으로 되어 있으며, 청유와 존칭 명령의 호소로 시작하여, 권세와 이익을 추구하다가 마침내 배반하게 되는 벗을 멀리하고 자기 자신의 인(仁)을 보필해줄 만한 참된 벗을 사귀는 데서 자기 자신에게도 어질다는 이름이 돌아온다는 의미를 함축적으로 나타낸 작품이다. 그 민요 또한, 역대 유가의 경전(經傳, 聖經賢傳의 줄인 말)과 역사서 등에 나타난 '우도'와 '우도론'을 망라하여 시적으로 형상화하되, 권장하고 경계하는 뜻을 아울러 함축되게 표출하면서 작품 전체의 구조적인 완결성을 갖추는 작법으로 형상화한 것이다.

한국 고전문학에 나타난 '우도'와 '우도론'을 살펴보기 위해서 한시와 시가 다음으로는 연암 박지원의 「예덕선생전」과 「마장전」 등의 한문소설을 살펴보았다. 「예덕선생전」의 작중인물 중 자목이 주장하는 바 '우도'는, 똥거름을 치는 일 같은 더러운 일을 하는 자와 스승께서 어찌 벗사귐을 할 수 있느냐는 것이었다. 그러나 진정한 '우도'가 무엇인가를 깨우쳐 주고자 하는 스승 선귤자의 논리는, 그와 같은 세속적인 시정배들의 거짓된 벗사귐을 뜻하는 것이 아니었다. 진정한 벗사귐은 이익으로써 하거나 아첨하는 면교로써 하는 것이 아니며, 마음으로써 하고 덕으로써 하는 '도의지교(道義之交)'를 뜻하는 것이다. 덕을 벗삼고자 하는 그 '도의지교'는 천고의 옛 사람을 벗하면서도 먼 것이 되지 않고 만리 밖의 인물을 벗하면서도 소원한 것이 되지 않는다. 그와 같은 논리를 편 작중인물 선귤자가 나타내고자 하는 '우도'의 의미는 『맹자』의 "友也者우야자, 友其德也우기덕야."라는 말씀에 담긴 뜻과 지리적인 공간이나 시대를 초월하여 벗사귐을 행할 수 있다는 말씀에 나타난 뜻을 이어받은 것이라고 하겠다.

「마장전」 또한 의리의 벗사귐과 이익의 벗사귐을 대비적으로 제시하면서 '우도론'을 주제로 하여 소설화한 작품이다.

이이의 「김시습전」은 김시습의 생애를 안타까워하면서도 그의 영특한 자질을 아까워하면서 속뜻을 드러내지 않으려 거짓 미치광이 행세를 한 '미의'를 고상하게 여겨 그 영특한 자질을 아까워하면서 세상에 뜻을 펴지 못한 그의 덕을 흠모한 것이다.

남효온의 「육신전」 또한 어린 임금 단종을 보위하려다가 죽음을 맞은 성삼문 등 육신을 그 증자의 말씀에 담긴 군자의 정신을 추앙하는 마음으로 흠모한 것이다. 박제가의 「송백영숙기린협서(送白永叔麒麟峽序)」는 친구를 전송하면서 '도원결의형'의 우정을 나타낸 글로서 연령이나 지위의 고하를 떠나서 서로 덕을 벗삼자는 진정한 우도를 표현한 것이다.

끝으로 이규보의 「전이지애사」는 선배이자 친구인 전이지가 전쟁터에 나가 죽은 것을 애도한 것으로 '이문회우(以文會友)'의 추억을 되살리며 도원결의의 변치 않는 우정을 확인한 것이다.

이와 같이 참된 벗사귐의 도리 곧 '우도'와 그 우도를 논한 '우도론'은, 경서와 그 주석 그리고 『실록』 등의 역사서와 역대 선비들의 문집에 수록된 글이나 문학 작품 등 수많은 고전적 자료에서 얼마든지 그 내력을 찾아볼 수 있을 만큼, 중국과 한국 등 동양에서 역대에 끊임없이 계승되어 왔다. 그리고 개인과 사회와 국가의 발전을 도모하는 데 크게 기여하면서 정신적 지주가 되어 왔다. 따라서 그와 같은 '우도'와 '우도론'을 형상화한 문학 작품의 원류를 검토하고, 그 '우도'와 '우도론'이 한국 고전문학에서 어떻게 나타났는가를 고찰하여 그 의의를 찾는 일은 앞으로도 지속적으로 고구해야 할 중요한 과제가 된다고 하겠다.

참고문헌

1. 기본 자료

宋刊本十三經注疏附校勘記『詩經』, 藝文印書館, 1981.

宋刊本十三經注疏附校勘記『尙書』, 藝文印書館, 1981.

宋刊本十三經注疏附校勘記『周易』, 藝文印書館, 1981.

宋刊本十三經注疏附校勘記『禮記』, 藝文印書館, 1981.

宋刊本十三經注疏附校勘記『論語』, 藝文印書館, 1981.

『孟子』·『大學·中庸』, 景文社, 1979.

司馬遷, 「史記」, 樂天出版社, 1974.

班固, 『漢書』, 樂天出版社, 1974.

陶潛, 『陶淵明集』, 里仁書局, 1974.

杜甫, 『分類杜工部詩』(杜詩諺解本), 景仁文化社, 1975.

歐陽脩, 『歐陽文忠集』, 中華書局, 1970.

程顥·程頤, 『二程全書』, 景文社, 1981.

朱熹, 『朱子大全』, 曹龍承 影印本, 1978.

『古文眞寶』, 景仁文化社, 1983.

張岱, 『四書遇』, 浙江古籍出版社, 1985.

李奎報, 『東國李相國全集』(韓國歷代文集叢書 7~10), 民族文化推進會, 1988.

『三國遺事』, 高麗大學校 中央圖書館, 1983.

『朝鮮王朝實錄』, 『成宗實錄』, 國史編纂委員會, 1973.

『朝鮮王朝實錄』, 『中宗實錄』, 國史編纂委員會, 1973.

『承政院日記』.

金時習, 『梅月堂文集』 卷20(韓國文集叢刊 13), 民族文化推進會, 1988.

『大東野乘』, 民族文化推進會, 1971.

李齊賢, 『益齊亂藁』(韓國文集叢刊 2), 民族文化推進會, 1990.

南孝溫, 「師友名行錄」, 『大東野乘』 收錄本, 民族文化推進會, 1971.

南孝溫, 『秋江先生文集』(韓國歷代文集叢書 50), 民族文化推進會, 1988.

李滉, 『退溪全書』, 成均館大學校 大東文化研究院, 1958.

金麟厚, 『河西全集』(韓國文集叢刊 33), 民族文化推進會, 1990.

李珥, 『栗谷全書』(韓國文集叢刊 44), 民族文化推進會, 1990.

黃宗海, 『朽淺集』(韓國文集叢刊 84), 民族文化推進會, 1990.

李睟光, 南晚星 譯, 『芝峰類說』, 乙酉文化社, 1975.

李瀷, 『星湖全書』, 驪江出版社, 1984.

朴趾源, 『燕巖集』, 景仁文化社, 1974.

朴齊家, 『貞蕤閣全集』, 麗江出版社, 1986.

丁若鏞, 『與猶堂全集』, 서울大學校 古書刊行會, 1966.

韓龍雲, 『韓龍雲全集』, 新丘文化社, 1973.

한국고전종합DB.

2. 논저

1) 저서

金完鎭, 『鄉歌解讀法研究』, 서울대학교 出版部, 1991.

金澤東, 『比較文學論』, 새문社, 1984.

金澤東, 『比較文學』, 새문社, 1997.

金學成, 『韓國古典詩歌의 研究』, 圓光大學校 出版局, 1980.

朴箕錫, 『朴趾源 文學 研究』, 三知院, 1984.

朴箕錫, 「燕巖小說論」, 『韓國古典小說論』, 새문社, 1997.

朴喆熙, 『韓國詩史研究』, 一潮閣, 1979,

朴喆熙, 『文學槪論』, 螢雪出版社, 1986.

朴喆熙, 『文學의 理論과 方法』, 二友出版社, 1984.

朴喆熙, 『韓國詩歌의 持續과 變化研究』, 嶺南大學校大學院, 1979.

卞鍾鉉 編著, 『註解 時調歌詞講讀』, 경남대학교 출판부, 1997.

성준호 외 역, 『홍재전서·영재집·금대집·정유집』, 高麗大學校 民族文化研究
　　所, 1996.

成賢慶, 『韓國小說의 構造와 實相』, 嶺南大學校 出版部, 1980.

成賢慶, 『韓國옛小說論』, 새문社, 1995.

성락훈 외 역, 『동문선』 제21권, 민족문화추진회, 1968

梁柱東, 『增訂 古歌研究』, 一潮閣, 1965.

李家源 校注, 『李朝漢文小說選』, 敎文社, 1984.

李家源, 『三國遺事新譯』, 太學社, 1991.

李章熙, 『朝鮮時代 선비 研究』, 博英社, 1989.

李在銑, 『韓國現代小說史』, 弘盛社, 1979.

李在銑, 『韓國文學의 解釋』, 새문社, 1981.

李在銑, 『우리문학은 어디에서 왔는가』, 小說文學社, 1984.

林熒澤, 『韓國文學史의 視角』, 창작과비평사, 1984.

鄭堯一, 『漢文學의 研究와 解釋』, 一潮閣, 2000.

崔喆, 『향가의 문학적 연구』, 새문社, 1998.

2) 논문

金均泰, 「河西 金麟厚의 文學觀과 江湖詩 硏究」, 『宗敎·人間·社會』(서의필 선생 회갑기념 논문집), 한남대학교 출판부, 1988.

김성배, 「新羅 佛敎歌謠 硏究」, 국어국문학회 편, 『新羅歌謠硏究』, 正音文化社, 1983.

金容傑, 「星湖의 哲學思想에 關한 硏究」, 成均館大学 博士論文, 1987.

金泰俊, 「18世紀 交友論의 系譜」, 김영배 선생 회갑기념 논총, 경운출판사, 1990.

朴箕錫, 「軟巖의 初期 九傳에 대한 一考」, 張德順 先生 華甲紀念 『韓國古典散文 硏究』, 同和文化社, 1981.

朴魯埻, 「慕竹旨郞歌」, 국어국문학회 편, 『향가연구』, 태학사, 1998.

徐在克, 「慕竹旨郞歌 硏究」, 韓國語文學會 編, 『新羅時代의 言語와 文學』, 螢雪 出版社, 1982.

宋甲準, 「星湖 李瀷의 經學觀에 관한 硏究」, 高麗大學校 碩士論文, 1983.

楊熙喆, 「讚耆婆郞歌에 대한 一言」, 『人文科學論集』 第4輯, 淸州大學校 人文科 學硏究所, 1985.

元容文, 「五友歌'의 윤리적 의미」, 白影 鄭炳昱 先生 10週年 追慕論集 『한국고 전시가작품론』, 集文堂, 1992.

李光麟·李佑成·崔永浩, 「鼎談·韓國의 선비 文化」, 『韓國의 선비 文化』(韓國文 化시리즈 2), 時事英語社, 1982.

李敎鐸, 「友情論: 詩歌를 中心으로 본 우리의 友情」, 『忠淸』 第36號, 1973.

李基東, 「新羅 花郞徒의 社會學的 考察」, 『歷史學報』 第82輯, 역사학회, 1979.

李相斐, 「李愼儀의 '四友歌'와 短歌 六首」, 『詩文學』 32號, 1974.

李相斐, 「四友歌'와 李愼儀에 대한 연구」, 『圓光大 論文集』 第13輯, 1979.

李容淑, 「'四友歌'와 '五友歌'의 比較硏究」, 『孤山硏究』 第2號, 孤山硏究會,

1988.

李在銑, 「鄕歌의 基本 性格」, 『향가문학론』, 새문社, 1986.

李在銑 외, 「新羅鄕歌의 語法과 修辭」, 『鄕歌의 語文學的 研究』, 서강대학교 인문과학연구소, 1972.

李廷卓, 「陶淵明의 文學世界와 선비정신」, 『韓國 漢文學과 儒教文化』(蒼谷 金世漢 教授 定年退職 紀念論叢), 亞細亞文化社, 1991.

鄭堯一, 「선비精神과 선비精神의 文學論」, 『省谷論叢』第30輯, 省谷學術文化 財團, 1999.

鄭堯一, 「河西의 文學과 선비精神」, 『漢文學의 研究와 解釋』, 一潮閣, 2000.

鄭泰玉, 「'선비'精神에 대한 研究」, 啓明大學校 碩士論文, 1985.

趙麒永, 「河西 金麟厚 詩 研究」, 延世大學校 博士論文, 1991.

崔鳳永, 「朝鮮時代 선비精神 研究」, 韓國學大學院 碩士論文, 1981.

崔丞顯, 「星湖 李瀷의 生涯와 思想」, 『實學論叢』, 全南大學校, 1975.

崔喆, 「讚耆婆郎歌 說話考」, 국어국문학회 편, 『新羅歌謠研究』, 正音文化社, 1983.

3) 국외 논저

Riffaterre, M., "Critical for Style analysis", S. Chatman and S. R. Levin(ed.), *Essays on the Language of Litterature*, Boston: Houghton Mifflin Co., 1967.

Chatman, Seymour, *Story and Discourse: Narrative Structure in Fiction and Film*, Ithaca and London: Cornell univ. press, 1978.

Hernadi, Poul, "Verbal Worlds Between Action and vision: a Theory of the Modes of Poetic Discourse", *Collage English*, vol. XXXIII, 1971.

Horst S. Daemmrich, *Theme and Motifs in Western Literature*, Francke Verlage, 1987.

Tzavetan Todorov, *Qu'est-ce que le Structurealisme?*; 郭光秀 譯,『구조주의란
무엇인가?』, 문학과지성사, 1978.